교실

교실

발행일	2019년 6월 7일
지은이	김유진 외 27명
펴낸이	홍성일
펴낸곳	구름학교 출판사
출판등록	2017.08.16./제2017-000009호
주소	경상남도 김해시 번화1로 79번길 4. 8층 구름학교
홈페이지	https://thecloudsschool.com/
이메일	gayoung@thecloudsschool.com
전화번호	055.333.6309

편집/디자인 (주)북랩

제작처　　(주)북랩 www.book.co.kr

ISBN　　979-11-967221-0-4 03810 (종이책)　979-11-967221-1-1 05810 (전자책)

이 도서의 국립중앙도서관 출판예정도서목록(CIP)은 서지정보유통지원시스템 홈페이지(http://seoji.nl.go.kr)와
국가자료공동목록시스템(http://www.nl.go.kr/kolisnet)에서 이용하실 수 있습니다.
(CIP제어번호: CIP2019022117)

| 선생님과 아이들의 삶이 만나는 곳 |

교실

김유진 외 27명

교실은 칠판과 교탁, 책상과 의자로 빼곡히 채워진 직사각형의 물리적 공간이 아니라, 교사가 아이들을 가장 가까운 곳에서 만나며 한 명 한 명의 성장을 돕는 공간이다. 그러나 때때로 교실은 교사에게 가장 힘들고 두려운 곳이며, 매일 아이들과 고군분투하며 식은땀을 흘리는 삶의 현장이다. 이러한 교실 속에서 오늘도 전국의 수많은 교사는 스스로의 몫을 온전히 감내하며, 매 순간 웃음과 눈물이 교차하는 이야기꽃을 피우고 있지 않을까?

　이 책에서 자신의 교실 이야기를 들려주는 28명의 선생님 역시 지금, 이 순간에도 아이들과 보폭을 맞추며 함께 걷기 위해 애쓰고 있다. 이분들은 결코 특별한 사람이 아니라 지극히 평범한 선생님이지만, 한 가지 무기가 있다면 이어지는 아래의 질문이 주는 진동을 온몸으로 받아내고 있다는 점이다.

선생님은 교사로서 어떤 삶을 살기 원하나요?

학생은 나에게 어떤 존재인가요?

교실은 나에게 어떤 공간인가요?

나는 왜 수업하는가?

나는 교실에서 어떻게 버틸 수 있는가?

나는 왜 학교에 출근하는가?

수업 시간, 아이들이 한 명도 오지 않는 교실에서 나는 무엇을 할 수 있는가?

나는 아이들의 기대와 시선에서 자유로운가?

나는 동료 교사의 시선에서 자유로운가?

나란 어떤 존재인가?

나는 어떻게 살아가야 하는가?

나는 삶을 사랑하고 있는가?

나의 욕구는 무엇인가?

나는 타인의 삶에 기여하고 있는가?

나는 스스로 성장하고 있는가?

나는 내 몸이 보내는 신호에 민감하게 반응하는가?

나는 교실에 들어서는 아이의 모습에서 낯섦을 발견하는가?

나는 삶에서 배우고 있는가?

나는 무엇 때문에 지금 여기에 있는가?

내 인생의 가장 중요한 가치는 무엇인가?

나는 생각하고 질문하는 삶을 살고 있는가?

나는 배운 것을 머리에서 가슴으로, 가슴에서 발과 손으로 보내는 사람인가?

나는 진정 자유로운가?

내 삶의 길에서 지치지 않으려면 어떻게 살아야 하는가?

나는 바람직한 삶을 살고 있는가, 내가 바라는 삶을 살고 있는가?

나는 아이들로 인해 괴로운가, 행복한가?

나는 교실에서 무엇을 하고 있는가?

아이들의 불편한 시선을 나는 어떻게 버틸 수 있을까?

나는 모든 학생에게 동등하게 기대하고 있는가?

내 교실은 어떤 가치를 담고 있는가?

나는 왜 교사로서의 삶을 선택했으며, 그 선택에 책임지고 있는가?

개인의 삶이 우선인가, 교사로서의 책임이 우선인가?

나는 아이들을 가르치는가, 아이들과 함께 배우는가?

나에게 교사 이후의 삶이 있는가?

나는 아이들의 학습을 방해하고 있지 않은가?

나는 아이들의 성장을 돕고 있는가?

나는 수업 종이 울리는 것이 반가운가, 아쉬운가?

나는 배움에 중독되어 있는가?

나는 아이들이 시험 보는 시간에 편안한가?

나는 1시간 수업 중 몇 명의 아이들과 이야기를 나누는가?

1년 동안 한 번도 피드백하지 않은 아이들이 있는가?

나는 교실이 편안한가, 교무실이 편안한가?

나는 아이의 성장 과정을 말하는가, 아이의 부정적인 행동을 말하는가?

나는 미래와 희망을 기대하고 있는가?

나는 아이들에게 지금 배우는 것은 당장 사용할 수 있음을 설명할 수 있는가?

나는 수업에 참여하지 않는 아이들이 두려운가?

나는 방학이 기다려지는가?

나는 무엇을 가르쳐야 하는지 알고 있는가?

나는 지금 내 앞의 아이들이 세상을 살아가는 힘을 기르는 위해 무엇을 준비해야 하는지 알고 있는가?

아이들이 떠난 텅 빈 교실을 청소하며, 오늘 하루도 수고한 나에게 물어본다. 이 수많은 질문을 다시금 되뇌어 본다. 그러다 문득 어제보다 조금 더 자유로워진 나를 발견하며 두 팔로 스스로를 토닥인다.

"내일은 또 교실에서 어떤 이야기가 만들어질까?"

차례

1부 교사의 삶을 시작하다

2부 익숙함을 떠나, 낯섦에 나를 던지다

1부

교사의 삶을
시작하다

교사가 되고 싶었다

김유진

📖 교사라는 목표를 이루었다

오랜 수험 생활을 끝내고 임용시험에 합격한 후, 그동안 수험생 때 남겨둔 기록을 정리하기 시작했다. 개인 블로그에 비밀글로 써두었던 일기를 지우다가 현재 나의 상태를 점검하고 어떤 사람이 되고 싶은지 목표를 적어놓은 글을 보았다.

 # 지금 나의 현 상태

1. 개론서 정리도 다 못 끝냄

2. 취업도 못 했음

3. 미래에 대한 아무런 준비도 되어있지 않음

 # 내가 나아가야 할 바람직한 상태

1. 내 전공에 대한 나만의 수업노트가 완성되어야 함

2. 교사가 되자

3. 미래에 대해 철저히 계획하고 준비하기

몇 년 전에 써두었던 나의 목표는 임용 합격과 동시에 대부분

이 달성되어 있었다. 오랫동안 꿈꿔왔던 교사가 되었고, 학교 창문으로 떨어지는 햇살도 정말 감사하다고 느끼는 하루하루를 보냈다. 그렇게 행복한 시간을 보내면서 교사로서의 8개월이 지난 어느 날, 목소리가 전혀 나오지 않고 몸이 너무 아파서 수업을 할 수 없게 되었다. 병원에서 처방받은 약을 먹고 수업시간에 구토 증상이 나타나 수업진행이 불가할 정도로 상황은 날이 갈수록 악화되었고, 결국 병가를 쓰고 쉴 수밖에 없었다. 그때 교사로서 보낸 나의 지난 시간을 돌아보게 되었다. '그토록 되고 싶었던 교사가 되었는데 나는 앞으로 이 일을 하면서 살 수 있을까…….' 심지어는 교사라는 직업이 나에게 맞지 않는 것인지 물어보기 위해 철학관을 찾아가기도 했다. 이 시간은 나에게 많은 것을 돌아보게 해주었다. 교사가 되겠다는 목표를 달성한 이후로 나에게 교사로서의 삶에 대한 그 이상의 목표가 없었다는 것을 깨닫게 되었고, 교사로서 나의 정체성에 대해 고민하기 시작했다.

📖 역사를 가장 싫어하던 학생, 역사 교사가 되다

학창시절에 가장 싫어했던 과목이 역사였다. 이과생이었던 나는 수학 교사가 되는 것이 목표였고, 문과로 수능시험을 응시하고 교차지원을 하겠다는 전략을 세웠으나, 이 전략은 역사 교사가 되는 시작점이 되었다. 수학교육과 진학에 실패했고, 역사교사가 되기까지 10여 년의 시간이 흘렀다. 하나의 원리를 이해하면 수십, 수백 개의 문제를 해결할 수 있는 수학 교과와 달리, 많은 역사 조각이 만나야 하나의 역사적 사건을 이루는 역사 교과를 학습한다는 것은 나에게 너무 어려운 문제였다. 역사의 사건이 일어난 배경과 전개 과정, 결과를 분류하고 나누려고 했고 모든 것들을 구조화하고자 했다. 배경이 결과가 되기도 하고, 하나의 사건이 또 다른 많은 사건과 연결되기도 하는 모든 인과 관계가 복잡하게 얽혀있다는 사실은 나를 매우 혼란하게 만들었다. 역사 학습 방법에 대해서 지속적으로 고민했고, 많은 양의 책을 읽으면서 조금씩 나를 변화시켜갔다. 이러한 나의 과거는 지금 내가 역사 교사로서 수업시간에 아이들을 어떻게 대해야 할지 중심을 잡는 중요한 경험이 되었다.

📖 아이들을 믿게 되었다

경남의 한 농어촌 지역 남자 고등학교로 첫 발령을 받았다. 하루는 집으로 돌아가는 길에 나에게 어떤 선생님께서 "첫 시간에 책상을 하나 집어던지면서 나를 건드리면 이렇게 된다는 것을 보여줄 정도가 되지 못하면 아이들에게 친절한 교사가 되어라."라는 조언을 해주셨다. 그때는 웃고 넘긴 말이었지만, 시간이 지날수록 선생님께서 나에게 왜 그런 말씀을 해주셨는지 몸소 느끼게 되었다. 학교 특성상 학습 격차나 소득 격차가 매우 커서 다양한 학생이 한 교실에 함께 있었는데, 잠을 자는 행동은 평범한 행동이었고 수업 시간에 손톱과 발톱을 깎는다거나 욕을 한다거나 먼 곳에 앉은 친구들과 큰 소리로 대화하고 휴대폰을 하는 행동 등 수업 시간과 쉬는 시간의 경계가 없는 학생이 다소 있었고 이런 분위기 속에서도 열심히 공부하는 학생도 많았다. '어떻게 하면 재미있게 역사를 가르칠 수 있을까'라는 것보다도 '나는 이 아이들과 어떻게 수업 시간에 잘 지낼 수 있을 것인가'가 나에게 주어진 최대의 과제였다. 심지어 우리 학교에는 역사 교사가 나 혼자였다. 나의 수업을 봐줄 사람도, 나의 시험 문제를 점검해줄 사람도, 아이들의 서술형 평가의 답을 함께 공유할 사람도 없었다. 나와 같은 상황에 처한 선생님들이 함께 모이면 하는 말이 "학교에 역사 교사가 한 명이어서 좋은 점은 혼자서 알아서 하면 된다는 것, 나쁜 점은 혼자서 알아서 해야 한다는 것"이라는 말을 할 정도였다.

여러 시행착오를 겪던 중 2015년 여름, 사회과 직무연수에서 '학생 중심 수업'을 접하게 되었다. '많은 학생을 참여시킬 수 있는 수업'이라는 것이 교사로서 많은 고민을 하고 있던 나에게 큰 울림을 주었다. 그리고 그곳에서 얻은 신념이 하나 있다면 '선생님이 행복한 수업이어야 한다.'라는 것이다. 그 하나의 신념에 이끌려 그렇게 학생 중심 수업을 시작했다. 2학기 때 갑작스럽게 정규 수업의 형태를 바꾸는 것은 무리라고 판단하고 방과후학교 수업에서 정말 내 마음대로 '역사독서토론'이라는 정체성이 불분명한 수업을 디자인했다. 1차시의 수업을 위해서 1주일이 넘게 고민하고 학습지를 만들며 머릿속으로 끊임없이 시뮬레이션을 했다. '홀로코스트'를 주제로 유대인 학살과 관련된 『숨어 산 아이』라는 만화책을 읽고 제2차 세계대전과 히틀러에 대한 내용을 탐구하는 시간이었다. 비유카드를 활용하여 책 읽어보기, 영화 속의 유대인 학살 이야기 등의 다양한 방식으로 토론하기 전 홀로코스트에 대한 내용 탐구시간을 10차시 이상 보냈다.

본격적인 토론이 진행되기 전, 우리 아이들이 토론할 수 있을 것인가에 대한 막연한 두려움 속에 아이들에게 직접 토론 주제를 정할 시간을 주었다. 그런데 아이들은 나의 걱정과 달리 자신들의 생각을 적극적으로 표현했고, 창의적인 주제도 많이 제시되었다. 다음 날, 역사지식시장 형태로 2명의 학생이 이야기하고 2명의 학생이 그 이야기를 들으면서 의견을 교환하는 토론 활동을 진행하였다. 교실에 있는 모든 학생이 동시에 이야기하기 시작했고, 나는 돌아다니면서 아이들의 이야기를 들었다. 내가 상상했던 근거 있는 찬반의 토론보다는 자신이 하고 싶은 아무 말이나 하는 아이들을 보았다. 수업이 끝날 때 오늘의 수업 소감을 이야기하면서 나는 아이들에게 오늘 토론은 선생님의 준비가 부족했던 것 같다며 미안하다고 사과를 했다. 그런데 어떤 아이가 "어? 선생님 오늘 우리가 한 토론이 실패한 거예요? 난 정말 좋았는데."라면서 오늘 토론 활동이 실패한 것이었냐고 되묻는 순간, 나는 아무 말도 할 수가 없었다. 그 수업이 끝난 후 나에게는 끊임없이 그 상황이 재연되었다. 나는 수업의 기준을 누구에게 두고 있었던 것인가……. 이 수업을 계기로 나는 아이들을 믿게 되었다.

📖 두려워할 필요가 없다

다음 해, 나는 구름학교에 다니면서 나와 비슷한 고민과 꿈을 가진 선생님들과 지속적으로 교류하면서 1년 동안 학생 중심 수업을 이끌어가게 되었다. 2주에 한 번씩 선생님들과 수업 성찰을 하면서 내가 경험한 실패담이나 성공담을 공유하고 피드백 받으면서 함께 고민했으며, 서로 격려하면서 더욱더 용기를 낼 수 있었다. 어려운 과제는 강의식 수업을 했지만 대부분의 수업 시간은 아이들이 수행해낼 수 있는 다양한 과제와 함께 아이들이 '생각'할 수 있는 수업을 진행했다. 강의할 때보다 아이들의 만족도는 더욱 높아졌고, 더는 생활지도를 해야 하는 수업 시간이 아닌 아이들과 함께 학습하는 역사 수업 시간이 되었다.

1학년 남학생 중 수업 시간에 아무런 의욕도 없어 잠만 자고, 학교의 규칙을 어기는 것을 대수롭지 않게 생각하여 부정적인 이미지로 자주 거론되는 A라는 학생이 있었다. 모둠을 정할 때, 원하는 친구들과 함께 모둠을 구성할 수 있도록 지도하였기 때문에 A의 친한 친구들이 한 모둠에 배정되었고 A와 그 친구들은 수업 시간에 잠을 자기는커녕 떠드느라 수업에 방해가 되곤 했다.

어느 날, '삼국의 발전'이라는 주제로 한강 유역을 둘러싼 삼국의 항쟁과 발전 과정을 정리하는 역사지식시장 수업을 진행하게 되었다. 5차시에 걸쳐 모둠별로 자신들에게 주어진 주제를 탐구하고 이를 친구들에게 사고파는 수업으로 한 모둠이라도 빠지게 되면 그 학급의 친구들은 해당 주제를 공부할 수 없게 된다는 점을 강조했다. A의 모둠은 '고구려의 영토확장'이라는 주제를 담당하게 되었는데, 평소와 같이 모둠 종이에 색연필과 사인펜으로 장난을 치는 듯이 보였다.

이 아이들을 스스로 참여하게끔 기다리는 것보다는 내가 직접 그 부분을 설명해주는 것이 더 낫겠다는 생각이 들어 모둠 아이들이 장난을 친 그림조차도 유니크하다며 칭찬을 해주면서 내용을 설명해주려고 했다. 나에게 칭찬을 더 받고 싶었던 것이 었을까, A는 광개토대왕을 한자로 쓰고는 웃어 보이며, 어릴 때 어머니께서 사주신 위인전에서 광개토대왕과 장수왕의 이야기를 읽었다면서 모둠 친구들에게 신나게 설명해주기 시작했다. 교과서의 내용을 구조화하면서 요약·정리한 다른 모둠과 달리 그 아이들은 A가 위인전에서 읽은 내용으로 홍보자료를 제작했고, 재미있는 이야기를 곁들여 친구들에게 판매함으로써 다른 모둠보다 5배가 넘는 지식의 값을 받아 당당히 1등을 해냈다.

수업이 끝나고 진행된 동료평가에서 그 학급의 대부분의 친구는 이번 수업을 통해 재발견한 친구로 A와 그 모둠 친구들을 뽑았다. "아무것도 할 줄 아는 것이 없는 줄 알았던 친구가 이렇게 역사를 쉽게 설명할 줄은 몰랐다."라는 평가가 주를 이루었다. 나는 A와 그 친구들이 자신들의 지식을 파는 장면을 동영상으로 촬영해두고 몇 년이 지난 지금도 가끔 돌려 본다. 그때 그 수업을 진행하지 않았더라면 그 친구들은 내 기억 속에서 그냥 수업에 의욕 없는 아이들로만 남았을 것이라는 아찔함을 느끼면서, '나의 일방적인 수업이 아이들을 두려운 존재로 남기게 되는 것이 아닌가.'라는 생각을 해본다. 아직도 학생들이 중심이 되는 수업에 대해 많은 고민과 생각을 하고는 있지만, 적어도 나는 이러한 수업을 통해서 아이들을 두려워할 필요가 없다는 사실을 알게 되었다.

📖 도전하고 있고, 또 다른 목표를 꿈꾼다

첫 발령받은 학교에서의 마지막 1년은 나에게 많은 것을 경험하게 해주었다. '선생님이 행복한 수업'이 무엇인지 느끼게 해주었고, 아이들의 능력을 신뢰하게 해주었다. 그러나 나는 다음 해에 학교를 이동하게 되었고, 첫 발령 학교와는 완전히 다른 환경인 한 학년 10학급 규모의 큰 학교에 근무하게 되었다. 여러 명의 역사 선생님이 함께 1학년 한국사를 반별로 나누어 수업을 하게 되었고 더는 나 혼자 마음대로 하는 수업은 진행하기가 어려워졌다. 학생 중심 수업은 곧 강의식 수업으로 돌아갔고 나는 다시 어떤 수업을 해야 할지 혼란을 겪었다.

처음 시작했던 그때처럼 방과후 학교 수업과 수행평가 등을 통해서 학생 중심 수업을 놓지 않고 계속 진행하면서 내 수업의 정체성에 대해서 끊임없이 고민 중이다. 슬럼프에 빠지기도 하고 학교생활기록부에 남기기 위한 활동을 위한 활동을 할 때도 있지만 지금의 나는 조금씩 앞으로 나아가고 있다. 혼자서 모든 것을 진행할 때보다는 다른 역사 선생님들과 교류하면서 수업과 평가에서 많은 것을 배우게 되었고, 당장 정규 수업시간에 적용해보지는 못했지만 구름학교 선생님들과 지금도 지속적으로 교류하면서 PBL을 배우기 위해 미국에도 다녀오고 수업을 디자인해보는 등 경험치를 열심히 쌓고 있다.

나는 교사가 되고 싶었다. 임용시험의 합격으로 그 꿈을 이루었다. 그 꿈을 이루기 위해 나는 많은 길을 돌아왔고, 많은 장애물을 만났다. 힘들어했던 적은 많았지만 한 번도 포기한 적 없었다.

나는 교사가 되었다. 아직은 어떤 교사가 되고 싶은가에 대한 목표를 명확하게 설정하지 못했지만, 나는 자기만의 철학이 있는 교사가 되기 위하여 많은 경험을 하고 있고 끊임없는 변화를 통해 고민하고 있다. 학창시절 가장 싫어하는 과목이 역사였던 학생이 성장해서 아이들에게 역사를 가르치는 교사가 되었듯이, 지금 내게 부족한 점을 극복해가기 위한 많은 경험을 통해 나만의 철학을 가진 교사로서 많이 성장해있을 것이라고 기대해본다.

내 안의 목소리에 귀 기울여라

박수현

📖 내 안의 목소리를 들어라

"선생님, 이거 왜 해야 돼요?"

"선생님, 왜 카드게임을 한다고 했는데 수학 문제만 풀고 넘어가요?"

"왜 쟤도 잘못했는데 선생님은 저만 혼내요?"

친구들은 당돌한 A의 말에 눈이 동그래진다. 특히 선생님 마음에 들고 싶고, 칭찬받고 싶은 마음이 큰 초등학교 1학년 학생들에게는 당돌한 A가 놀랍기만 하다. '어떻게 저렇게 말할 수 있지?' 하는 반응이다. 아이들의 눈은 자연스럽게 선생님이 어떻게 반응하는가 하며 나에게로 향한다.

예전 같으면 이런 학생들은 나에게 두려움의 대상이고 기선제압을 해야 한다고 생각했다. 하지만 지금은 이렇게 자기표현을 하고 어른의 눈치를 보지 않고 자신의 목소리를 낼 줄 아는 아이들이 반갑다.

"A야, 맞아. 선생님이 카드게임을 한다고 했지? 벌써 시간이
이렇게 된 줄 몰랐네. 알려줘서 고마워. 학원 차가 기다리는
친구도 있으니 내일 게임하자. 꼭 기억할게."

"A야. 지금 그렇게 소리 지르면서 친구를 혼내듯이
이야기하면 그 친구가 잘못했어도 많이 당황스러워. B야 너
지금 기분이 어때?"

똑똑하고 자기감정에 솔직하고 직설적인 A는 마음대로 되지
않는 상황이 싫지만 그래도 한 가지는 안다. 선생님이 자신을
무시하지 않고 이야기를 들어주며, 선생님의 입장도 이야기를
해주었다는 것을……

초등학교 1학년을 가르치는 교사로서 항상 마음에 새기는 것
은 교사이기 때문에 나는 무조건 정답을 가르쳐야 하고, 상황
을 해결하고 판단해주는 재판관이어야 한다는 굳은 생각을 버
리자는 것이다. 나도 아이들에게 배울 수 있고, 우리는 이 교실
에서 함께 웃고 활동하고 나누고 가르쳐주고 배우며 어제보다
는 나은 내가 되기 위해 노력하며 살고 있다는 것을 잊지 않으
려 한다. 또 무엇이든 항상 물어보고, 확인받고, 선생님의 칭찬
을 바라는 아이들에게 고백한다. 선생님도 모를 수 있고, 너희
들처럼 이게 정답인지, 잘 가고 있는 건지 순간순간 두렵지만

나를 믿고 다시 한번 용기를 내며 살아가고 있음을……. 내 안에 가장 지혜로운 목소리가 있음을 말해주고 싶다. 내 마음을 들여다볼 줄 알고 내면의 소리에 대해서 믿음을 갖게 되면 인생에 대한 올바른 확신을 얻을 수 있고 내 인생의 주인으로 살아갈 수 있다.

📖 우리들의 도전

여름방학이 지나고 훌쩍 자라온 아이들에게 "2학기에 너희들이 해보고 싶은 것, 또는 도전하고 싶은 것에 대해 생각해보자. 선생님은 2학기에는 너희들의 목소리를 좀 더 자주 듣고, 그것들을 블로그와 밴드에 기록할 거야. 또 개인적으로는 운동이 필요해서 매일 계단 오르기를 하려고 해. 아! 그리고 한자 학습지를 시작했어. 너희들처럼 나도 선생님이 오셔서 가르쳐 줄 거야. 한자 급수 시험 3급에 도전해 보려고 해."

흠, 내가 너무 많은 이야기를 했나? 아이들은 멍한 표정이다. 항상 칭찬받고 싶고, 잘하고 싶은 마음이 크지만 나 자신을 구체적으로 바라보고, 지금 필요한 것이 무엇일까? 하고 싶은 것이 무엇일까? 나를 스스로 돌아보는 시간이 아이들에게 얼마나 있는가? 교실 속에서 아이들이 자신을 객관적으로 바라보고 진짜 나를 만나는 기회가 있었으면 좋겠다. 2학기 나의 도전도 그래서 던지게 된 질문이다. 이런 시간을 통해서 아이들은 앞으로 어떤 사람이 되고 싶은지, 어떤 일을 할 때 행복한 사람이 될지 내 삶의 주인으로 당당히 살아갈 수 있기 때문이다.

아이들의 도전은 생각보다 매우 구체적이다. 지각하지 않기, 친구들에게 소리 지르지 않고 착하게 말하기, 너무 급하게 하지 않기, 줄넘기 하루에 100번 하기, 엄마와 잘 지내기, 동생을 데리고 잘 놀아주기 등 내 삶 속에서 바로 실천할 수 있는 것들이다. 친구의 도전을 보고 줄넘기 101번 하기, 엄마랑 싸우지 않기 등도 있었다. 나는 낯설고 모르기 때문에 뒤로 물러서 있기보다는 친구를 보고 비슷한 도전을 써내는 친구들도 멋지다고 생각한다. 친구를 통해 내가 모르는 것을 배우고 또 언젠가는 내가 그 친구에게 가르쳐줄 수 있는 날도 있을 것이기에 우리는 누가 더 잘하나, 잘 못하나로 성급하게 줄 세우지 않았으면 좋겠다.

나의 도전은 종종 아이들과 이야깃거리가 된다. "선생님은 계단 오르기를 자주 하면서 걸리는 시간이 단축됐어. 어제는 아들이 이렇게 빨리 왔어? 하고 놀랐다니까? 너희들은 어때?"

" 저는 친구들에게 소리 안 지르고 얘기하는 데 애들이 몰라줘요. 계속 소리 지른대요."

" 저는 하루 한 곡씩 오카리나 연습하기로 했는데 이번 주에는 연습을 못 했어요. 선생님 악보 좀 주세요."

그래, 너희들도 나도 하루하루 자라고 있다. 마음속 생각 주머니, 사랑 주머니가 충만한 아이들로 자라기를……

📖 교사로서 나는 부끄럽지 않은 삶을 살고 있는가? 어디에서 살아가는 힘을 얻고 있는가?

현재 나는 교사로서 부끄럽지 않은 삶을 살기 위해 교실에서, 또 교실 밖에서도 노력하고 있다. 나의 말, 행동, 눈빛, 몸짓을 통해 부끄럽지 않은 교사로 살아감을 아이들에게 보여주고 싶다. 완벽하지 않지만, 최선을 다해 선생님의 삶을 살아가고 있음을, 지금 내 앞의 학생 한 명 한 명에게 오롯이 최선을 다하고 눈을 맞추며 존중하고 아끼고 있음을 느끼게 하고 싶다.

사실 교직 10년 차가 되었지만 짧지 않은 육아휴직 시간을 보내고 난 후 나는 주변의 능력 있고 똑똑한 후배, 또래 교사들과 나를 비교하며 한없이 초라해질 때도 많았고, 현재 유행하는 연수란 연수는 다 듣고 교실에서 카피하듯 따라 할 때도 있었다. 또 좋은 자료를 검색해 차곡차곡 USB에 저장하는 것으로 수업 준비를 누구보다 열심히 한다고 착각하기도 했었다. 하지만 그렇게 열심히 해도 교사로서 채워지지 않는 허전함이 있었고 돌아보면 다시 제자리에 돌아온 것 같은 좌절감도 느꼈다.

그렇게 교사로서 고민이 많던 시절에 구름학교를 만났다. 처음에는 교사로서 읽어야 할 책 리스트를 보며 '구름학교에 가면 이 책들을 강제적으로 다 읽을 수 있겠구나. 그래 나에게는 이런 숙제 같은 강제성이 필요해. 교육과정을 보니 요즘 뜨고 있는 하브루타, 슬로리딩도 있네. 이런 건 또 배워야지!' 처음에는 또 다른, 1년짜리 연수라고 생각하고 찾아간 곳이었다.

그렇게 1년을 다니며 다양한 과목의 중등 선생님 속에서 나는 스스로 이방인 같은 초등교사라고 생각했지만, 그것은 스스로 경계를 긋고 낯섦 속으로 뛰어들기 전 두려움 같은 것이었다. 선생님들과 이야기 나누고 함께 과제를 수행하고, 많은 사람의 날 것 그대로인 생각을 듣고, 수많은 질문을 만나며 나는 나 자신을 제대로 바라볼 수 있게 되었다. 내 안에 나를 표현하고 싶은 욕구가 있음을 알았고, 교사로서 내가 서 있어야 할 곳은 바로 교실임을, 교실에서 만나는 학생들 한 명, 한 명에게 내 소명을 다하며 살아가야 함을 깨달았다. 내가 행복한 교사가 되기 위해 나의 욕구들을 보살피고 실천하며 살아가야 교실 속 아이들도 보이고 행복한 교실도 가꾸어 나갈 수 있음을 알게 되었다.

예전에는 내 것을 만들 수 있을 거란 생각을 하지 않았다. 그저 괜찮은 자료를 열심히 검색해 카피하려고 했었다. 이제는 내가 잘할 수 있는 것이 무엇인지, 내가 제일 잘 가르칠 수 있는 것은 무엇인지 끊임없이 나를 돌아보고 나만의 콘텐츠를 만들어가고, 차이를 반복해 나가려고 한다. 작년과 올해가 같으면서도 다르고, 1학기와 2학기가 같지만, 또 다른 차이를 만들어 내면서 나만의 유의미한 콘텐츠를 만들어나가기 위해 노력하고 있다.

또 내 수업과 교실을 설명할 수 있는 자리를 피하지 않고 일단은 도전하고자 한다. 수업과 학교문화에 관심 있는 동료 교사들을 찾아가 내 생각을 이야기하고 나 자신을 위해 내 수업과 교실 이야기를 나누고자 한다. '내 아이디어를 보고 이해 못하면 어떡하지?', '유명한 ○○스쿨에 있는 자료에 비하면 완전 별로인데 욕하면 어떡하지?', '발표를 못 하는 내가 떨려서 절반도 이야기를 못 하고 내려오면 어떡하지?' 하는 걱정은 하지 않는다. 아니, 하지 않으려고 애쓰며 타인보다는 자신에게 집중하고 나를 위해 도전하려고 한다. 물론 실수도 잦고 그 시간을 돌아보며 끊임없이 후회하고 자책할 때도 있다. 하지만 나는 낯섦과 두려움을 마주하고 지금 이 순간에도 노력하며 어제의 나보다 더 나은 내가 되기 위해 살고 있다고 확신한다. 구름학교가 내게 준 선물은 바로 타인에게 향해 있던 시선을 나 자신에게로 되돌릴 수 있었던 것이라고 생각한다.

📖 지금 이곳이 바로 너희들이 있어야 할 자리이다. 환대를 받을 수 있는 교실

구름학교를 만나서 나는 교사로서 나만의 교육철학과 소명 의식을 발견했다. 이제 나는 모든 것을 다 알고 가르쳐야 하는 지식 전달자가 아니라 아이들이 각자 자기의 인생의 주인으로 살아갈 수 있도록 내가 교사로 열심히 살아감으로 보여줄 수 있어야 한다. 암기식 지식을 공부라고 생각하지 않도록, 자신을 위해 공부 여행을 떠나며 다양한 영역의 공부 친구를 만날 수 있도록 안내할 수 있는 교사가 되고 싶다. 그저 남의 것을 보고 감탄만 하는 삶이 아니라 아이 각자가 내 것을 만들어가고 차이를 반복하며 어떤 사람이 되고 싶은지, 하고 싶은 일은 무엇인지에 대해 끊임없이 생각해 볼 수 있기를 바란다. 그 속에서 만나는 많은 친구와 건강한 관계를 맺으며 나를 온전히 표현하고 상대의 목소리로 들어줄 수 있는 교실을 만들어나가고 싶다.

아이 각자가 교실이 바로 내가 있어야 할 자리라는 것을, 또 친구들이 있으므로 나도 존재할 수 있음을 느끼고 서로를 존중하고 배우며 가르쳐줄 수 있는 교실을 만들어나가고 싶다. 그래서 수업 시간에도 단순히 교과서의 지식을 그대로 전달하지 않고 우리 교실 이야기, 아이들의 삶 속의 이야기로 다양한 프로젝트 수업, 직접 해볼 수 있는 수업, 왜 우리가 이것을 배워야 하는지 질문해 볼 수 있는 수업, 내가 알고 있는 것을 설명하고, 친구들의 이야기를 들을 수 있는 수업 등 다양한 방식을 시도해보며 차이를 반복하고 있다.

이를 위해 나는 건강한 교사가 되기 위해 신체적으로는 운동을 시작했고, 정신적으로는 마음공부를 통해 에너지를 잃지 않기 위해 노력하고 있다. 내가 아프면 아이들의 작은 변화도 보이지 않을 것이고, 수업도, 교실도 행복하지 않기 때문이다. 또 마음 맞는 동료 교사와 함께 연구회를 하며 내 교실과 수업을 설명하고 그들의 이야기도 귀담아듣기 위해 노력한다. 마지막으로 가장 중요한 것은 나는 왜 이것을 가르치려고 하는가? 나는 이를 통해 아이들에게 어떤 가치를 전달하려고 하나? 끊임없이 'WHY'에 대해 고민하고 나를 채우기 위해 책을 읽고 나만의 인생철학, 교육철학을 만들어 가고자 한다. 더는 암기식 지식으로 남의 것을 습득하는 데에 집중하지 않고 내 것을 창조해가는 삶을 살아갈 것이다. '내 삶에서 기쁨을 찾았는가? 누군가의 삶에 기쁨을 주었는가?'라는 생애 마지막 질문에 당당하게 'YES'라고 말하고 싶다.

저는 이제 다섯 살이에요

양인선

"가르치는 것이 즐겁고 아이들이 좋아서 선생님이 되고 싶습니다."라는 흔하디흔한 면접 답변으로 시작해서 교원자격증과 학교 졸업장을 끝으로 '연습'을 종료하고 나는 선생님이 되었다. 그리고 이제 선생님 나이로 5살이 되었다. 5살이라. 사실 5살은 세상을 다 알기에는 너무나도 어린데 교단에 서기 전까지만 해도 교직 5년 차에는 아이들과 수업에 대해서 능수능란하게 다 알고 있을 것 같다고 생각했었다. 지금 교직 5년 차의 끝물에 서 있는 나는 그런 건방진 생각을 했던 어린 나에게 이런 말을 해주고 싶다.

"갈 길이 멀다."

📖 1년 차, 시작

2월 14일에 졸업을 하고 2월 27일에 첫 출근을 하였다. 13일 만에 학생에서 선생님으로 레벨업을 한 것이다. 정식으로 발령이 나기 전 시작한 기간제 자리였다. 너무나도 갑작스럽지만 4

년 동안 학교에서 수많은 전공 수업을 들었고, 8주간의 교생실습을 통해 갈고 닦았으며, 그 어렵다는 임용을 통과했기에 나는 잘할 수 있다는 무한한 자신감을 가지고 시작한 나의 첫 번째 학교생활이었다.

이런 위풍당당했던 나의 어깨는 3월 첫날 컴퓨터 전원을 켠 순간부터 슬슬 제자리를 찾기 시작했다. 업무 포탈 접속은 고사하고 메신저 쪽지 하나 확인하지 못하는 나는 학교와 전혀 소통할 수 없었고, 혼란에 빠진 내 앞에는 내가 너무나도 궁금한 10대에 발을 들인 지 3개월이 된 초등학교 3학년 아이들 28명이 앉아있었기 때문이다. 그렇게 모든 것은 시작되었다.

공문 하나 보내는 일은 학생 이름 외우기보다 더 어려웠고, 숫자만 가득한 교육과정을 짜는 것은 수업 준비보다 어려웠다. 정신없이 3월을 보내고 보니 내가 열심히 하고 싶었던 일과 내가 열심히 해야 하는 줄 알았던 일보다 더 공을 들여서 행정 업무를 하고 있었다. 아이들의 마음을 들여다보기도 전에 5개월의 시간은 지나갔고 나는 NEIS 인증서가 들어있는 USB 하나만 얻은 채 발령이 났다.

발령이 나서는 더 정신이 없었다. 9월에 발령이 났던 터라 아이들 입장에서 나는 2학기에 갑자기 바뀐 선생님이었다. 아이들과 정을 나눌 사이도 없이 처음 겪어보는 각종 학교 행사들에

치여 나는 그렇게 남은 4개월마저 보내버렸다. 이렇게 1년을 보내고 나니 나에게 남는 것이 하나도 없다는 생각이 들었다. 아이들의 인성교육에 대해 치열하게 고민해보지도 못했고, 교과 내용을 체계적으로 공부해보지도 못했다. 내가 생각하던 선생님의 시간과는 너무 다른 현실에 실망하고 지쳐갔었다.

📖 2년 차, 적응과 실패

사람은 적응의 동물이 맞았다. 새롭게 시작한 3월 앞에서 어딘지 모르게 익숙한 업무들을 차근차근 처리해나가며 적응해가고 있었다. 동료 선생님들에게 나는 일 잘하는 신규 교사였고, 아이들에게 나는 아이돌 이야기도 나눌 수 있는 친구 같은 선생님이었다. 여기저기에서 주워온 자료들을 재미있는 수업인 것처럼 아이들에게 보여주며, 진도에 집착하고 있었다. 뚜렷한 교직관 없이 학급 운영에 따라만 하는 수업들로 1년을 이어갔다. 작고 네모난 교실은 내 세상이었고, 밖을 보지 못했기에 점점 오만해졌다.

그러던 어느 날 남학생들의 작은 다툼이 몸싸움으로 이어졌고 이내 학부모들끼리 연락을 주고받는 사건 하나가 발생했다. 사건을 해결하는 과정에서 아이들의 마음을 제대로 들여다본 적 없는 오만한 신규 교사는 아이들에게 분별없이 상처를 주는 말들을 했다. 아이들의 다툼은 교실에서 흔히 있을 수 있는 일임에도 불구하고, 아이들에게 뱉었던 나의 말들로 인해 쉽게 해결할 수 있었던 일이 모두에게 상처만 남긴 채 끝이 났다.

실전에 한 번도 내던져진 적이 없었던 나는 폭풍같이 몰아쳐 오는 상황들을 학생들의 탓, 열악한 교육환경 탓으로 돌리려고만 하는 생각으로 가득 찼다. 잘못된 마음가짐으로는 당연히 동료 선생님들과의 관계도 좋을 수 없었으며, 내가 놓은 이러한 덫들로 인해 어느 순간 나는 온몸이 저리는 순간을 느꼈다.

'아, 나는 이제 어떻게 해야 하는 걸까?'

이때의 나는 내가 교사가 지녀야 할 자질이 있는가에 대한 의문부터 시작해서 아무것도 못 하는 나에 대한 원망이 들었다. 쓰디쓴 실패를 겪은 그해, 나는 6학년 아이들을 떠나보내는 졸업식 날 아쉬움도 행복함도 아닌 미안한 감정으로 고개를 들 수 없었다.

📖 3년 차, 배움의 시작

해가 바뀌고 새로운 아이들 앞에 서게 되었다. 자신감은 반

토막이 났었다. 시작부터 걱정만 하는 나에게 동료 선생님께서 말씀하셨다.

"해봤자 3년 차가 걱정만 하냐. 뭐든 해도 되는 나이잖아."

나도 모르게 계속 끄덕이는 고개를 멈출 생각이 들지 않았다. 축 처져 있는 나를 위로하기 위해 지나가듯 하신 말씀이었을 것이다. 아마 그 선생님께서는 잘 기억나시지 않을 수도 있다. 하지만 이 말은 네모난 내 세상에 갇혀있던 나를 선 밖으로 끌어내는 한 마디였다.

3살의 아이라면 이제 말문이 터서 귀찮으리만큼 끊임없이 물어보고, 똑같은 것을 또 물어보고, 손에 닿는 것이라면 무엇이든 쥐고 보는 나이다. 3년 차인 나는 비록 26살이지만 3살의 아이처럼 학교 안팎에서 궁금해하고 배워야 하는 처지였다. 모르는 것이 생기면 나보다 훨씬 많은 경험을 가진 옆 반 선생님들에게 여쭤보았다. 그 어떤 수단보다 빠르게 상황을 진단해주시고 알려주셨다. 학교에서 부족한 것은 연수로 채웠다. 그 시대에 유행하던 수업 기술과 관련된 연수도 들어보고, 특정 교과를 연구하는 연구회에도 들어가 보았다. 세상은 빠르게 변하고 있었고, 내가 가지고 있던 지식만으로는 느리고 부족하다는 것을 뼈저리게 느끼는 시간이었다. 한 가지 더 알게 된 사실은 많은 선생님이 나이와 지역을 불문하고 더 나은 교육을 위해 공부하며 나누고 있다는 것이었다. 그런 선생님들을 만나고 이야기를 듣는 시간조차 나에게는 큰 배움이었고, 다른 연수를 찾아가게 되는 자극이 되었다.

연수를 들으면 항상 강사분께서는 "오늘 들으신 것들 내일 교실에서 써보시고 싶으실 거예요. 근데 생각보다 잘 안될 수 있어요."라고 말씀하셨다. 새로운 것을 알게 된 나 역시도 연수에서 배운 것은 바로바로 써먹고 싶은 마음이 들었다. 학생들에게 내 머리와 손으로 만든 진짜 내 수업을 주려고 고민하고, 학생들과 다양한 방법으로 상담도 해보았다. 그렇지만 모든 일은 첫술에 배부를 수 없는 법. 실제로 수업을 하다 보면 계속해서 등장하는 허점과 피하고 싶은 지루한 아이들의 눈빛이 내 눈에 들어왔다. 상담은 하면 할수록 학생들의 나쁜 감정을 내가 안고 가는 것 같아 마음이 불편할 때도 있었다. 하지만 괜찮았다. 왜냐면 나는 뭐든 해도 되는 3살이었으니까.

📖 4년 차, 넓게 그리고 재밌게

4년 차는 내가 사는 지역에 계속 있다 보니 다른 지역도 궁금해지는 시기였다. 옆에 있는 학교만 해도 우리 학교랑 이렇게 다른데 다른 지역은 어떤 분위기와 유행이 있을지 보러 가고 싶었다. 그래서 연수시간도 인정되지 않는 전국의 많은 연수도 찾아보았다. 살면서 한 번도 해보지 않았던 아카펠라 연수도 가보고, 책에서만 보던 저자의 강연도 들어봤다. 정말 신세계였다. 네모난 교실에서 문을 열고 나와 봤더니 밖에는 엄청나게 많은 교실이 있었고, 운동장도 넓었다. 그리고 거기에는 많은 선생님과 아이가 있었다. 세상은 정말 크다는 생각을 하게 되었다.

나는 그동안 연수를 들으면서 무엇이 좋은지 생각해볼 겨를도 없이 다 하는 것이 맞는 것인 줄 알았다. 넓은 세상에는 각자에게 맞는 방식과 각자가 재미있어하는 것을 즐기며 사는 선생님이 많았다.

'나는 내가 좋아하는 것을 알고 있었나?'

삶에서 모든 부분을 학교와 수업, 아이들과 연관 지으려고만 했지 내 삶과 내 시간이 없었고, 멋있는 것은 다 따라 했다. 결국, 2년 차 초기와 비슷해져 가고 있는 것만 같아 나를 되돌아보게 되었다.

스스로가 즐거울 때 나오는 에너지가 아이들에게도 고스란히 전달된다는 사실을 깨달았을 때, 나는 나에게 조금 더 집중할 수 있었다. 아이들의 감정에 공감하되 객관적으로 보려고 노력했고, 내가 잘할 수 있는 것부터 수업으로 가져왔다. 또 학교와 분리된 나의 시간에는 온전히 나를 위한 취미와 보상으로 위로도 했다. 아이들과 수업을 위한 연수만큼 내가 재미있어하는 것도 함께 즐겼더니 배움에 허덕이다 가끔은 힘들어했던 작년보다 행복했다.

📖 5년 차, 조금 더 깊게

내가 사는 지역을 둘러보고 돌아오니 색다른 것을 해보고 싶었다. 내가 좋아하는 것이 더 발전하려면 어떤 방법이 있을지 고민하다가 떠올린 것은 대학원이었다. 내가 정말 좋아하고 공부하고 싶은 것이 무엇인지 잘 모르던 지난 4년 동안은 선뜻 대학원을 진학하기가 두려웠다. 하지만 내가 관심을 가지고 재미있어하는 분야를 찾게 되니 대학원을 진학하고 싶다는 의지가 생겼다.

"네가 공부를?"

공부만큼은 죽어도 싫다던 꾀쟁이가 공부한다고 하니 놀란 주변인도 많았다. 공부에 재미를 느끼고 제대로 해 본 적이 없다 보니 공부가 끝도 없는 과제임을 몰라서 더 자신 있게 대학원의 문을 두드린 것도 있었다. 전문성을 높이고 학위도 가질 수 있을 것이라는 기대감에 진학한 대학원에서는 전혀 다른 차원의 배움이 시작되었고, 이것은 아직 내가 부족한 만큼 발전 가능성도 크다는 생각을 갖게 한 도전의 발판이 되었다. 그리고 지난 4년간 많은 도전 속에서 만난 선생님들은 나의 또 다른 도전을 응원해주셨고, 그 선생님들의 진행형 삶을 보며 나는 또 배우고 있었다.

나는 가장 보통의 대한민국 교사라고 생각한다. 나의 처음은 전국의 선생님과 비슷할 것이다. 학교라는 공간이 워낙 변수도 많고 이론과는 다르기에. 시작부터 모든 것을 잘하는 사람은 물론 있을 수 있다. 하지만 그런 사람들은 정말 극소수라는 것. 나와 같은 사람이 대다수이다. 몇 없는 세상 사람과 나를 하나하나 비교하다 보면 이유 없이 찾아오는 우울감과 무기력함으로 인해 일상이 지루해지기도 하며 주변에서 나를 바라보는 시선 때문에 진짜 나를 잃어가고 있는 것 같은 느낌이 들기도 한다.

"그렇다고 해서 쉽게 주저앉지 말고 나를 너무 작게 생각하지 마."

학생들의 마음을 어루만져 주지 못해서, 배움이 일어나는 완벽한 수업을 하지 못해서 때때로 슬퍼지기도 한다. 하지만 이 모든 일이 내가 모자라서, 못해서 일어나는 일들이 아니라고 꼭 말해주고 싶다. 처음부터 나는 다 알지 못했고 앞으로도 절대 모든 것을 다 알 수는 없다. 그러므로 이런 나는 계속 더 배울 수 있다. 옆 반 선생님에게서, 학생에게서 나에게는 없는 점을 보고 받아들이는 순간, 소중한 나의 존재를 인정하는 순간은 각자가 가진 발전 가능성에 시동을 거는 순간이다.

가르치는 것이 즐겁고 아이들이 좋아서 선생님이 된 나는 5살이 되었다. 5살이 되기까지 진짜 내가 즐거워하는 것이 가르치는 일인지 진지하게 고민할 정도로 지친 날도 많았다. 5살을 먹는 동안 며칠 정도는 아이가 미워서 얼굴도 보기 싫을 때도 많았다. 하지만 내가 있는 이 자리에서 아무도 모르게 꼼지락거리며 하고 싶은 걸 찾아가는 과정을 통해 노력 중이다.

나와 같은 어려움을 겪고 있는 선생님이 사회와 주변에서 멋대로 정해버리는 '교사'라는 기준 안에서 모든 것을 해결하려고 하지 말고 더 즐겁게 주어진 교실과 시간을 살아가셨으면 좋겠다. 나는 갈 길이 아주아주 멀고 많으므로 당장 내일의 내가, 다음 해의 내가 궁금하다.

과연 나는 어떻게 크고 있을까?

신규 수학 교사의 힘든 학교 생존기

김대현

📖 신규 교사의 초심

누구나 어떤 일을 시작할 때의 첫 마음이 있었을 것이다. 내가 교사가 되어 품었던 첫 마음은 두 가지였다. 하나는 '학생들에게 좋은 선생님으로 기억되고 싶다.'였고, 다른 하나는 '모든 학생들이 즐겁게 수학을 공부했으면 좋겠다.'였다. 내가 좋은 선생님이 된다면 나를 만나는 수천 명의 학생들에게 좋은 선생님이 생기는 것으로 생각했다. 시간이 흘러 학교를 떠올렸을 때 그래도 학교에 대한 긍정적인 생각이 컸으면 해서다. 그리고 학교에는 수포자가 많다고 했다. 특히 고등학생이 되면 많은 학생들이 수포자가 되어 수학 시간에는 다른 공부를 하거나 잠을 잔다고 했다. 그런 학생들에게 내가 느꼈던 수학의 아름다움을 느끼게 해주고 싶었다. 학생들이 수학이 얼마나 아름답고 재미있는지를 느끼며 모두가 즐겁게 수학 공부를 하는 교실을 꿈꿨다.

📖 힘들기로 소문난 학교로 첫 발령을 받다

　경상남도 거창군에 있는 아림고등학교로 첫 발령을 받았다. 거창은 비평준화 지역이었고 그중 아림고는 학업 성적이 가장 낮은 학생들이 오는 학교였다. 아림고로 첫 발령을 받았다고 하니 주변에서 걱정을 많이 하셨다. 힘들기로 유명한 학교고 거친 학생들이 많다고 하셨다. 걱정 반 설렘 반으로 학교생활이 시작되었다. 나는 비담임에 3학년 인문반과 2학년 자연반 수업을 하게 되었다. 3학년 인문반 수업을 처음 들어갔을 때의 느낌은 솔직히 말해 조금 무서웠다. 학생들의 인상에서 오는 기에 눌리는 느낌이었다. 그래도 그런 티를 내지 않으려고 노력하며 학생들에게 수업 안내를 했다. 나는 개인적으로 한 명씩 악수하면서 인사를 하고 아몬드를 하나씩 나누어 줄 것이라고 했다. 그리고 이름을 외우기 위해 사진을 찍어간다고 했다.

　그런데 바로 난관에 부딪혔다. 사진 찍기를 거부하는 학생들이 있었다. 아무리 좋은 마음이라도 학생들에게 사진 찍기를 강요할 수는 없다는 생각이 들었다. 그래서 그럼 얼굴이 안 나오게 찍는 것은 괜찮냐고 물으니 괜찮다고 했다. 그래서 4명씩 사진을 찍어가 그 주에 학생들 이름을 다 외웠다. 3학년 세 반과 2학년 두 반이어서 그래도 금방 이름을 외울 수 있었다. 내가 매

시간 학생들의 이름을 부르고 악수를 하며 아몬드를 나눠주는 이유는 관심의 표현이자 좋은 관계 형성을 위한 노력들이다. 학생이 교사의 관심을 느낄 수 있는 가장 기본은 이름을 아는 것이다. 나의 이름을 알고 이름을 불러주는 선생님 수업과 '나의 이름은 알까?'라고 생각이 드는 선생님 수업의 참여도는 당연히 다를 것이었다.

교사와 학생 간의 1:1 만남은 중요하다. 수업 중 최소 한 번은 교사와 학생의 1:1 만남이 있었으면 해서 악수를 해야겠다고 생각했다. 악수하며 서로의 온기를 나누는 것이 학생들에게 긍정적인 작용을 할 것이라고 믿었다. 아몬드를 나눠주는 이유는 임용시험에 합격하기 전 한 학기 동안 시간강사를 하며 겪었던 일 때문이다. 그때 수업을 듣는 학생에게 보상 개념으로 줄 것을 찾다가 쓰레기가 안 나오며 몸에 좋은 아몬드를 주게 되었다. 그런데 보상 개념으로 주다 보니 아몬드를 못 먹는 학생들이 생겼다. 그 학생들이 마음이 쓰여 그냥 아몬드를 하나씩 다 나눠주게 되었다. 운동부 학생이 졸 때가 있었는데 아몬드를 먹어서 그런지 조는 것에 대해서 되게 미안해했다. 그때 내가 임용에 합격하면 매시간 아몬드를 줘야겠다고 생각했다. 작은 아몬드 하나지만 그 아몬드를 기대하고 기다리는 학생들이 많았다. 학생들의 이런 긍정적인 마음이 수업에도 좋은 영향을 미칠 것이다.

이렇게 학생들과 관계를 맺으며 자는 학생들을 깨워 개념설명을 다시 해주고 스스로 문제를 풀 수 있을 때까지 지켜봐 주었다. 이런 노력들로 인해 아림고에서도 많은 학생이 수업에 참여하게 되었다.

하지만 결국엔 나는 많은 학생을 포기할 수밖에 없었다. 나는 강의식으로 수업을 했었고 내 몸은 하나였기 때문이다. 기초가 너무 부족한 학생들이 많았기 때문에 3학년 내용을 가르칠 엄두가 나지 않았다. 어디서부터 어떻게 가르쳐야 할지 막막했었다. 그래도 최대한 많은 학생들을 수업에 참여시키기 위해 공식만 외워서 문제를 풀 수 있게 학습지를 만들었다. 그렇게 하니 1/3에서 많게는 2/3 정도의 학생들이 수업을 들었다. 수업을 하면서 내가 지금 뭘 하고 있는지 내가 가르치고 있는 것이 수학은 맞는지 너무나 혼란스럽고 힘들었다. 내가 왜 수업을 하는지, 내가 왜 수학을 가르치는지에 대한 답을 찾을 수 없었다. 내가 하고 있는 수업에서 나는 아무런 의미도 찾을 수 없었고 그것이 너무 괴로웠다.

그렇게 시간이 흐르고 어느덧 학생들의 졸업식 날 한 학생이 내게 다가와 손수 꾹꾹 눌러 쓴 편지를 건넸다. 그 편지의 일부이다.

"선생님께서 우리 학교에 처음 오셨을 때 첫인상은 아주 인상

깊었어요. 오시자마자 악수를 하시고 얼굴을 기억해야 한다며 사진을 찍으시던 그 모습. 선생님께서 아이들을 생각하시는 마음이 느껴졌던 첫인상이었어요! 선생님께서는 저희를 포기하지 않으시려고 엄청 노력하셨던 것 같아요. 우리 학교 애들이 특히 어려워하고 흥미를 가지지 않던 수학이라는 과목을 최대한 이해할 수 있고 쉽게 가르치려고 하시고 아이들이 흥미를 가질 수 있게 많이 노력하셨던 것 같아요. 그 덕분에 아이들은 수학 문제를 풀고 맞춰가며 수학에 관심을 가지고 선생님의 수업 때 집중을 많이 했던 것 같아요! 저 또한 선생님의 수업을 들으면서 태어나서 처음으로 수학이라는 과목에 흥미를 느끼고 선생님이 나눠주신 학습지를 몇 번이고 반복해서 풀 수 있었던 것 같아요."

이 편지를 받고 많은 학생을 포기한 나 자신이 너무나 부끄러웠고, 나는 아무 의미가 없다고 생각한 수업이 학생들에게는 의미가 있었다는 것을 깨달았다. 그리고 이 편지는 나에게 큰 위로가 되었고 다시 힘을 낼 수 있는 원동력이 되어 내년에는 초심을 잃지 않고 한 명의 아이도 절대 포기하지 않겠다고 다짐했다.

📖 수학 시간 맨날 잠만 잤던 학생들이 모두 다 수학 수업에 참여하다

2년 차가 되어 한 명의 학생도 포기하지 않기 위해 1학년 담임을 했다. 그리고 3년 동안 이 학생들을 따라 올라가 끝까지 책임진다고 마음먹었다. 나만의 수업 철학이 없었기 때문에 나는 수업 관련 연수만 있으면 어디든지 찾아다녔다. 하지만 어디서도 나만의 철학을 세울 수 있는 연수는 없었다. 그러다 구름학교 신입생을 모집한다는 공문을 보고 바로 신청하여 구름학교에 입학하게 되었다. 구름학교에서 제일 처음 들었던 말은 변명의 카르텔에서 벗어나라는 말이었다. 학교의 상황이 힘든 것은 사실이다. 그러나 그런 것들은 우리가 어떻게 할 수 없다. 어쩔 수 없는 것을 가지고 못한다고 변명만 늘어놓는다면 아무것도 변하지 않을 것이다. 따라서 우리는 할 수 있는 것을 해야 한다고 했다. 여기까지만 이야기했으면 또 교사의 노력만 바라는 것이 아닌가란 생각이 들어 거부감을 느꼈을 것 같다.

그러나 그 뒤에 하다가 힘들면 안 해도 된다고 했다. 잠시 쉬었다 또 힘이 생기면 그때 또 한 번 도전해 보라고 했다. 가장 중요한 것은 교사 자신이라고 했다. 그 말이 너무나 위로가 되었고 도전해 보고 싶은 용기를 불러일으켰다. 강의식 수업을 버리고 모둠학습을 시작했다. 모둠학습만 하면 자동적으로 학생들이 수업에 참여할 줄 알았다. 하지만 그것은 착각이었다. 처음에는 학생들이 집중하는 것 같더니 조금 지나니 엎드리고 안 하려고 하는 학생들이 늘어나기 시작했다. 그래서 학생들에게 왜 수업에 참여하지 않느냐고 물어보았다. 그러니 너무 어려워서 못하겠다고 했다. 그 대답을 듣고 학생의 말이 옳다고 생각했다. 안 하는 것이 아니라 어려워서 못하는 것이다. 자신의 수준에 맞지 않는 것을 주니깐 못하는 것이다.

그래서 "그러면 할 수 있는 것을 주면 할래?"라고 물으니 할 수 있는 것을 주면 한다고 했다. 그래서 사칙계산부터 시작해서 기본적인 계산을 할 수 있도록 중1 내용의 학습지를 만들었다. 그리고 학생들에게 중1 학습지와 고1 학습지 중에서 선택하게 했다. 그러니 반 이상의 학생들이 중1 내용의 학습지를 선택했고 나머지 학생들은 고1 학습지를 선택했다. 그렇게 두 가지 학습지를 만들어 수업을 하다 보니 강의식 수업을 아예 할 수가 없었다. 같은 학습지를 선택한 학생들끼리 모둠을 구성했다. 고1 학습지는 내용설명을 글로 자세히 적어놓고 관련 문제풀이를 학습지에 해놓았다. 그래서 고1 학습지를 선택한 학생들은 친구들과 함께 이야기하며 학습지를 해결했다. 자신들끼리 해결하지 못한 것들만 나에게 질문하며 설명을 들었다. 중1 학습지를 선택한 학생들끼리 모둠을 구성하니 그 안에서도 설명을 해줄 수 있는 학생들이 나왔다. 나는 아예 안 하려고 하는 학생들 옆에 가서 하면 잘한다며 격려하며 내용설명을 하고 스스로 문제를 풀 수 있도록 지켜봐 주었다. 중1 학습지를 선택한 아이들의 반 정도는 기본적인 사칙계산도 안 되는 아이들이었다.

대부분의 학생들이 중학교 때 잠만 잤었고 심한 아이들은 초 등학교부터 공부를 하지 않았다고 했다. 이런 아이들한테 고1 내용의 수업을 했으니 못하는 것이 당연했다는 생각이 들었다. 이렇게 자신이 할 수 있는 수준의 학습지를 주니 스스로 공부 하는 학생들이 많아졌다. 하지만 이렇게 수업을 하는 과정은 엄 청 힘들었다. 교실이 많이 소란스러웠고 여기저기서 도움이 필 요한 학생들이 많았기 때문에 나도 정신이 없었다. 그리고 내가 하고 있는 방법이 옳은지에 대한 의구심도 있었다. 하지만 자신 이 할 수 있는 학습지를 꾸준히 해결하며 학생들이 변화하기 시 작했다. 한 번도 수업시간에 학습지를 끝까지 해본 적이 없던 아이들이 그것도 수학 학습지를 끝까지 해결했다는 것에 큰 성 취감을 느꼈다. 그러니 자연스럽게 수학에 흥미를 느끼기 시작 하며 자신도 하면 잘할 수 있다는 자신감을 얻었다.

이렇게 한 학기를 하니 대부분 학생이 기본적인 계산은 다 할 수 있게 되었다. 그래서 2학기 때부터는 모두 다 고1 내용을 가지고 수업을 시작하였다. 2학기 첫 수업을 하는데 처음으로 수업이 된다는 느낌을 받았다. 이 상황이 믿기지 않아서 '집합 단원이어서 그런 건가?'라고 의심이 들었지만 다음 단원으로 넘어가도 학생들이 계속 수업에 잘 참여하였다. 중1 학습지를 끝까지 풀며 쌓은 성취감과 자신의 모둠이 아니어도 누구든지 편한 상대에게 가서 질문하고 배워도 된다는 수업 분위기, 학생들과 교사의 좋은 관계가 이런 변화를 이끈 것 같다. 그러면 평가를 어떻게 했냐고 많은 선생님이 질문하셨다. 고1 내용이지만 사칙계산만 할 수 있으면 풀 수 있게 문제를 낼 수도 있다. 시험 전에 시험 대비용 수업을 따로 했었다. 40% 정도는 정말 쉽게 내서 모든 학생이 풀 수 있도록 했다. 수학 시험은 매일 찍고 잤던 학생들이 처음으로 직접 문제를 풀고 오십몇 점을 받았다고 엄청 좋아하기도 했다. 이런 과정을 통해 학생들이 '나도 할 수 있다.'라는 자신감을 얻었다.

📖 나만의 수업철학을 세우다!

2년 차 때 구름학교를 다니면서 모든 학생이 수학 수업에 참여하게 되었고 나도 나만의 수업 철학을 가지게 되었다. 구름학교 교육과정을 통해 기존에 보던 것들을 다르게 보는 연습을 하고 새로운 생각들을 많이 했다. 그리고 그 과정들을 혼자가 아닌 여러 선생님과 함께하며 사고의 틀을 더 넓힐 수 있었다. 구름학교 교육과정을 진행해 나가면서 내가 왜 수업을 하는지 곰곰이 생각해보았다. 나는 '내 수업을 통해 학생들이 잘 살았으면 좋겠다.'라는 생각이 들었다. 그러면 잘 산다는 것이 무엇인지 생각해보았다. 내가 생각하는 잘 사는 것이란 자기 자신을 사랑하고 자신의 감정을 잘 느끼고, 타인의 감정에 공감할 줄 알며 남과 비교하지 않고 그냥 자신의 삶을 살아가는 것이다. 이런 나만의 철학이 생기고 나니 '내가 하는 모든 것들의 기준은 그것이 학생들이 잘 살아가는 것에 도움이 되는가?'였다. 관행처럼 여겨왔던 일들에서 벗어나 교사가 자율성을 가진 부분을 최대한 활용했다.

기존과 다르게 새로운 것을 하려고 하면 두려움이 앞선다. 나도 두려웠다. 일부 학생들에게 고1 내용을 안 가르치고 중1 내용을 가르쳐도 될까? 정의적 영역을 평가하는 수행평가를 해도 될까? 수행평가 비율을 70%로 해도 될까? 지필고사를 서술형 100%로 해도 될까? 등 교육청에서 가능하다고 공문이 온 내용임에도 불구하고 고민이 되었고 또 이렇게 했을 때 문제가 생기지 않을까 두려웠다. 하지만 실제로 다 했고 아무 문제도 없었다. 3년 차 때는 아이디어가 떠오를 때마다 내가 하고 싶은 수학 수업을 중간중간했다. 벚꽃 나무에 핀 벚꽃의 개수는? 내 인생의 극한은? 왜 돌리는 자물쇠는 2자리인 것이 없을까? 반 학생들로 수 만들기, 1, 2, 3, 4, 5로 수 만들기, 문제적 남자, 책 속에서 수학을 보다 등 단순히 계산만 하는 문제가 아니라 수학의 아름다움을 느끼고 수학의 재미를 느낄 수 있는 수업을 했다.

4년 차 때는 고3 수업을 하며 끝까지 책임진다는 스스로의 다짐을 지켰다. 처음에는 모든 학생이 수업에 참여시키는 것이 목적이었다. 그게 되고 나니 학생들이 조금은 수학에 대해 아름다움과 재미를 느낄 수 있는 수업을 하고 싶어 아이디어가 떠오를 때마다 그런 수업을 했다. 이때는 수학 그 자체를 조금 더 깊이 있게 공부했으면 좋겠다는 욕심이 자꾸 생겼었다. 나름대로 고민하고 노력해 봤지만 모든 학생이 수학 그 자체에 흥미를 느끼며 더 깊이 있는 수학 공부를 하게는 못했다. 지금도 계속 고민하고 있는 부분이다. 모든 학생이 수학 그 자체를 깊이 있게 공부하며 수학의 진정한 매력을 느꼈으면 좋겠다.

📖 힘든 학교에서 버틸 수 있었던 힘

4년간의 아림고의 생활을 마치고 창원중앙고등학교로 이동했다. 4년간을 되돌아보면 보람도 많이 있었지만 힘든 학교에 근무하는 건 정말 힘들었다. 보고 싶지 않은 모습들을 많이 봐야 했고 들고 싶지 않은 말들도 많이 들었었다. 그리고 가장 힘든 것은 내가 어찌할 수 없는 한계들에 너무 많이 부딪히고 그 해결방법을 찾을 수 없다는 것이다. 나름대로 타협하면서 할 수 있는 것들은 하지만 그것들이 근본적인 해결방법은 아니기 때문에 늘 한계를 마주하게 된다. 그리고 무수히 많이 포기하고 싶은 유혹에 시달리게 된다. 힘든 학교에서 무언가를 하기 위해서는 많은 시간을 투자해야 한다.

그런 시간 투자가 항상 보답으로 돌아오지 않을 때도 있다. 그럴 때는 '이렇게까지 꼭 해야 하나?'라는 생각이 들고 환경 탓으로 돌려서 포기해버리고 싶다는 생각이 들기도 한다. 그리고 그런 한계 앞에 무력감을 느끼고 때론 모든 것이 다 내 책임인 것 같은 생각이 들기도 한다. 이런 생각이 들 때는 그래도 잘하고 있다고 포기하지 않은 것만 해도 대단하다고, 힘들면 조금 쉬어도 괜찮다고 스스로 나를 칭찬하고 위로하며 버텼다. 그리고 주변에 좋은 동료 선생님들도 있었고 구름학교를 다니면서 교사로서 '살아가는 힘'을 길렀기 때문에 버틸 수 있었다. 그리고 내가 버틸 수 있었던 가장 큰 힘은 교사가 내가 하고 싶은 일이기 때문이다. 누군가에게 영향력을 줄 수 있다는 것이 교사의 가장 큰 매력인 것 같다. 나로 인해 긍정적으로 변화해 가며 성장하는 학생들의 모습을 볼 때 큰 행복을 느낀다. 때론 나로 인해 나쁜 영향력을 받을 수 있다는 것이 두렵기도 하다. 그래서 항상 내 모습을 돌아보게 된다. 그리고 실수하거나 잘못한 일이 있을 때는 학생들한테 사과했다. 부족한 부분들도 많이 있지만 그래도 학생들에게 선한 영향력을 주는 교사가 되고 싶다. 그게 내가 하고 싶은 일이고 내가 가장 큰 즐거움을 느끼는 일이기 때문이다.

초보 교사의 한 걸음 한 걸음

남민주

구름학교에서 진행한 레이프 에스퀴스 선생님과의 만남에 참석한 것은 지금도 내 마음속의 울림으로 남아있다. "조금씩 낮게 실패하라.", "지름길은 없다." 등과 같은 선생님 책에 있는 문구들은 새내기 교사의 마음에 콕콕 박히는 말들이었다. 에스퀴스 선생님의 책『당신이 최고의 교사입니다』표지에는 "초보 교사는 어떻게 베테랑 교사가 되는가?"라는 글귀가 적혀 있다. 실패와 작은 성공 경험, 다시 실패를 거듭하고 있는 초보교사에서 몇 걸음이나 앞으로 나아갔을까?

📖 초보 교사의 실패

2013년 2월 마지막 주. 임용 합격의 기쁨이 가시기도 전에 덜컥 발령이 났다. 발령장을 받고 첫 발령 학교에 방문하여 환영 인사를 받으며 설렘을 잠시 느꼈으나 곧 현실이 펼쳐졌다. 연고가 없는 곳이었기에 부랴부랴 자취방을 구하고 '초보운전' 네 글자를 차 뒷유리에 붙인 채 출근길 운전을 연습하며 3월 2일 새 학기의 시작 전까지 일주일을 보냈다. 그야말로 새로운 곳에서의 생존에 집중하는 시간이었다.

한 개 학년에 1반씩 있는 전체 6학급의 소규모 학교로 발령을 받게 되었기 때문에 2월 말이었던 학교 방문 첫날부터 학년 및 학급 교육과정을 만들었다. NEIS, 업무포털, 학교 교육과정, 학사일정 등등의 단어들은 교생실습, 신규 교사 연수에서 듣긴 했지만 나에게 직접적으로 와닿는 단어는 아니었다. 하지만 이제 일상이 되어야 할 단어들이었다. 일주일 동안 여러 선생님의 도움을 받아 느리게 느리게 새로운 시작을 위한 행정적인 일들을 처리해 나갔다. 그런데 시업식 이틀 전, 잠자리에 누워 문득 교실을 떠올려 보았다. 지난 일주일 동안 학교에서 준비한 것들은 '교실' 그것뿐이었다. 그 속에는 학생들이 없었다. 그 순간 불현듯 '학생'들의 존재가 뇌리에 스쳐 지나갔다. '아, 무슨 말을 해야 하지? 무얼 해야 하지?' 불안감이 엄습해왔다.

다음날 해가 뜨자마자 교생실습 포트폴리오, 신규 교사 연수 교재를 뒤적거리며 해답을 찾고자 했다. 또 인터넷 검색을 시작했다. 그렇게 시작한 첫 교직 생활은 매일매일 하루살이처럼 자료수집에 급급하며 이어져갔다. 우리 반은 3학년 7명. 예쁘고 귀여운 아이들이 마냥 선생님을 좋아해 주고 따라주는 것이 고마웠지만, 그에 못지 않게 이 아이들을 계속해서 즐겁게 해줘야 한다는 부담감이 커져만 갔다. 어렵고 이해가 되지 않는 여러 가지 업무를 처리하고 7시, 8시. 해가 지면 퇴근을 했고 집에 가서는 다음날 수업할 자료를 찾았다. 잠을 줄여가며 매일매일 활동을 준비하여 학생들이 즐겁고 재미있게 참여하면 그만큼 힘이 되어 행복한 자극이 되었지만, 지루해하거나 소극적으로 참여하는 날이면 나에 대한 실망감에 사로잡혔다.

학창시절의 난 소위 말하던 모범생이었던 터라 나의 말에 귀 기울이지 않는 학생들이 정말 이해가 되지 않았다. 시간이 지나면서 학생들은 나를 친구처럼 친근하게 대했고, 나는 그런 학생들을 이해하지 못해 점차 교실에서 소리를 지르는 횟수가 잦아졌다. 수업 시간에도 분위기가 흐트러지기 시작하자 내가 이렇게 열심히 준비하는데 이 아이들은 왜 그럴까 하는 마음이 들기 시작하면서 모든 것을 아이들의 탓으로 돌리기도 했다. 마음을 공감해주고 격려해주는 선배님과 동료선생님들이 있었지만, 교실과 수업에 대한 고민을 해소하기에는 부족했다.

📖 베테랑 교사들과의 만남

그렇게 학교생활, 학교 일에 지쳐가던 중 거꾸로교실 경남 캠프 모집 공문을 발견하고 반가운 마음이 들었지만 근무하던 지역과는 두 시간이나 떨어진 지역에서 하는 행사였기에 망설여졌다. 그러나 답답한 마음이 더 컸던 탓인지 고민 끝에 신청하게 되었다. 약 한 달이 지나 드디어 캠프 당일이 되었다. 낯선 지역에, 낯선 사람이 많은 연수에 혼자 신청하고 가는 것이 처음이었기 때문에 약간의 긴장감을 가지고 캠프 장소로 갔다.

그런데 그곳의 풍경은 이전 연수에서 보던 것과는 전혀 다른 모습이었다. 강의실별로는 선생님들께서 본인의 실제 수업 사례를 나누고 계셨고 복도와 체육관에는 실제 수업 결과물과 그것을 열정적으로 설명하는 선생님들로 가득했다. 그곳에서 여러 선생님들의 활동 결과물을 보면서 설명을 듣는 순간, 마치 내 눈앞에는 신세계가 펼쳐진 것만 같았다. 준비된 PPT를 활용하여 강의하고, 내가 준비한 대로 학생들이 생각하고 활동지를 작성하기를 기대하며 보냈던 지난 수업의 나날들이 머릿속에 스쳐 지나가며 번개가 번쩍하고 치는 것 같은 느낌이 들었다. 거꾸로교실이라는 이름에 걸맞게 본시 수업 내용을 '디딤영상'으로 미리 학생들에게 제공하고 수업 시간에는 학생들의 사고를 확장시키는 활동을 하는 것이 인상적이었다. 또한 다양한 방법을 시도하는 선생님들의 사례를 보며 '아! 이렇게 수업할 수도 있구나.', '정말 이렇게 해도 돼?'라는 생각을 하며 하루 내내 사진을 찍고 메모를 하며 가능한 많은 것을 배워가기 위해 발품을 팔았다.

이날의 경험으로 다양한 수업 방법이 존재한다는 것을 알게 되었고, 그것을 실제로 교실에서 적용할 수 있다는 것을 몸소 깨달았으며, '나도 한번 해 볼 수 있겠다.'라는 용기가 생겼다. 이후 나는 간단한 수업 방법부터 하나씩 적용해보기 시작했다. 그러나 캠프에서 가장 인상적으로 와닿았던 디딤영상을 만들고 학습활동을 준비하는 것은 쉽게 시작하지 못했다. 디딤영상을 미리 만들고, 그에 맞는 활동을 준비하는 것이 부담되었기 때문이다. 일단은 한 단원 전체 분량 정도는 자료로 만들어 놓고 시작을 해야겠다는 생각이 들어서 3주에 걸쳐 학생들에게 안내하고 자료를 만들어 두었다. 드디어 거꾸로교실을 실제로 시도해 보는 시간! 디지털 미디어 세대인 학생들의 특성상 내용이 흥미 없었던 수학이라 할지라도 과제로 영상을 보고 온다는 것이 신선했던 것인지 학생들의 반응이 좋았다. 또 가정에서 부모님들과 함께 공부할 수 있다는 장점이 있어서 학부모님들의 호응도 좋았다. 심사숙고 끝에 시작한 것이 반응이 좋았기 때문에 자신감이 붙어 다른 단원, 다른 과목에도 적용을 해 볼 수 있었다. 또 아주 참신하지도 정선된 내용이 아니었지만, 수업사례를 거꾸로교실 캠프 참가 선생님들 밴드에 업로드를 하면 선생님들께서 긍정적인 피드백을 해 주시는 것도 큰 힘으로 다가왔다.

📖 시행착오

그로부터 3년 동안은 온갖 수업 방법과 학급 운영 방법을 알아보고 교실에 적용해보았다. 협동학습 연구회, 교내 배움중심 수업 동아리, 수업친구 모임을 비롯한 온·오프라인 연수를 듣고 알게 된 것을 이 수업, 저 수업에 적용해보고 우리 반에 맞는 것은 여러 번 적용해보기도 했다. 학생들이 오고 싶은 교실을 만들고 싶다는 생각을 늘 품어온 터라 수업을 놀이하듯이 즐겁게 참여하도록 학급 분위기를 만드는 것도 잊지 않았다. 교실 놀이를 활용한 교과 수업도 계속하게 되었다. 그러나 어느 순간부터는 우리 반 학생들은 재미있는 활동에만 열심히 참여하는 것 같다는 느낌을 받게 되었다. 정적인 수업 시간에는 참여도가 확연히 낮아지는 것을 체감할 수 있었다.

활발한 토의를 통해 흥미로운 이야기가 많이 나올 것이라고 기대한 수업에는 활발하게 참여하지 않는 모습에 실망하게 되었다. 재미있는 수업에 치중하여 준비하다 보니 학생들도 활동적인 수업에 익숙해져서 토의를 통해 사고를 확장시키고자 준비한 수업에는 열심히 참여하지 않는 모습을 보였다. 처음에는 그 탓을 학생들에게 돌리곤 하였다. 그러나 반복되는 교실 상황 속에서 수업을 이끌어가는 나에게서 반성할 점들이 보였다.

학생들이 역동적이고 즐겁게 참여하는 수업이 좋은 수업이라 여겨서 수업의 내용보다는 방법에만 초점을 맞추어 수업을 준비했던 것이었다. 재미는 있었지만 무엇을 했는지, 무엇을 배웠는지 알지 못하는 경우가 일쑤였다. 그제야 교재연구의 방향성과 방법에 대한 감이 오기 시작했다. 학습 내용을 보고 어떤 활동 방법을 적용하면 좋을까 하는 식으로 그저 매 차시 방법을 끼워 넣듯이 준비를 했다면 이제는 학생들이 꼭 알아야 할 것들이 무엇인지를 먼저 확인하기 시작했다. 정말 가장 기본적인데도 부수적인 것들에 신경을 쓰느라 놓치고 있는 부분이었다. 자연스럽게 성취기준, 핵심 내용, 핵심 질문에 관심을 갖게 되었다. 주변에서 질문하기 수업에 대한 연수가 종종 개최되는 것을 보고 참석을 하면서 적용할 수 있는 방법을 생각해보게 되었다.

　토의를 넓은 의미로 보자면 짝과 함께, 모둠 친구들과 함께, 학급 전체 학생들이 학습 주제에 관한 이야기를 나누는 것이며 모든 수업에서 아주 중요한 부분인데 그저 앉아서 서로의 생각을 주고받는 모습이 표면적으로 볼 때 정적이라 하여 교사인 내가 그것은 지루한 활동이라는 편견을 지니고 있었다. 학습 주제와 관련해서 학습의 주체인 학생들이 궁금한 것들을 질문 형식으로 찾아보고 그것에 대한 답을 찾는 형식의 수업부터 시작했다. 또한 내용과 관련지어서 수업놀이를 할 때도 활동을 시작하기 전에 이 활동을 하는 목적을 명확하게 안내하고, 활동이 끝난 후에도 활동을 통해 알게 된 점과 소감은 꼭 나눔으로써 활동을 그저 재미로만 남겨두는 것이 아니라 그 속에서 의미를 찾을 수 있도록 노력하고 있다.

📖 관계

2017년부터는 초등 교사들의 성장을 도모하는 '행복나눔 초등교사 성장교실'에 지원하여 매월 둘째, 넷째 주 토요일에 수업 친구 선생님들과 주제 도서에 대한 독서토론과 적용 사례 나눔을 하고 있다. 성장교실은 매번 다른 주제로 진행되기 때문에 처음 지원을 하게 된 동기는 새로운 수업 방법을 많이 알 수 있지 않을까 하는 기대 때문이었다. 그러나 아들러 심리학, 자존감, 감정, 비폭력대화 등의 주제를 다루면서 특정한 방법보다는 교실에서 '관계'의 중요성에 대해 생각하게 되었다. 교사와 학생, 학생과 학생들 간에 관계가 좋아야 교실에서 안심하고 공부를 하고 생활을 할 수 있겠다는 생각이 들었다. 나를 포함한 우리 교실의 구성원들은 각자 교실을 다양한 이미지와 느낌을 가지고 있을 것이다. 내가 우리 교실에 애착을 가지듯이 우리 교실에 오는 학생들도 서로서로 관계가 좋다면 애착을 가지고 학교에 오고 생활을 할 것이라는 나름의 확신을 가지게 되었다.

3월 한 달은 1년의 학급살이를 위해 아주 중요한 달이라는 것은 선배들에게서 누누이 들어왔고 나도 동감하고 있었다. 그래서 학급규칙도 정하고 내가 생각하는 우리 반의 이상향도 안내하며 3월을 시작하곤 했다. 그러나 그것은 아주 형식적이고 딱딱하며 내가 학생들에게 일방적으로 통보하는 방식이었던 것 같다. 그래서 관계의 중요성에 대해 인식한 후부터는 좀 더 자유롭게 학생들이 서로를 알아가는 시간을 가지고, 또 담임인 나와도 서로 적응하는 시간을 가질 수 있도록 일주일 프로젝트를 계획하였다.

더불어 이해가 되지 않았던 학생들의 행동, 태도를 대하는 나의 자세를 조금씩 고쳐보고자 노력하고 있다. 몇 번의 대화에도 이야기가 진전되지 않을 때 공감하지 못하고 화를 냈던 순간들이 부끄러운 장면으로 스쳐 지나갔다. 감정에 대해 공부하면서 나도 감정에 대해 잘 알지 못한다는 것을 깨달았다. 지금 나의 감정이 어떤 것인지 먼저 알아차리고 어떻게 표현해야 할지 한번 생각을 하고 겉으로 드러내려고 하는데 좀처럼 익숙해지지는 않는다. 마찬가지로 학생들과 대화를 할 때도 학생의 감정을 물어보고 생각을 들은 후에 그것을 충분히 존중한다는 식의 지지를 보내주려고 한다. 그러나 아직은 습관으로 고착화되지 않아, 예전 방식으로 상황을 처리한 후에 한숨과 반성, 후회로 하루를 마무리하는 날도 많다.

📖 베테랑 교사가 되는 날까지

첫 발령을 받은 후에 가졌던 신념, 수업에 대한 신념, 학생들을 바라보는 신념은 계속해서 변화하고 있다. 동료 교사, 마음으로 크게 의지가 되는 수업 친구들, 작게는 6명, 많게는 12명이었던 우리 반 아이들로부터 변화의 방향을 피드백 받고 한 걸음, 한 걸음 덜 실패하는 방향으로 나아가려고 꿈틀거리고 있다.

동료 교사이자 구름학교 수업친구들은 모두 나의 롤모델이자 베테랑 교사의 전형이다. 선생님들의 수업 나눔은 틀에 박힌 나의 사고를 확장시키고 수업을 채찍질해주는 원동력이다. 지칠 때나 혼란스러울 때 위로를 주는 존재이다.

그리고 영원한 동반자인 우리 반 학생들. 나의 신념은 매해 학생들의 특성에 따라 바뀌기도 하고 학교의 상황에 따라 바뀌기도 하고 내 경험의 축적에 따라 바뀌기도 했던 것 같다. 약 20평인 우리 교실에서는 하루에도 수만 가지의 장면이 만들어진다. 그 속에서 지나간 제자들을 떠올리면 즐거웠지만 미안한 마음이 더 크게 드는 것처럼 지금 우리 반에 있는 학생들에게도 순간순간 미안함이 밀려오는 때가 있다. 매일 아침 학급 시간, 학생 한 명, 한 명과 눈 맞춤을 할 때마다 그 한 명, 한 명의 소중함에 어깨가 무거워짐을 느낀다.

베테랑 교사가 되기까지, 학생들을 떠올렸을 때 행복했던 순간, 고마움의 장면이 더 가득해질 수 있도록 내면도, 내공도 쌓아가길 다짐해본다.

경험의 축적이 낳은 선물, '성장'

박창민

교사들은 학교의 업무환경에 따라 개인별로 차이가 있지만, 보편적으로 일련의 과정을 거치며 1년을 보낸다. 특히 3월이 되면 새로운 아이들을 만나게 된다는 기대와 1년을 제대로 보낼 수 있을지에 대한 걱정이 교차한다. 기대와 걱정 속에서 시작되는 아이들과의 1년. 교사라면 누구에게나 주어지는 1년 동안 학교 안에서 경험하게 되는 하루하루의 일상과 그 속에서의 성장 과정은 개인마다 다르다. 나 역시 초등교사로 첫발을 내딛게 되었던 2011년부터 지금의 시기에 이르기까지 매년 교실 속에서 다른 상황, 다른 대상들과 마주하며 희로애락을 경험하였다.

📖 거꾸로교실과 마주하다

2014년은 나의 교직 생활에 있어서 큰 변화를 가져다준 시기였다. 바로 '거꾸로교실'을 교실 수업에 도입하기 시작한 것이다. 2014년 4월, KBS 파노라마 '거꾸로교실의 마법'이라는 프로그램을 접한 뒤, 한번 해보고 싶다는 마음이 생겼다. 그해 여름방학

때 초등 1급 정교사 자격연수를 받게 되었는데, TV 프로그램에 등장했던 박두일 선생님과의 만남은 내가 아무런 고민 없이 거꾸로교실을 시작할 수 있는 원동력이 되었다. 자연스레 경남에서 거꾸로교실을 적용하고 있거나 적용하기를 원하는 선생님들과의 만남이 이루어졌고, 경남 거꾸로교실 수업 나눔(現 구름학교)에서 지금까지 내가 경험해 보지 못했던 '중등 선생님들과의 교류'가 시작된 것이다. 바로 나의 '수업친구'가 생긴 것이다.

중등 선생님들과의 교류는 상당히 신선했다. 우선 거꾸로교실의 매력에 빠져 많은 변화를 경험하고 있고 경험하고 싶은 중등 선생님들의 모습이 많이 보였다. 특히 거꾸로교실 수업 나눔 캠프가 열리면 대부분의 자리를 차지하는 선생님들은 중등 선생님들이었다. 그만큼 거꾸로교실은 중등 선생님들에게 크게 작용한 것 같았다. 반면, 아쉽게도 초등 선생님들의 경우 중등 선생님들만큼 열광적인 반응을 느낄 수는 없었다.

생각이 비슷한 몇몇 초등 선생님들과 별도로 만남의 장을 마련하여 수업철학을 공유하고, 활동 아이디어를 고민하기도 하면서 관계를 형성하였다. 그러나 더 많은 초등 선생님들과 함께하면 좋겠다는 생각에 '초등 거꾸로교실 수업나눔 캠프'를 여러 차례 진행하였으나 늘 한계에 부딪혔다. 나의 개인적인 생각으로는 여러 가지 요인들이 있겠으나 가장 크게 초등학생의 특성이

나 초등 선생님들의 수업환경에서 비롯된 것으로 보인다.

초등학생들의 경우 반항을 하는 특성이 드러나기 전이고, 워낙 외부로 발산하는 에너지가 많다 보니 수업이 마음에 들지 않거나 재미가 없더라도 수업을 포기하는 학생들의 모습이 비교적 적다. 그 결과, 활동 중심의 수업은 초등학교에서 이미 진행되고 있다는 생각에 변화의 필요성을 느끼는 선생님들의 비율이 낮을 수도 있겠다는 생각이 들었다.

수업환경 면에서는 한 차시의 수업이 여러 번에 걸쳐 진행되며 시행착오를 겪으면서 마지막에는 수업의 완성에 도달하는 단계에 이를 수 있는 중등 선생님들의 수업환경과는 달리, 여러 교과를 담당하다 보니 한 차시의 수업이 단 한 번의 적용으로 끝나는 초등 선생님들의 수업환경이 크게 작용하지 않았나 하는 생각이 들었다. 즉, 한 차시의 수업을 위해 준비하는 시간에 비하여 준비한 수업 내용을 적용할 수 있는 횟수가 단 1번에 불과해 비효율적인 것이다. 그래서 나는 앞으로 어떻게 거꾸로교실을 펼쳐낼 것인가에 대한 고민을 지속적으로 하게 되었다.

수많은 고민 끝에 나 자신에게서 얻은 답은, 교과 내용을 거시적으로 탐색하여 수업의 유형을 범주화시켜 내용이 달라지더라도 동일한 수업 구조 속에서 성취기준을 달성할 수 있는, 내 나름의 수업모델을 형성하는 것이었다. 그렇게 된다면 준비를 하는데 소요되는 시간을 줄일 수 있다고 생각했던 것이다. 이를 위해서는 수업방법이 동일하지만 내용만 바꾸면 되는 일련의 활동 아이디어가 필요했고, 나는 이러한 활동 아이디어의 원천을 중등 선생님들의 검증된 활동으로부터 찾았다. 어느 정도 검증을 거친 여러 가지 활동을 살펴보며 이를 초등학생의 수준에 맞게 변형하여 내 나름의 수업 구조를 형성하였던 것이다.

'거꾸로교실'의 도입에 따른 교실 환경의 변화는 나는 물론이거니와 학생들, 학부모들에게까지 커다란 영향을 미쳤다. 비교적 초등학교에서는 활동 위주의 수업이 많이 이루어지고 있었으나, 여전히 수업에서 교사가 차지하는 비중은 컸고, 학생들 역시 자기 주도적인 학습보다는 미리 계획된 틀 안에서 이루어지는 학습에 그치는 경우가 많았다. 그러나 '거꾸로교실'을 도입하면서부터 학생들의 태도에 변화가 보이기 시작하였다. 내가 제작한 사전 학습자료(디딤영상)를 보면서 이것만큼은 꼭 해야겠다는 생각을 가지게 된 학생들이 생겨나기 시작하였고, 이를 숙제라고 생각하기보다는 우리 학급의 특별한 이벤트로 생각하며 열심히 참여하는 학생들이 늘어났다. 또한 배울 내용을 미리 사전 학습자료(디딤영상)를 통하여 살펴보다 보니 학습활동에 자신감을 가지고 적극적인 태도를 보이는 학생들이 많아졌다.

여기에 시간마다 학습능력이 뛰어나 비교적 빨리 과제를 해결하는 학생들을 '수업친구'로 임명하여 도움을 필요로 하는 학생들에게 모르는 내용을 설명해주는 문화가 정착되자 나의 역할은 자연스레 학생들의 활동을 지원하고 보조해주는 형태로 변화하게 되었다.

📖 교사의 전문성이 수업에만 있는 것은 아니었다

'교사' 하면 떠오르는 것이 수업이고, 임용시험에서 수업이 차지하는 비중이 컸기에 신규 교사 시절에는 나의 주된 임무가 수업을 통해서 학생들의 학습능력을 향상시키는 것이라는 생각이 컸다. 그래서 시간이 날 때마다 교수학습과 관련된 책을 읽거나 각종 연수에 참여하여 다양한 수업방법을 익히고 이를 교실 수업에 적용하는 것을 최우선으로 삼았다. 바로 앞에서 언급되었던 '거꾸로교실'도 그중 하나였다. 이러한 나의 노력에 대한 학생·학부모의 반응도 나쁘지 않아 그저 '나는 잘하고 있구나.'라는 생각으로 시간을 보냈다. 그러나 이러한 생각에 변화를 가지고 온 사건이 발생하였다.

경력 4년째가 되던 2014년, 나는 6학년 학생들을 맡고 있었다. 여느 때와 다름없는 일상을 보내고 있던 2학기, 처음으로 교실 분위기가 와해되는 상황을 맞이하였다. 상황은 이러했다. A

학생이 어느 날, 태권도 대회에서 상장을 받아 학교로 가져왔다. 나는 상장을 들고 교무실로 가서 학교 조회시간에 시상할 수 있는지를 확인하였다. 학교를 거치지 않고 외부 기관(태권도 학원)을 통해 출전한 외부 대회에서 받은 상은 학교에서 시상할 수 없다는 내용을 전달받고는 교실에서 직접 시상하였다. 그즈음, 우리 반의 B 학생은 영재교육기관에 원서를 제출하기 위하여 담임교사 추천서 작성을 나에게 의뢰하였고, 나는 해당 학생을 관찰한 결과를 토대로 담임교사 추천서를 작성해 주었다. 나는 그저 할 일을 했다는 생각을 했을 뿐이었는데, 문제는 이후에 발생하였다.

A 학생의 어머니로부터 항의 전화가 온 것이다. 전화통화에서 핵심은 크게 두 가지였다. 첫 번째는 태권도 학원으로부터 이번 대회에서 받은 상은 학교 소속으로 나간 것이라 전교생들 앞에서 시상할 수 있을 것이라는 안내를 받았는데 그러지 못해 섭섭한 감정을 느꼈다는 것이 주된 내용이었다. 이에 대하여 학교 측의 입장은 학교 소속으로 나간 대회는 맞지만, 학교를 통해서 출전한 대회가 아니므로 사설 학원의 홍보 수단이 될 수 있다는 것으로 판단했다고 답변을 했다. 그리고 이것은 담임선생님의 판단이 아니라 학교 관리자와 수상 담당교사의 협의를 통하여 내린 판단이었음을 밝혔다.

문제는 그다음이었다.

바로 B 학생의 담임교사 추천서와 관련된 B 학생이 영재교육 기관에 원서를 제출한다는 내용 속에 담임선생님께서 추천서를 적어주셨다는 내용을 A 학생이 듣고는 학습능력이 뛰어난 B 학생과 자신을 차별한다고 생각하고 어머니께 이야기한 모양이었다. 중요한 것은 이 지점에서 A 학생의 어머니까지 A 학생의 입장에 서 있었다는 것이다. 그 말을 들은 A 학생의 어머니는 '학습'이라는 것 때문에 A 학생과 B 학생을 차별한다는 것을 전제로 듣기에 불편한 말들을 꺼낸 것이다. 사실 초등학교 담임선생님의 입장에서 누가 공부를 잘하는지에 대한 것은 학생들이 그것에 대하여 생각하는 것만큼 중요한 사안이 아니다. 오히려 학습부진 학생들이 있지는 않은지 더 많은 관심을 가지고 그 학생들을 지도하는 것이 초등학교 담임 선생님들의 입장이다. 이러한 입장을 학생들은 당연히 알 길이 없고, 학부모 역시 학교생활에서의 인지구조는 크게 다르지 않다 보니 자녀의 말을 듣고는 감정적인 오해를 하게 되어 학부모 민원의 형태로 이의를 제기하는 것이었다. 이 일이 일어나기 전까지 A 학생의 어머니는 온라인 학부모 밴드를 비롯해 각종 학교행사에서 굉장히 호의적인 반응을 보였다. 그러나 자녀의 말 한마디에 과거 학창시절의 좋지 않았던 기억들이 복합적으로 작용하며 담임 선생님과의 대화 이전에 자의적인 판단이 개입된 것이다. 그리고는 심지어 학교로 찾아와서 평소와는 완전히 다른 모습으로 나를 비난하는 모습에 나 스스로가 당황하게 되어 처음 겪어본 학부모 민원에 마음이 상당히 흔들리고 평정심을 잃게 되어 교실 수업이 제대로 이루어지지 않았다. '도대체 내가 뭘 잘못한 것인가?' 되짚어보기도 하였고, 이렇게도 내 마음을 몰라주는 상황이 답답하기만 하였다. A 학생의 일기장에 장문의 편지를 적어주면서 A 학생의 오해가 풀렸고, 겨울방학을 지나 A 학생이 졸업할 즈음에 A 학생의 어머니가 그 당시에 선생님을 오해해서 미안하다는 말로 마무리되었지만, 4년이 지난 지금까지도 내 기억에 선명하게 자리 잡고 있다.

우연히 그해 겨울방학에 감정을 다루는 연수를 접하게 되어 감정이 교실에서 울리는 진동이 얼마나 큰지, 과거에 부정적으로 축적된 내면의 기억이 현재 어떤 감정의 형태로 작동하게 되는지 등을 역할극·심리극 상담을 통해서 경험하게 되었다. 또한 '수업친구' 선생님들과의 대화를 통해 지향해야 하는 방향을 설정하고, 문제 해결을 위한 조언을 많이 구할 수 있었다. 이를 계기로 생각의 큰 변화가 생겼다.

겨울방학 이전에 있었던 일에 대하여 학생의 탓도, 학부모의 탓도 하지 않게 된 것이다. 누구의 탓으로 돌려봤자 해결될 수 있는 것은 아무것도 없었기 때문이다. 오히려 '그러한 감정을 가질 수도 있었겠다.'라는 공감과 함께 '내가 어떻게 했다면 이러한 오해가 생기지 않았을까?'의 관점에서 생각해보게 되었다. 수많은 생각 끝에 전교생을 대상으로 상을 받지 못하게 된 상황에 대하여 'A 학생의 감정을 위로해 줄 수 있는 말 한마디가 있었다면 어땠을까?' 하며 학생의 감정을 짚어내지 못한 것을 발견하게 되었다.

이러한 생각의 변화는 나에게 있어 코페르니쿠스적 전환에 가까울 만큼 큰 변화였다. 이전까지는 수업방법이나 수업기술을 통한 아이들의 학습능력 향상에 초점을 두고 있었다면 이제는 아이들의 감정에 귀를 기울이는 영역으로 시야가 확대된 것이다.

학생들의 감정에 귀를 기울이기 시작하면서 맞이한 2015년부터는 학생들의 행동에서 보이지 않는 감정을 읽어내기 위하여 노력하였다. 나는 쉬는 시간에 교실을 벗어나지 않은 채 교실에서 놀고 있는 학생들의 모습을 많이 관찰하게 되었다. 특히 남학생들에 비하여 비교적 감정적으로 예민한 여학생들의 교우관계 변화에서 발견할 수 있는 미묘한 감정변화에 주된 초점을 맞추었다. 학생들이 교우관계를 비롯해 부모님과의 관계에서 해소되지 못한 고민을 담임 선생님과 함께 이야기할 수 있는 환경을 조성하여 학생들이 항상 찾아오는 대화 창구 역할을 하기 시작했다.

학생들은 어른들이 생각하는 것보다 훨씬 사소하고 좁은 범위에서 고민하고 있는데, 이러한 작은 고민조차도 많은 학생이 이를 터놓고 이야기할 수 있는 대화 상대가 많지 않다 보니 상대방의 입장은 생각하지 않은 채 혼자서 자신의 관점으로만 이를 해석하는 경우들이 많았다. 그 결과 상대방의 말과 행동에 대한 오해는 더 커지게 되고, 한 번 발생했던 문제들은 개선되지 않은 상태로 다른 상대방과의 관계에서도 반복적으로 나타났다. 또한 상대방과의 문제가 발생하였을 때, 당사자들끼리의 대화를 통한 해결보다는 상대방과의 문제에 있어서 제3자인 부모나 친한 친구로부터 해답을 구하여 해결하려고 하다 보니 쉽게 해결할 수 있는 일을 오히려 해결하지 못하거나 어렵게 해결하기 십상이었다.

학교에서는 도저히 이러한 구조적인 문제를 한 번에 해결할 수 있는 방법을 찾기에는 한계가 많음을 인식하고, 부모와의 대화를 끌어내어 가정에서도 연계하여 지도가 가능하도록 나만의 방법을 찾기 위하여 지금도 방안을 모색 중이다.

📖 결국 필요한 것은 시간이다

시간이 지날수록 내가 갖추어야 한다고 생각하는 '교사의 전문성'에 대한 범위는 점점 커지고 있다. 그리고 내가 갖추게 된 전문성의 범위도 이에 비례하여 함께 커지고 있다. 지난 7년 동안 내가 갖추어야 한다고 생각하는 전문성의 범위가 수업으로부터 출발하여 학생들의 감정을 읽어내는 눈으로까지의 확장되는 과정을 되돌아보면서, 범위가 달라지더라도 공통적으로 요구되는 것이 있다는 것을 알게 되었다.

바로 '시간'이었다. '시간'의 흐름 속에서 많은 것들이 서로 뒤섞이며 축적된다. 그것이 나를 행복하게 하는 것뿐만 아니라 나를 힘들고 불편하게 하는 것도 함께 축적된다. 그런데 문제가 없는 완벽한 상태를 지향하다 보니 작은 바람에도 마음의 무게중심을 잃게 되는 경우들도 있었고, 아직 경험하지 못해서 생각의 범위가 미치지 못한 경우들도 있었다. 그러나 이 모든 것들이 나의 성장을 이끌어 주고 있었고, 앞으로도 나의 성장을 위한 동력이 될 수 있다고 생각된다.

울학교 이타: 영어 선생이 되는 그날까지

2008년에 〈울학교 이티〉라는 영화가 개봉되어 엄청난 관객들에게 인기를 끌었던 적이 있다. 체육 교사인 주인공이 얼떨결에 영어 교사로 서야 하는 상황을 맞으면서 고군분투하는 줄거리의 영화이다. 영화라서 다소 과장된 부분이 있었다 치더라도 당시 고등학생이었던 나에겐 큰 감동을 주었던 영화였다. 그 영향은 아니었지만 사범대에 진학하게 되었고, 2015년 졸업과 함께 ET(영어 교사)로 모교가 있던 통영으로 돌아오게 되었다. 그때는 미처 몰랐다. 영화의 제목 같은 삶이 펼쳐질 줄은.

📖 초보운전보다 위험한 첫 발령

나는 사범대 4년 동안 남부끄럽지 않을 만큼 영어에 대해 열심히 공부했다고 생각했다. 임용을 준비하면서도 영어 수업은 누구 못지않게 잘할 수 있다고 자부할 만큼 나만의 고민과 노력이 있었고, '임용 합격'이 그것을 증명해준다고 착각했다. 초보운전이 위험한 이유는 교본대로만 하면 사고 내지 않고 내가 원하는 대로 운전할 수 있다고 믿는 '착각' 때문이다. 초보운전이 모범운전이 되기까지는 면허를 따고 나서 다양한 교통 상황을 마주하며 배운 대로 운전해보고 또 자신에게 맞는 운전요령을 터득하기까지의 엄청난 노력과 경험이 필요하다. 첫 발령받은 나는 그것을 몰랐다.

"무조건 열심히 하면 돼."라는 선배 교사들의 조언을 기억하며 학교로 겁도 없이 나갔다. 하지만 나는 3월 2일 아이들을 마주하는 첫날, 영어 선생님으로서 무엇을 해야 할지 몰랐다. 임용 시험을 준비하면서 정해진 부분을 정해진 목표와 지시에 따라 수업하는 것은 질리도록 연습했다. 그러나 지금은 어디를 어떻게 가르치라고 정해주는 사람이 없었다. 심지어 (아무도 그렇게 생각하진 않았지만) 주변의 선배 선생님들께서 젊고 패기 있는 신규 교사의 수업을 기대하고 있는 듯했다. 그렇게 나는 수렁에 빠져들기 시작했다.

'문장의 5형식부터 가르쳐볼까?', '화를 내면서 겁부터 주어야 하나?', '1쪽부터 순서대로 진도를 나갈까?' 머릿속을 가득 채운 질문들로부터 답을 찾지 못하고 교과서 하나 달랑 들고 수업에 들어갔다. 머리를 가득 채웠던 생각들처럼 떠드는 아이들을 화로 제압했고, 칠판 가득 설명을 채워가며 수업을 질질 끌고 갔다. 교과서의 진도는 순탄하게 나갔고, 1학기는 '성공적으로' 지나갔다. 걱정스럽던 평가도 '민원 없이' 완료했다. 젊은 남교사가 거의 없는 중학교로 발령받은 덕분에 일과 후 시간은 부서 업무로 여념이 없었다. 부장급 선생님들로부터 착실한 후배 교사로 인정받았고, 1학기가 끝나갈 무렵 나는 수업보다 공문처리를 할 때 더 자신 있다고 느끼게 되었다. 아니, 교실만 들어갔다 나오면 기분이 나빠지는 것을 느끼게 되었다. '선생님'으로서의 즐거움은 없었다.

📖 선생님은 어떻게 수업하세요?

1학기를 '무사히' 마친 나는 이미 지쳐있었다. 업무포털에 접속하는 모습은 점점 늠름해졌지만, 교실로 들어가는 발걸음은 무겁기만 했다. 방학을 앞둔 어느 날 정기적으로 모이던 기독교사 모임에서 한 선배로부터 꾸중을 들었다. "자네의 기도 제목은 늘 업무에 대한 고민뿐인 것 같군. 경력이 20년이 넘은 나 같은 사람도 여전히 내 앞에 놓인 아이들에 대한 걱정과 고민들이 기도의 절반 이상을 채우는데 자네의 기도를 들으면 누가 교사의 기도라고 생각하겠나?" 그날 저녁 나는 많이 울었다. 그것이 질문의 시작이었다.

'물어보면 한심하다고 생각할 거야.' 첫 학기를 보내며 나는 묻지 않았다. 근거 없는 자신감이 있었다. 내가 평소에 생각한 대로만 하면 멋진 학급 경영, 훌륭한 영어 수업이 될 것이라고 믿고 있었다. 그러나 이 자신감이 그날 저녁 무너졌던 것 같다. 입을 열었던 순간이었다.

"선생님은 어떻게 수업하세요?"

"선생님은 왜 그렇게 수업하세요?"

그 짧은 질문이 나오기까지 무려 한 학기가 걸렸다. 주변의 선생님들은 모두 수업에 대한 고민이 없는 줄 알았다. 나의 예상과 달리 명쾌한 대답을 얻지 못했다. 오히려 어떤 선생님에게 질문하자 수업 철학에 대한 고민거리로 되돌아오기도 했고, 또 어떤 선생님에겐 자기 수업에 대한 하소연으로 돌아오기도 했다. 수업에 대한 대화와 나눔은 그렇게 시작되었다.

📖 연수의 늪에서 찾은 수업

지금 돌아보면 내가 첫 발령을 받았던 그 학교는 하나님이 내게 준 선물이었던 것 같다. 경남형 혁신학교로 선정되었던 C 여중은 당시 다른 학교들이 시도하지 않았던 'ㄷ자 책상 배치'를 전 학급에 의무화했고, 교실의 혁신을 강조하는 학교였다. 선생님들의 반발은 만만치 않았다. 교실에 대한 철학이 이미 확립된 선배 선생님들께는 강제로 당신의 신념을 고치라는 것과 같은 말이었기 때문이었다. 따라서 '교실을 바꾸자'는 슬로건은 이제 막 교실에 들어선 초보 교사인 나의 몫이었다. C 여중에서 근무한 2년 동안 집합연수와 원격연수를 합산하면 400시간이 넘는 연수를 소화할 수 있었다. 그중, 절반은 수업 혁신에 대한 연수였다. 그 연수들이 정답은 아니었지만, 내가 수업 대화와 나눔을 이어가도록 해 준 징검다리가 되었다고 믿는다.

📖 전국 영어교사모임에서 찾은 수업

'영어 교사가 뭘까?' 고민하던 나는 정말 단순하게 검색포털에 '영어 교사'를 검색했다. 검색어 중 '전국 영어교사모임'이 눈에 띄었다. 그곳에 접속했고, 하계 연수를 신청했다. 무주에서 모임이 있었는데 겁도 없이 수 시간을 달려 그곳으로 갔다. 전국의 영어 선생님들이 모여있었다. 각자 자신의 고민을 내어놓고 답을 찾기 위해 고군분투하고 있었다. 충격적이었다. 연수에 대한 어떤 보상도 없었고, 오히려 꽤 비싼 입회비를 내고 모여서 '수업 이야기'로 밤을 지새우는 사람들을 그곳에서 처음 만났다. 나도 모르게 내 고민을 털어놓게 되었고, 그날 나는 '거꾸로교실'을 만났다.

📖 거꾸로교실에서 찾은 수업

방학이 지나고, 나는 야심 차게 '거꾸로교실'을 꺼내 들었다. 아이들은 호기심을 보였고 나는 성공을 예측했다. 교실에 들어가는 것이 기다려졌다. 그러나 2주일이 채 지나기 전에 나는 다시 교실에 들어가는 것이 두려워졌다. 영상을 보고 오지 않는 아이들이 많았고, 영상은 찍었지만, 아이들에게 제시하는 활동이 아이들을 활성화시키지 못했다. (당시 버전의) 거꾸로교실의 한계를 느끼며 다시 무기력해지기 시작했다. 영상은 또 하나의 업무가 되었을 뿐 내 교실은 여전히 나를 두렵게 만들었다. 아주 소수의 아이들은 그 수업에서도 매력을 느꼈다고 뒤늦게 나에게 실토(?)했다.

📖 배움의 공동체에서 찾은 수업

그 무렵 '배움 공동체 수업'을 만났다. 학교 차원에서도 배움 공동체 수업을 권장하는 분위기였고, 학교 내에 배공(배움공동체)식 수업을 연마하시는 선생님이 계셔 원격연수에 이어 지역의 모임에도 참여할 기회를 잡을 수 있었다. 배공식 수업 영상을 보며 또 한 번 눈이 번뜩이는 경험을 했다. 배공식 수업이면 내 교실을 바꿀 수 있을 것 같다는 확신을 가지게 되었다. 그렇게 나는 망설임 없이 내 교실에 배공식 수업을 '주사'했다. 그러나 예상했듯이 내 교실은 바뀌지 않았고 나는 좌절감을 느꼈다.

'도대체 내 교실은 왜 바뀌지 않지?' 깊은 고민에 빠진 채 배공 모임에 참여하던 어느 날, 한 선생님께 내 고민을 털어놓았고 선생님은 잠시의 망설임도 없이 다시 물어보셨다.

📖 대 전환기: Why가 없었던 내 교실

"왜 바꾸려고 하세요?"

"아이들이 전혀 못 배우는 것 같아요. 저도, 아이들도 수업에서 얻는 게 없는 것 같아요."

"배공식 수업이 왜 도움이 될 거라고 생각한 거예요?"

"수업 영상을 보니 아이들이 서로 대화하고, 선생님과의 소통 속에서 배움이 일어나는 게 보였거든요. 저 방법이면 제 교실도 배움이 있는 교실이 될 것 같다고 생각했어요."

"선생님, 그런데 배공식 수업은 방법이 아닌걸요. 서로 대화하고 배우는 공동체를 이루는 철학이 깃든 수업일 뿐이에요. 수업 양식은 그런 철학이 잘 드러날 수 있도록 도와주는 역할을 할 뿐이에요."

"하지만 결국 그 수업 양식을 적용해야 그렇게 배움이 일어나는 것 아닌가요?"

"아니요. 더 중요한 건 방법이 아니라 '선생님이 왜 그런 변화를 주는가'에요."

그날 나는 집에 돌아와 나의 수업을 다시 곰곰이 살펴보기 시작했다. 여전히 배공식 수업으로의 변화를 꾀하면서 내가 '왜 그렇게 수업을 바꾸려고 하는지'에 대해 고민하기 시작했다.

하루 동안 수업과 주어진 업무량을 해결하고 나면 수업에 대한 고민으로 가득 차 있는 나날을 보내기 시작했다. 연수를 들으며 생각에 도움을 받기도 했고, 선배 교사들께 과감히 묻기도 했다. 밑 빠진 독에 물을 붓는 느낌이었다. 배공식 수업과 거꾸로교실을 오락가락하며 하루하루 시간은 흘러갔다. 아이들은 영어를 배우는 의미를 찾지 못한 채 수업마다 지루한 표정을 벗지 못하고 있었다. 나 스스로 성장하지 않는 것만 같았고, 여전히 수업에 자신을 갖지 못하고 학기가 마무리되고 있었다.

📖 겸손하게 도전하며 찾게 된 나만의 수업

이런 나의 모습에 실망하던 차에 평소 자주 찾아가 하소연을 늘어놓던 멘토 선생님께 찾아갔다. "선생님, 이렇게 매일 고민하는데 저는 왜 성장하지 않는 걸까요?"라고 질문하자 선생님은 피식 웃으며 답하셨다.

"고민만 하거든. 선생님은 너무 건방지우. 누군가 어떤 수업을 성공시키기까지 그 선생님이 얼마나 공부하고, 또 적용하면서 그 수업을 터득해 내는지 아시오? 선생님도 공부하슈. 그리고 수업에 적용하고, 또 안 되면 포기하지 말고 왜 잘 안 되는지 분석하고 다시 변형해서 적용하슈. 그래도 안 되면 어디가 문제인지 다시 찾고, 또 공부하슈. 그런 과정도 없이 맨날 어떻게 하면 한 방에 성공할까 고민만 하지 마시구."

퇴근 후, 곧장 책을 폈다. 대학 시절 강독하던 교수법 원서를 펴서 무작정 이곳저곳 찾아가며 읽기 시작했다. 마침 실용문 쓰기와 관련된 수업에 대한 고민을 하고 있던 찰나에 원서에서 눈에 띄는 구절을 발견하였다.

'가상의 독자를 만들어 주면 학습자들이 더 효율적으로 글을 쓸 수 있다.'

'가상의 독자라……' 한참을 고민하다가 문득 영어교사모임 회지에서 '펜팔'을 실제로 외국학교와 주선했던 선생님의 일화가 떠올라 회지를 찾아 펼쳤다. 그리고 선생님과 연락을 시도했다. 다행히 선생님은 펜팔 했던 외국학교 선생님과 연락할 방법을 알려주셨고, 나는 그날 밤 외국학교 선생님에게 메일을 보냈다. 그날 계획한 수업이 '성취기준을 기반으로 하여 자신 있게 나만의 수업을 연구한' 첫 수업이었다. 펜팔 프로젝트는 의외로 순조롭게 진행되었고, 아이들은 매우 즐겁게 편지글 양식과 간단한 영어 문장 작문을 스스로 학습하기 시작했다. (뒤늦게 알았지만, 일각에서는 내가 구성한 이러한 수업의 형태를 '프로젝트 수업'이라고 부르고 있었다.) 그 수업을 계기로 나는 달라지기 시작했다.

📖 나의 교실, 구름학교를 만나다

둘째 해에 만날 아이들을 위해서 수업을 준비할 때는 어딘지 모르게 힘이 넘쳤던 것 같다. 펜팔 프로젝트의 성공이 가져다준 기쁨 때문이었을까? 성취기준을 펼치고 한참을 고민하고 신중하게 교과서를 재구성했다. 중1을 맡아 자유학기제를 전격적으로 겪어야 했으므로 수업 활동의 구성이 더욱 중요했다. 시험을 치지 않아도 되는 아이들에게 수업에 참여할 이유가 되는 것은 수업 활동밖에는 없다고 믿었기 때문이다. 그러나 이전처럼 틀에 얽매여 힘들어하진 않았다. 때로는 거꾸로교실의 '원리'를 활용하여 아이들이 강의를 통해서 얻는 지식보다 서로 함께 활동하며 배우는 지식을 늘리기도 했고, 전반적으로 배움 공동체의 '철학'을 따라 서로 대화하며 자료들을 살펴 배움이 일어나도록 만들기도 했다. 이때 내게 가장 큰 힘이 된 것은 바로 '구름학교'였다.

거꾸로교실이 한창 유행하며 '미래교실 네트워크'라는 온라인 커뮤니티가 있었지만, 정회원이 되는 길이 쉽지 않아 이리저리 연수를 다니다가 경남에도 거꾸로교실 커뮤니티가 존재한다는 것을 알게 되었다. 연수 강사 선생님으로부터 초대받아 구름학교 밴드에 가입하게 되었다. 기존의 거꾸로교실의 틀을 과감히 깨면서도 그 원리를 살려 더 온전한 거꾸로교실을 일궈내는 선생님들의 모임이었다. 특히 너도, 나도 할 것 없이 자신의 수업을 나누며 더 나은 수업을 함께 만들어가는 모임이라는 것이 너무나도 매력적으로 다가왔다. 왠지 수업에 대한 고민이 생길 때면 나도 모르게 구름학교 커뮤니티에 접속하게 되었다. 조그마한 수업 활동마저도 함께 나누어 보고 싶었고, 그렇게 서서히 수업 나눔의 길에도 들어서게 되었다. 그러면서 나조차도 상상하지 못한 수업의 모습들이 나타나기 시작했다. 문득 마주친 고민들의 답을 혼자서 찾지 못할 땐 과감히 책장으로 향하기도 했고, 온·오프라인 상의 여러 선생님들께 도움을 청하기도 했다. 그렇게 내게는 주변에서 본 적 없는 수업 활동들이 생겨나기 시작했고 교실에서 내가 원했던 모습들이 조금씩 묻어나기 시작했다.

📖 고등학교에서 놀이를 통해 찾은 수업

2년의 근무를 끝으로 현재 근무 중인 C 고등학교로 전근을 오게 되었다. 우리 학교는 비평준화 지역 최하위권 학생들이 주를 이루는 학교이다. 전근을 결심했을 때 주변 선생님들의 만류가 적지 않았다. 그러나 전근을 피할 수는 없는 상황에서 학교를 선택하는 가장 주요한 기준은 '교사로서 내가 더 필요한 곳이 어디인가?'였다. 그렇게 생각하자 망설일 필요 없이 현재의 학교를 선택하게 되었다.

'학생들 수준이 낮아봤자지 뭐……' 그것은 나의 착각이었다. b와 d를 구분하지 못하는 학생들도 꽤 되었고, 초등학교 이후 영어는 아예 신경도 쓰지 않고 살았다는 학생들을 찾아보기 어렵지 않았고, 무엇보다 학습에 대한 두려움이 커서 수업 참여도도 상상한 것보다 훨씬 낮았다. 그런 아이들을 앞에 두고 '놀이'를 집어 들 수밖에 없었다. 아이들은 공부하고 싶어 하진 않만, 그것이 '공부'라고 인식하기 전까지는 제법 집중하는 모습을 보였다. 그렇게 여러 카드 게임과 박자 게임을 만들었고, 성취하고자 했던 학습 목표에 어느 정도까지 다가서는 모습을 발견할 수 있었다. 그뿐만 아니라 중학생들을 상대로 수업하던 자료에서 영감을 얻어 비슷한 원리의 활동들을 몇 차례 시행착오를 거쳐 학력 수준이 낮은 고등학생들을 위한 수업자료로 만들어 낼 수 있게 되었다.

📖 절벽 앞에 서서 돌아서지 않는, 나는 교사다

그 무렵이었던 것 같다. 구름학교에서 수업 나눔 행사에 참여할 것을 제안받게 되었다. 부담스러웠던 제안이었고 보여줄 것이 없다고 생각했다. 그러나 결국 제안을 수락했다. 그런 결정을 내리게 된 계기는 그간의 수업자료를 정리해 보고 싶었던 욕심도 있었고 나처럼 수업이 막막한 다른 선생님들에게 조금이라도 위로가 될 수 있다고 믿었기 때문이었다. 정리하는 과정에서 자료들을 살피며 부끄럽기도 했고 한편 고군분투했던 지난 시간들이 지나가면서 뭉클하기도 했다. 수업 나눔 행사에서 나 역시 다른 선생님들의 고민 흔적들도 볼 수 있었고, 여러 선생님들을 만나면서 도전해야 할 과제들을 많이 안고 돌아왔다. 많은 선생님이 내게 물었다. '그 학교에서 이 자료들로 어떻게 수업을 하는 거예요?' 수업 활동에 대한 설명을 원하는 질문이 아니라는 것을 알았다. 우리 아이들과 이런 수업이 가능하냐는 놀라움이었다. 동시에 그 질문은 내게 '우리 학교에서 수업을 더 열심히 하고 고민한 흔적을 더 많이 남기기'라는 과제로 남는 것 같았다. 그래서 또 한 해 우리 학교에 남기로 마음먹었고, 오늘까지 열심히 수업하며 지내는 중이다.

어떤 선생님들은 내게 말한다. 이 학교는 나를 더 힘들게 만들고, 별로 도움이 되지 않을 거라고. 솔직히 나에게도 종종 이 학교에서의 수업은 절벽 앞에 서 있는 기분을 느끼게 만든다. 해답을 모르는 수학 문제처럼 막막할 때도 있다. 하지만 날기를 두려워하는 새끼 매를 날게 만들려고 어미 매는 새끼 매를 절벽에서 밀어버린다고 한다. 지금 나 역시 돌아서서 피하고 싶은 순간들을 마주할 때가 많고, 어쩌면 이 학교가 나에게 그런 학교일지도 모른다는 생각이 들지만, 그래서 더욱 나를 절벽 밑으로 밀듯이 과감한 선택과 도전을 이어가고 있다. 적어도 나는 매 수업 시간에 내가 교사임을 느낀다. '단 한 명의 학생도 남기지 않고' 모두 데려가는 수업을 하고 있진 않지만, '단 한 명의 학생이 성장하는 순간도 지켜주려는' 교사로 남아있음이 분명하다. 그렇게 나는 오늘도 도전을 이어가고 있다.

📖 슬로리딩으로 이어가는 성장, 그리고 다시 도돌이

이번 학기는 '슬로리딩'을 시작했다. 한 학생이 나에게 이렇게 질문했다.

> "선생님은 왜 매 학기 이상한 걸 하나씩 들고 와서 하는 거예요?"
> "왜냐하면 매 학기 선생님은 너희들이 다르게 성장하는 모습을 보고 싶거든."

슬로리딩을 시작한 이유도 단 하나이다. 지금 내가 만나고 있는 아이들은 찬찬히 읽지 못해 배움이 늦춰지고 있다. 슬로리딩이 해결책이 아닐지 모르지만, 분명히 아이들의 성장을 도와줄 것이라는 데에는 의심의 여지가 없다. 슬로리딩을 배우고 함께 고민하기 위해 한 달에 한 번 차를 몰아 김해로 간다. 옆에 있는 선생님들이 묻는다.

> "선생님, 그냥 대충해도 될 텐데, 뭐하러 그렇게 사서 고생을 하십니까?"

절벽에서 밀어야 비로소 날 수 있기 때문이다.

음악 악보에는 도돌이표가 있다. 주로 같은 리듬이나 멜로디의 부분을 재차 반복할 때 똑같은 음표를 반복하여 그리지 않으려고 도돌이표를 끝에 둔다. 그러면 연주자들은 반복되는 부분의 처음으로 돌아가 해당 부분을 연주하게 된다. 그러나 다시 돌아와 반복한 후 마지막 부분에 이르면 다른 음이나 리듬을 보이게 된다. 반복되는 듯하지만 마지막이 다른 것이다. 나의 지난 4년간의 교사로서의 시간은 짧지만, 도돌이표 같은 도전들이 이어져 왔는지도 모른다. 고민하고 도전하기를 반복했던 4년의 시간들을 보며, 어쩌면 앞으로의 4년도, 아니 더 이후의 시간들도 도돌이표와 같을지도 모른다는 생각을 해 본다. 그러나 도돌이표의 마지막이 그러했듯이 다시 또 고민과 도전을 반복한 나는 지금과 같진 않을 것이다. 한 걸음 더 나아가 있을 것이다.

실패는 없다

전진효

📖 진정한 배움을 고민하는 것조차 사치였던 그곳에서 희망을 보다

진정한 배움이란 무엇일까? 그럼 진정한 가르침이란 무엇일까? 혹시 이런 물음에 자신을 성찰하시고 고민을 하시는 선생님들이 있을까? 그에 반해서, 나는 이러한 것을 단 1도 생각을 못한때가 있었다. 그때로 돌아가면, 나의 모습은 2012년 H 고등학교에서 영어를 가르쳤던 곳에 있었다. 그 학교 학생들의 모습은 모든 것을 포기한 자포자기의 상태였다. 그런 학생들의 모습을 지켜보고 있는 교사들의 모습도 점점 지쳐갔던 것 같았다. 그때의 나에게 가르침에 대한 고민은 사치일 뿐이었다. 단지 '어떻게 하면 수업 시간에 3분의 2이상의 아이들이 잠을 자는 교실에 활력을 불어넣어 잠을 자는 친구들을 깨울 수 있을까?'라는 생각으로 하루하루 버텼다. 교무실에 있으면 자주 발생하는 에피소드를 들을 수 있었다. 그중 수학과 선생님이 수학 수업을 마치고 교무실로 들어오면서 하시던 말씀이 생각난다.

"난 오늘 3명 데리고 수업을 했다."라고 수학 선생님은 마치 장난을 치시는 듯 당당하게 이야기하셨다. 어찌 보면 이 말씀은 한 교사에게 정말 수치스러운 일이 아닐 수 없다. 그러나 곧 이어져 나오는 주위에 있는 다른 선생님들의 웃음소리가 나의 마음을 더 아프고 저리게 만들었다. "뭐, 그것도 아주 양호하고 훌륭한 거야……. 오늘 국어과 수업은 제일 앞에 있는 두 명만 고개를 들고 있었고 그 나머지 학생들은 어제 잠을 자지 못해서 그런지…… 다들 엎드려 있었어." 그리고 정말 절망인 과학과 선생님의 말씀이 이어졌다. "난 학생들이 지난 시간에 다 엎드려 잠을 잤던 것을 기억하고 오늘은 아예 학생들과 눈도 마주치지도 않고 과학적 이론 부분만 칠판에 써서 혼자 말로 설명만 하고 종이 치기도 전에 나와 버렸어."였다. 교무실 곳곳에서 웃음과 비웃음 소리가 섞여서 들려왔다. 이런 일이 그 학교에서는 자주 벌어지는 모습이었다. 이런 교사와 학생들 사이에서 나는 나름대로는 최선을 다해서 정말 열심히 목이 터져라 교과서 내용을 설명했다. 그리고 자는 학생들을 강제로 깨우고 이어서 열변을 토했다. 그러나 나는 이상하게도 시간이 흐르면 흐를수록 점점 힘들어져 갔다.

내가 교직 생활을 이대로 계속한다면 무슨 의미가 있을지 밤을 지새워가며 정말 많이 고민했다. 나는 그냥 모든 것을 포기하고 다른 선생님들과 마찬가지로 시간만 때우고 싶었다. 그냥 시간이 흘러가는 대로 그냥 그렇게 또 하루가 지나간다고 생각했다. 그러나 아이들의 부모님과 형제까지 포기한 아이들을 나도 그렇게 포기해버린다면, 우리 아이들을 받아줄 세상은 과연 어디에 있을까 생각하며 끝까지 포기하지 않았다. 그러던 어느 날 운명처럼 찾아온 단 한 번의 아름다운 체험과 경험은 내가 학생들을 끝까지 포기하지 않도록 하는 데 큰 힘이 되었다.

푹푹 찌는 여름날이었다. 그때 나는 아이들에게 화가 나고 실망하여 정말 큰소리를 지르며 연속해서 나흘 동안 수업 시간에 열 번을 토해 낸 적이 있었다. 그리고 일주일이 지났던 것 같다. 우리 학생들이 손수 종이에 눌러쓴 12통의 편지를 받았다. 정말 눈시울이 붉어질 정도로 아름다운 마음과 함께 전달된 정성스레 꾹꾹 눌러쓴 감동의 손편지였다. 그 편지 하나하나를 읽어보며 다짐했다. '내가 만약 이 아이들을 끝까지 절대 포기하지 않는다면, 이 아이들도 언젠가는 나에게 마음의 문을 활짝 열어주리라고 확신한다.' 그리고 아이들이 쓴 대부분의 편지 내용은 '선생님! 저희가 죄송해요. 하지만 저희도 어쩔 수 없어요. 선생님! 죄송해요. 죄송해요.'라는 것들이었다. 만약 다른 선생님들이 우리 아이들이 쓴 이 편지들을 보면, 우리 아이들의 국어 문장 표현력이 정말 형편없다고 생각이 들지도 모를 것이다. '이거 고등학교 2학년 학생들이 쓴 글씨와 글 맞아? 정말 형편없네! 역시 그럼 그렇지. 뭘 더 기대 하겠어.' 그러나 나는 단언컨대 그 편지글 하나하나에서 글로 다 채우지 못한 감정들이 느껴져 가슴이 뜨거워지는 것을 느낄 수 있었다.

아이들의 편지지에 초콜릿 과자를 먹다가 흘린 자국에서는 '아~ 학생들이 학교급식이 이루어지지 못하는 주말 동안에는 변변치 못하게 허기를 때우고 있는 것을 보았고, 삐뚤삐뚤하게 쓴 글씨체를 통해서는 아이들이 심리적 불안을 느끼고 있다는 것을 알게 되었고, 그리고 구겨진 편지지에서는 아이들의 낮은 자존감을 느낄 수 있었다. 단언컨대, 누가 이런 아이들을 욕할 수 있을까? 어느 누가 이런 아이들의 환경을 비난할 수 있을까? 어쩌면 아이들은 수업 시간과 학교 밖에서 스스로 살아가기 위해서 발버둥을 치는 것일지도 모른다. 그 발버둥, 막막했던 발버둥. 이런 아이들에게 나와 우리 선생님들이 손을 뻗어주고 잡아주고 이끌어 준다면, 아이들은 변하게 될 것이다. 그 변화는 엄청난 에너지를 가지게 될 것이다. 실패와 고난을 항상 마주하게 되는 아이들에게 교사로부터의 꾸준한 긍정의 피드백은 아이들을 성장시키고 인생을 탈바꿈하기에 충분할 것이다. 그리고 아이들의 인생에 있어서 좌절과 실패로 인해 바닥으로 강하게 내리쳤던 경험은 창공을 향해 다시 떠오를 수 있는 도전의 원동력이 될 것이다.

'변한다. 진정으로 진심으로 변화를 원한다면 우리 아이들은 변화를 만들어 낼 것이다.' 단, 시작은 미약하고 보잘것없을 수도 있다. 그러나 물컵 속에 아주 작은 잉크 한 방울 떨어뜨리면 순식간에 투명한 물컵은 검은색 물로 바뀌어 버린다. 잉크의 마지막 한 방울도 포기하지 않고 꾸준히 아이들의 변화가 일어날 때까지 가슴속 깊숙이 품었던 잉크 한 방울을 떨어뜨리는 끈기, 그것은 단언컨대 선생님들의 교육적 소신이자 교육적 열정일 것이다. '변한다. 반드시. 실패는 없다.'

📖 21세기 4차 산업과 우리들의 교실

2016년, 선생님들의 말씀을 아주 잘 듣고 공부를 아주 열심히 하며, 세상에서 아주 착한 여학생들만 모여 있다는 E 여자고등학교에서 다시 아이들을 만나고 가르치게 되었다. 작년까지만 해도 학업보다는 아이들의 마음을 읽고 이해해주는 교직 생활에 초점이 맞추어졌다. 그러나 올해부터는 선생님의 말씀 한마디에 일사불란하게 척척 움직이고 수업 시간에 선생님의 설명 하나하나에 귀를 기울이는 학생들이 모여있는 곳에서 나의 교직 생활이 다시 시작되었다. 나는 칠판 판서의 토시 하나 안 틀리게 받아 적는 학생들로 넘쳐나는 이곳에서 더는 그 학생들의 마음을 이해해주는 것만으로는 이 아이들에게 너무나도 의미 없는 교육이 될 것이라고 생각했다.

그래서 '어떻게 하면 이 아이들에게 좀 더 잘 가르칠까'에 대해서 엄청난 고민을 시작했다. 아이들은 거의 모든 수업시간에 초인적인 집중력으로 모든 수업을 소화하곤 했다. 심지어 몇몇 학생들은 칠판용 강의 노트와 '말. 노.'라고 불리는 '말씀 노트' 두 권을 들고 다녔다. 이 '말씀 노트'는 수업시간에 선생님이 하신 모든 말을 글로 받아 적는 노트였다. 심지어는 그날 선생님의 농담이나 아재 개그를 받아 적기도 했다.

교과목 담당 선생님이 수업 시간에 어떤 맥락에서 그러한 설명과 말씀을 하셨는지는 물론, 관련 교과서 내용에 대한 문맥적 분석도 철저히 했다. 그 분석을 하기 위해 학생들은 한 템포 쉬는 타임까지 표시하여 기록하였다. 이러한 아이들에게 내가 좀 더 해줄 수 있는 것은 무엇인지 생각해보았다. '어떻게 하면 50분이라는 정확하게 고정된 시간의 한계 속에서 아이들에게 좀 더 많은 지식을 효율적으로 전달할 수 있을까'에 대한 고민을 끊임없이 했던 것 같다. 그 결과 나는 오로지 아이들이 많은 양의 지식을 한꺼번에 학습하게 하는 주입식 암기 수업을 했다.

그러던 어느 날 'KBS 1 TV 명견만리' 프로그램에서 '4차 산업혁명과 우리 교육의 현실'이라는 주제를 다룬 것을 시청하게 되었다. 그 프로그램에서 우리나라 공교육의 현재 모습에 대해 언급한 내용들 중, 나의 머리를 강하게 스쳐 갔던 'Catchy Phrase'는 '과거의 선생님이 현재의 교실에서 미래의 학생들을 가르친다.'라는 문구였다. 그러고 나서 바로 보여준 몇 장의 사진들은 각종 멀티 기기들이 수십 년 전과 현재를 비교했을 때 얼마나 많이 변했는가였다. 그러나 교실의 모습을 비교하는 마지막 사진 두 장은 흑백사진과 컬러사진이라는 차이를 제외한다면 예나 지금이나 정말 비슷하였다. 100년 전이나, 지금의 모습이나 우리들의 교실 모습은 '선생님은 설명을 하고 학생들은 수동적으로 책상에 앉아서 필기를 하는 모습'이었다. '정말로 이건 아니다.'라는 충격과 잠시 나의 교실의 모습을 생각해 보았다.

나는 혼란스럽기도 하고 약간 머리가 어지러웠다. 이것은 그토록 학생들을 위해 고군분투한 나의 모습과 나의 교실이 '정말로 어쩌면, 학생들이 세상을 살아가는 데 도움을 주기는커녕 오히려 해가 될지도 모르겠구나'라는 것을 깨닫게 해주는 사건이 되었다. 그 순간, 나는 너무 괴로웠고 우리 학생들에게 너무 미안했다. 교사가 열심히 지식만을 전달하는 교실은 아이들이 세상을 살아가는 힘을 키우는 교실과는 거의 상관관계가 없다는 것을 알게 되었다.

교실 속에서 교사가 아이들에게 가지는 열정은 중요한 영역이다. 그러나 그 방향이 잘못되었다면 전면적인 수정이 반드시 필요하다. 한 마리의 들쥐가 뛰는 것을 보고 나머지 들쥐들도 같이 뛰다가 곧 낭떠러지가 나타나서, 모두가 죽음을 당한다는 이론인 레밍 효과가 있다. 어쩌면 나의 교실 속 아이들도 '방향도 모른 채로 열심히만 뛰다가 낭떠러지가 나오면 어떻게 하지?'라는 생각에 잠기게 되었다. 나는 '나와 우리 아이들은 열심히 뛰었는데 그 결과는……' 참으로 암담할지도 모른다는 생각이 들었다. 그렇다면, 우리의 교실 수업과 교육도 미래 시대를 읽고 보다 주도적으로 살아갈 수 있는 인재를 키워 내야 할 것이다. 이를 위해 4차 산업 혁명 시대의 생존 전략으로 4C 역량을 키워야 하며, 교실에서는 4C에 해당하는 Creativity(창의력), Communication(의사소통 능력), Collaboration(협업 능력), Critical thinking(비판적 사고) 역량을 기르기 위해서 어떻게 수업을 해야 될지 고민하고 또 고민해야 한다.

한동안, 학습자 중심의 여러 연수를 듣고 이것저것을 혼자서 해보려고 안간힘을 썼지만 그때마다 큰 절벽에 가로막혀 답답함과 외로움만 토로했던 것 같다. 그러던 중 2017년 11월에 '구름학교 입학생 모집'이라는 공문을 열람하게 되었다. 그것은 나에게 참으로 신선한 하나의 충격이었다. 그리고 그때, 나는 고민하지 않고 아주 자연스럽게 구름학교 3기 입학원서를 써 내려갔다. 그리고 구름학교와 나는 특별하고도 또 특별한 인연 고리를 만들어 갈 준비를 하고 있다.

📖 실패는 없다!

우리는 흔히 잘된 수업과 잘못된 수업에 대해서 고민하고 반성하기를 원한다. 공개수업의 예를 들어보겠다. 평소와는 180도 다른 수업의 형태로 수업 준비를 완벽하게 했다. 아이들에게 불만과 불평을 갖게 하고 교사 본인에게도 엄청난 스트레스를 주는 형태의 수업을 준비하여 보여준다. 그 한 번의 수업이 잘못되었다는 것은 절대 아니다. 한 번의 수업을 대단히 잘 보여주려고 교사는 얼마나 열심히 시간과 에너지를 쏟으면서 준비했겠는가? 그 객관적인 사실 하나만으로 정말 훌륭한 일이 아닐 수 없을 것이다. 그러나 나는 그 교실의 아이들을 생각해 보고 싶다.

만약 집에 정말 어려운 손님이 와서 집안의 이곳과 저곳을 대청소하는 것을 가정해 보자. 집안의 구성원들이 모두 손님이 오는 것을 정말 기대한다면 상황은 보다 나을 것이다. 그러나 그럴 확률은 거의 없다. 왜냐하면, 사람들은 어려운 상대보다는 편한 상대에게 좀 더 친근하게 다가온다. 배움과 우리의 교실도 마찬가지다. 매일 아이들을 가장 가까이에서 마주하며, 누군가에게 보여주기 위함이 아니라 나와 아이들의 삶을 보다 온전히 붙들기 위해 노력하시는 대한민국의 모든 선생님이 아이들에겐 가장 친근한 수업 친구이다. 오늘도 교실 속에서 아이들과 고군분투하고 계시는 여러 선생님을 진심으로 응원한다.

교실은 아는 것을 바탕으로 모르는 것으로 넘어가려는
부단한 몸부림에서 시작된다.

2부

익숙함을 떠나,
낯섦에 나를 던지다

나에게는 두 개의 교실이 있다

김미경

📖 이중생활 속으로 한 발짝을 들이밀다

나에게는 두 개의 교실이 있다. 다시 말하자면 나는 두 개의 학교에 다닌다. 그것도 2년 연속이다. 2년에 걸쳐 나는 이중생활을 하고 있는 중이다. 작년의 나는 두 개의 교실에서 학생과 교사였다. 올해는 두 교실에서 교사와 교사이다. 엄격히 말하면 교사와 담임교사이다. 분명한 것은 두 교실 모두에서 헤맸다는 것이고 아직도 갈피를 잡지 못하고 있다는 것이다. 2년에 걸쳐 나는 구르고 뒹굴고 있고 그 여진의 끝을 쫓고 있는 중이다.

이중생활을 결심하기란 쉽지 않았다. 2016년 12월 24일 크리스마스이브에 이중생활을 위한 면접이 시작되었다. 연인들끼리 가족들끼리 서로의 사랑과 축복을 기념하는 그날, 나는 지금껏 살아오면서 한 번도 생각해 보지 못한 질문에 휩싸였다. 상당히 당혹스러웠고 주눅 들었다. 그런 질문을 하고 살지 않는 나 자신이 마치 속물인 양 스스로 수치심을 만들어 내고 있었다. 질문하는 그들만이 학생을 위하는 사람들처럼 보였고 고귀한 학처럼 느껴졌다. 부끄러움의 끝에는 다소의 시기심도 깔려있었다.

그러나 나는 이중생활의 통과 의례를 거치기 위해서 나의 이 기적인 욕망을 숨겨야 했다. 그래서 내 입에서 쏟아져 나오는 것은 모범답안뿐이었다. 그리고는 '구름학교에 입학하겠습니다.'라고 포스트잇에 영혼 없는 활자를 적어 넣고는 도망치듯 나왔다. 마치 내 이중생활의 저의를 그들이 가진 날카로운 눈빛으로 찾아낼 것 같은 두려움에 한 발이라도 먼저 벗어나고 싶었다.

도망치듯 빠져나온 나는 구름학교는 도대체 뭐지? 난 단지 수업 기법이 필요하다고! 내가 왜 이중생활을 하려는지 알아? 나는 교실 속에서 자고 있는 학생들 때문에 괴롭다고! 나는 지금 학교 교실에서 살아남고 싶어, 그러기 위해서는 구름학교가 가진 그 화려한 수업 기법이 필요하다고. 근데 뭐야? '나는 왜 수업하는가?', '나는 지금 교실에서 무엇을 하고 있는가?', '내 교실에서 나는 어떤 가치를 담고 있는가?' 등등의 난감한 질문만 던지는 거야? 한 번도 교실에서도 인생에서도 고민하지 않았던 질문을 마구 던지는 그들의 존재가 새삼스럽고 외계인처럼만 느껴졌다.

📖 용기를 내다

입학해야 하는 날이 왔다. 아침에 일어나는 몸과 마음이 무거웠다. 가야 하는 걸까? 한참 고민이 되었다. 그러나 나는 가야 했다. 나는 다른 교실에서 살아남고 싶은 간절한 욕구가 있었다. 부딪혀 보자. 그 속에서 나는 무엇인가를 얻겠지…… 실패이든, 성공이든. 마음을 다잡고 입학식 장소로 출발했다. 물론 같이 구름학교 입학을 신청했던 동료 교사 A의 지지도 크게 작용했다. A는 구름학교 동기로서 함께 했고 현재까지도 많은 지지와 응원을 아끼지 않고 있다.

어렵게 시작하였지만, 나는 드디어 구름학교 교실의 2기 학생이 되었다. 2주 간격으로 피곤한 몸을 이끌고 구름학교를 다닌다는 것은 결코 쉬운 일은 아니었다. 아침마다 눈을 뜰 때면 내적 갈등이 생기곤 했다. 학교 업무나 수업으로 지친 몸을 추슬러 구름학교에 등교해야 했다. 찐한 카페인의 도움을 받아 2주마다 그곳에서 나는 학생이 되었다. 어른 학생이다. 학생의 삶은 결코 쉽지 않았다. 근무하고 있는 학교 교실에서는 학생들이 엎드려 자기도 하는데……. 나는 그럴 수 없었다. 엎드려 있는 학생들을 일으켜 세우기 위해 내가 할 수 있는 일이 무엇인지를 구름학교에서 찾아야 했다. 앉은뱅이를 벌떡 일으켜 세우는 비법을 찾고 싶은 욕심이 나를 구름학교에 등교하게 했다.

구름학교 학생으로서 수업을 듣다 보면 투 샷의 에스프레소로도 치유되지 않는 골치 아픔이 있었다. 익숙하지 않은 질문과 과제에서 자신을 찾아야 하는 여러 가지 교육 과정 덕분에 나는 종종 두통을 느꼈다. 두통은 계속되는 부적응이라 생각했고, 내가 원하는 보물이 아니었기 때문이기도 했으리라……. 구름학교 학생으로서 정말 하기 싫은 미션이 있었다. 무작위로 핸드폰 번호 10개를 적으라고 했다. 그리고는 전화를 걸고 대화를 나누라는 미션이었다. 이 수업을 하는 날, 나는 교실에서 교사의 지시에 따르지 않는 학생처럼 반항하고 싶었다. 처음에는 그랬다. 도저히 전화를 걸 수 없었다. 너무 두려웠다. 생면부지(生面不知)의 사람과 통화를 하라니……. '나는 할 수 없다. 안 할 것이다.'로 나를 가뒀다. 그런데 신기하게도 평소 소극적이라고 생각했던 A 교사가 전화를 돌리고 있었다.

'이건 뭐지? 구름학교 수업친구는 무슨 마법을 건 것일까? 모두가 미친 것인가? 다들 어떻게 저렇게 용기를 낼 수 있지?'라는 생각이 가득 찼다. 그런데 어느 순간 나 역시 전화번호를 누르고 있지 않은가? 매직이다. 물론 전화를 하면서도 상대방이 전화를 받지 않기를 고대했다. 다행인지 불행인지 결국 나는 아무하고도 통화가 되지 않았다. 상대방이 모르는 사람 전화번호를 거절한 경우도 있고, 끝까지 전화를 받지 않는 사람도 있었다. 그러나 이 경험은 정말 나를 한 단계 점핑 시키는데 기여한 것으로 본다. 결과는 생각하지 않고 일단 부딪혀 보자는 생각을 가지게 되었다. '실패해도 괜찮아!' 구름학교 학생으로서, 근무하는 학교 교실에서 일 년 내내 나를 지탱하는 슬로건이 되었다.

📖 실패해도 괜찮아!

구름학교 학생으로서 나는 다소의 혼란 속에서 서서히 나를 찾아가는 여정을 버텨내고 있었다. 그런데 근무하는 학교 교사로서 나는 실천가로 변해 있었다. 뒤를 생각하지 않고 일단 해보자는 실천력이 나를 즐겁게 하고 있었다. 근무하는 학교 학생들은 다소 학업에 관심과 흥미가 없는 학생들이 많았다. 그들에게 내가 할 수 있는 것은 무엇인가에 대해 고민했다. 그것은 교실에서의 재미였다. 거창하게 공부의 즐거움보다는 교실 속에 있는 것 자체가 즐거울 수 있었으면 하는 바람이었다. 그들의 눈높이로 어떻게 하면 교실이 재미있는 공간이 될 수 있을까를 고민했다.

그러다 보니 이전보다 훨씬 더 교재 연구를 많이 하고 있는 나를 발견했다. 수업 준비에 더 많은 시간을 할애하는 내가 있었다. 주말이면 늘어져 있던 내가 도서관에 가서 이런저런 자료를 찾고, 구름학교 밴드에 올라온 다른 교사들의 수업 방식을 내 것으로 만드는데 할애했다. 일어나는 일들, 책들, 영화 등등을 교과와 연결해 즐거운 수업을 만들 수 있을까를 고민했다. 그리고 더 중요한 것은 항상 실패에 대한 두려움이 없었다는 거였다. 불안함이 덕지덕지 매달려 있던 내가 '일단 해 보자. 할 수 있다. 망하면 어때'라는 마음가짐을 가지게 되었다. 이것은 양질의 거름이 되어 수업 시간의 나는 즐거웠다.

처음에 학생들은 이런 나에게 적응하지 못하는 듯했다. 그것도 두렵지 않았다. 내가 즐거우면 학생들에게도 즐거움이 전파될 것이라는 믿음이 있었기 때문이다. 말로만 듣던 '교사가 행복해야, 학생이 행복하다'라는 것을 실천하고 있었다. 큰 변화다. 뭔가를 두려움 없이 시도하려는 내 모습. 그렇게 구름학교는 서서히 내 몸속을 파고들고 있었다.

📖 졸업식, 그리고 새로운 결심이 시작되다

1년을 구름학교 학생으로서 버텨냈다. 그리고 해냈다. 졸업! 드디어 졸업이다. 아니, 벌써 졸업이야……. 아쉬운 마음이 더 들었다. 내가 구름학교에 발 들이기 시작했던 의도는 중요하지 않았다. 화려한 수업 기법을 내 것으로 만드는 것이 결과가 아니었다. 나는 나로서 더 단단해진 나를 발견하는 커다란 졸업 선물을 받았다. 학생을 위해서 구름학교를 시작했지만 졸업하는 날 나는 나를 위해 구름학교를 다녔다는 것을 깨달았다.

그러나 나는 그동안 구름학교 이전의 나로 살아오는 데 너무 익숙해져서 내적 변화의 폭은 그렇게 크지는 않았다. 이제 조금씩 변해 가려는데…… 졸업이라니…… 아직 나는 더 변화하고 싶었다. 아직 가야 할 길이 멀었다는 생각이 가득 들었다. 동료 학생이었던 구름학교 2기 선생님들이 졸업식 날, 다들 많이 성장했고 구름학교에 감사하다고 말하는 것을 들으면서 나는 너무 느린데…… 이들은 나보다 더 많은 변화를 이루어 냈구나.

그래서 결심했다. 구름학교를 1년 더 다닐 거야. 그런데, 그 방법은 구름학교 3기 담임교사가 되는 길밖에는 없었다. 사실 격주로 구름학교를 다닌다는 것은 체력적으로 쉬운 일은 아니었다. 졸업식을 할 때 즈음 결국 나는 병을 얻었다. 이중생활은 나에게 용기와 질병을 동시에 안겨 주었다. 두려움을 극복하고 무슨 일이든 도전할 수 있는 용기를 주었지만, 체력이 뒷받침해 주지 않았다. 그런데 다시 1년을 더 다닐 수 있을까? 학생과 담임은 다른데, 그 역할을 제대로 해낼 수 있을까? 다시 고민되었다. 그렇지만 또 욕심이 났고, 학생으로서 내가 배운 용기, '실패해도 괜찮아'는 나를 3기 담임교사에 도전하게 했다. 담임교사 지원서를 썼다. 솔직한 나의 동기와 의도를 담아서 나의 의지를 보였다. 졸업 여행에서 나는 드디어 3기 담임교사로 임명되었다.

📖 구름학교 3기 담임교사가 되다

또다시 이중생활이 시작되었다. 구름학교 학생이 아닌 교사로서의 생활이지만. 구름학교 3기 면접부터 입학식, 교육과정 편성, 학생 관리 등 담임으로서의 생활은 생각보다 만만치가 않았다. 비록 담임교사이지만 구름학교에 다니다 보면 작년에 이어 올해도 나는 성장할 것이라는 믿음을 처방할 뿐이었다. 그런데, 담임 생활은 나의 의도와는 다르게 흘러갔다. 구름학교 교육과정에 몰입하기보다는 3기 학생들을 관리해야 했다. 그들이 해내는 도전 과제를 지지해 주고 도와주는 역할, 관찰자로서의 역할이었다. 몰입이 쉽지 않았다. 그래서 다소 실망하기도 했다. 그러나 나는 다시 마음을 추슬렀다. 또 다른 낯선 환경에 나를 노출시켜 보자는 생각으로.

사실 담임의 역할은 나에게 어려운 분야이다. 근무 학교에서 담임한 경력이 의외로 짧다. 교사 경력에 비하면 몇 년 되지 않는 담임 경력. 처음 담임하면서 받은 상처로 담임을 회피하고 싶었다. 그리고는 잘 피해 다녔던 것 같다. 그런 나에게 구름학교에서의 담임 역할은 다소 어색하다. 구름학교에 적응하지 못하는 학생 선생님들에게 관심을 기울여야 하고, 교육과정 전반에 대한 준비 작업을 도와야 한다. 개성 가득한 구름학교 학생들의 담임 역할은 그래서 더 어렵다. 뭔가 내 스타일의 옷을 입고 있지 않아 불편하지만 그 옷에 나를 맞추고 있는 중이라고 해야 할 것 같다. 그러나 그 끝에는 또 다른 선물이 나를 기다리고 있을 것이라는 믿음으로 견뎌내고 있다.

📖 하강, 느려도 괜찮아

구름학교의 기운이 다 한 걸까? 아니면 내가 나의 변화를 가로막고 있는 것일까? 사실 나는 요즘 슬럼프에 빠져 있는 중이다. 구름학교에서도 그렇고 근무하는 학교에서도 이전처럼 기운이 나질 않는다. '실패해도 괜찮아'라고 마음먹었던 때가 몇 년 전도 아니고 작년인데도……. 이것저것 도전해 보자는 결심은 어디로 간 것일까? 근무 학교에서도, 구름학교에서도 나는 하강하고 있다. 괜히 근무하는 학교의 학생들을 탓하기도 했다. 애들이 달라졌어요. 뭘 해보려고 해도 체력이 안 받쳐줘요. 나는 질병에 시달리고 있어요. 기타 등등. 문제의 원인은 주변이 아니라 나 자신에게 있음을 2년 내내 배웠고, 깨닫고 있으면서도 탓을 하고 싶은 유혹이 생긴다. 나를 따라다니는 탓! 탓! 탓!

하강과 상승만을 바라보고 누구보다 더 높은 위치에, 더 빨리 다가가고 싶은 욕심이 컸다. 그러나 나는 기우는 곡선 속에서 힘들어하지 않기로 한다. 작년 나는 너무 빨리 상승하려고 안전 속도를 준수하지 않았다. 빨리 변화해서 새로운 나로 거듭나고 싶은 욕심이 앞섰다. 결과는 빠르지 않았다는 것을 알면서도 욕심을 앞세웠었다. 그 결과다. 이제 쉼이 필요하다는 것을 알려주는 것은 아닐는지. 나의 껍데기는 호두 알처럼 단단해서 쉽게 벗겨지지 않는다. 이제는 숨 고르기가 필요하다.

느려도 괜찮다. 이 느림 속에서 나는 혼자가 아니다. 나의 이중생활은 느림 속에서도 나를 버텨내게 하는 힘을 주리라. 구름학교 3기 선생님들의 졸업식과 2월의 종업식에서 나는 또 다른 결심을 할 수 있을 거라는 믿음을 가져 본다. 작년에 변화된 나의 모습을 바탕으로 올해 다소 지쳐있는 나는 다시 일어설 수 있을 것이라는 희망을 품어본다. 나에게는 두 개의 교실이 있다. 두 개의 교실에서 나는 당분간 상승과 하강을 반복할 것이다. 롤러코스터를 타 본 적이 있는가? 상승할 때의 짜릿함과 하강할 때의 두려움을 느껴 본 적이 있는가? 나는 이제 나의 롤러코스터를 타러 간다.

사랑하는 것에 대한 나의 모습

김미나

'지금 당신이 무얼 못 가졌는지가 아니라 당신이 가진 것으로
무얼 할 수 있을지를 생각하라.'

인터넷에서 이런 명언을 본 적이 있다. 열심히 살겠다고 여러
가지 연수를 듣기는 하나 그것을 내 교실에서 적용할 수는 없을
것이라고 겁먹고 피했던 나를 부끄럽게 만들었던 글이다. 아무
도 뭐라 하는 사람은 없었지만 나는 아니까 피해 갈 수 없는 부
끄러움이었다. 그리고 그 부끄러움을 지울 수 있는 방법은 내가
듣고 배운 것들을 내 교실에서 내 눈으로 확인하는 길뿐이었다.
그래서 지금은 시작 중에 있다.

나는 연례행사로 버킷 리스트를 만든다. 올해 1번 목표는
PBL(Project-based Learning)에 익숙해지기였다. 요즘 교실에서
PBL을 이용하여 영어를 도구로 다양한 프로젝트를 해내려는 시
도를 한다. 책으로 읽은 여러 가지 정보들을 어떻게 잘 비벼야
할지에 대한 과정의 연속이다. 아직 완전히 정착되지 못해 우울
하게 수업을 마치는 경우도 많다. 이상과 현실 속에서 허탈하게
웃기도 한다. 그럼에도 불구하고 교실에 대한 글을 쓰려는 이유

는 내년 혹은 내후년에 버킷 리스트를 작성할 때엔 올해보다는 좀 더 여유를 가지고 PBL에 대해 계획을 세우고 싶기 때문이다. 조금씩 나아가는 내 교실이 힘듦과 부끄러움이 아니라 노력하고 있는 것에 대한 기쁨으로 나와 나의 학생들에게 다가가고 있는 것이길 바란다.

이 글의 큰 틀은 내가 PBL 관련 연수들을 들으면서 수업에 꼭 적용하겠다고 생각했던 것들을 어떻게 사용하는지를 보여주는 것이다. 그것들은 활동에 대한 가치, 읽기, 피드백 3가지이다. 실제 나의 교실 수업에 대한 지식이 있으면 글에 대한 이해가 잘 될 것 같아 먼저 내가 진행한 프로젝트 두 가지를 소개하고 시작하겠다.

1학기 메인 프로젝트는 자신의 강점을 가지고 타인에게 상담해주는 것을 목표로 한 프로젝트였다. 탐구질문은 '우리는 자신이 가진 강점을 이용하여 어려움에 처한 사람들을 어떻게 도와줄 수 있을까?' 였고 스스로에 대한 탐구과정을 거쳐 장점을 하나씩 찾아내고 '톰 소여의 모험' 책을 읽고 캐릭터들에게 장점을 바탕으로 한 충고를 해주는 활동을 하였다. 1학기 발표회 때 부모님을 대상으로 상담을 해주는 것으로 마무리되었다.

2학기 프로젝트의 키워드는 다양성이다. 탐구질문은 '우리는 왜 사람들의 다양성을 존중하고 이해해야 하는가?'이다. 학교

인근에서 다문화 축제가 있는 것을 활용하여 참여하는 것을 목표로 두고 다양한 문화권 사람들을 경험하기 위해 첫 번째 외국인 친구 사귀기 프로젝트가 진행 중이다. 축제에 참가하고 난 후에는 개개인의 경험에 비추어 왜 다양성은 이해되어야 하는지에 대한 1차 프레젠테이션이 진행될 예정이다. 후반부에는 다양성을 인정하지 않았을 때 나타나는 사건들과 존중받았을 때 나타나는 일들에 대한 글을 읽어보고 토론도 하면서 탐구질문에 대한 구체적인 자신의 생각을 다듬고 난 뒤에 영어 에세이와 영어신문을 통해 타인에게 자기 생각을 전달하는 과정을 거칠 예정이다.

📖 활동에 대한 가치

PBL 공부를 하고 관련 자료를 보면서 무슨 교실 활동을 할 것인지에 대한 고민을 하기 전에 프로젝트의 큰 틀에 맞추어 각각의 활동들이 왜 이루어져야 하는지에 대한 설계 과정이 필요하다는 것을 깨달았다.

> '나는 왜 이 활동을 수업에 적용하려고 하는가. 프로젝트
> 가치와 어떻게 연결되는가.'

중요한 질문이지만 나는 아직도 습관적으로 또는 바쁘니까 생략하고 무엇을 할지를 먼저 고민한다. 그러다가 마음을 다시 잡고 의도적으로 다시 원점으로 돌아와 생각을 한다. 이런 과정이 잘 진행된 수업은 학생들이 좀 더 적극적으로 참여한다는 것을 보고 신기하고 뿌듯하기도 했다. 그러나 조금이라도 정리가 덜 된 상태에서는 어디선가 꼭 이 소리를 듣게 된다.

'선생님, 도대체 이거 왜 하는 거예요?'

제일 따끔하면서도 정신 차리게 해주는 질문이다. 그때마다 최선을 다해 이유를 설명해 주지만 속으로는 내가 게을렀음을 인정하지 않을 수 없다. 외국인 친구 사귀기 프로젝트를 할 때였다. 나는 '나의 경험을 살려 새 친구에게 줄 선물을 만들어보자'라는 아이디어를 내어 학생들과 진행하였다. 나의 의도는 낯을 가려서 먼저 낯선 사람에게 말을 잘 걸지 못하는 학생들에게 조금이나마 도움을 주고자 하는 의도였다. 새로운 사람과 대화를 할 때 작은 정성이 든 선물은 분위기를 좋게 만든다는 것을 경험으로 배웠기 때문이었다. 그러나 수업 중에 한 학생이 말했다. "나는 이런 선물 없어도 친구 잘 사귈 수 있는데요?" 이 말을 듣는데 아차 싶었다. 사전에 학생들과 좀 더 의논을 해 보고 활동을 진행해 볼 걸 싶었다. 사람마다 사람을 사귀는 방법이 다양할 텐데 나의 기준으로만 가치 있는 활동이라고 정하고 학생들에게는 그 활동에 대한 이해와 의논 없이 밀어붙인 꼴이 되어버렸다. 교실 활동을 계획할 때에는 프로젝트 자체에 대한 깊은 고민과 학생들에게 좀 더 선택권을 주고 그 활동에 대한 가치를 생각해 볼 수 있게 시간을 줘야겠다고 다시 또 다짐하였다. 하루 기쁘고 하루 반성한다.

📖 읽기

톰 소여의 모험을 학생들과 함께 읽을 때였다. 소녀 감성이 사라진 지 오래인 나는 톰이 에이미와 연애를 막 시작하려는 부분에서 아무런 느낌 없이 책을 읽었다. 그때 학생들의 반응에 깜짝 놀랐다. 책의 이야기를 겉으로 읽지 않고 캐릭터를 완전히 이해하고 공감하려는 모습을 보았기 때문이다. 톰과 학생들의 공감이 형성되고 나서는 수업이 교실 밖으로 벗어나는 느낌이었다. 현실적으로는 교실 벽으로 막힌 공간 속에 있지만, 책을 통해 교실 밖 사람들과 소통하고 이야기하며 상담해주는 모습이 신기하고 참 좋았다.

이것이 독서의 매력이라 생각한다. 좀 더 과장하자면 읽기 능력은 평생 배움의 기쁨과 타인과 함께 깊이 있는 삶을 살 수 있도록 도와주는 요술램프와 같다고 생각한다. 솔직히 이야기하면 나도 어렸을 때 책을 그리 좋아하는 아이는 아니었다. 나이가 들고 독서의 중요성을 깨닫고 났을 때는 읽기 습관이 잘 안 잡혀 있어서 좀 힘이 들었다. 이렇게 좋은 활동을 즐기며 할 수 있다면 얼마나 좋을까 싶었다. 어릴 때 자연스럽게 글을 읽는 습관을 가지게 해주면 학생들은 평생 의젓하게 살아갈 수 있지 않을까 싶은 맹신도 하게 된다. 그래서 내 수업 시간에는 짧든 길든 읽기가 들어간다. 아직 독서가 힘든 학생들을 위해 오디오북을 이용하거나 함께 글을 읽기도 하고 관련 배경지식이 담긴 동영상을 미리 틀어주기도 한다. 읽기 수업을 좀 더 잘해보고 싶다는 욕심이 계속 생겨난다. 일단 나부터 좀 더 요술램프를 갈고닦아야겠다.

📖 피드백

요즘 우리 학교에서 비폭력 대화에 대한 수업이 진행 중이다. 그것을 듣다가 피드백을 주는 것이 얼마나 힘든 것인지 알게 되었다. 무턱대고 하는 칭찬이나 말들조차도 어떤 측면에서는 강요나 폭력이 될 수 있다는 사실에 놀라웠다. 어떻게 하면 적절한 피드백과 그것을 바탕으로 앞으로 나아갈 수 있는 비계를 설정해 줄 수 있을까? 쉽지 않은 부분이라 생각한다. 이것은 교사의 전문성에 바탕을 두어야 할까? 아니면 교사의 마음에 바탕을 두어야 할까? 수업시간에 한 학생이 필기를 잘하는 것을 보고 그것을 모든 학생에게 보여주면서 공개적으로 칭찬한 적이 있다. 사실 한두 번이 아니다.

나의 의도는 그 학생이 성취감을 느꼈으면 좋겠고, 나머지 학생들도 좀 더 노력하려는 동기를 부여하기 위함이었는데 며칠 전 읽었던 어떤 책에서 교사가 하지 말아야 할 행동 중 가장 첫 번째로 내가 한 행동이 나와 있었다. 그것은 내가 의도한 것과는 다르게 지목을 당한 학생은 당황할 수도 있고 나머지 학생들은 간접적으로 비교당하는 느낌을 가질 수 있다는 것이었다. 대신 개인적으로 대화할 때 구체적으로 칭찬해주는 방법을 택하라는 것을 읽고 상황별로 다르기는 하겠지만 충분히 설득력 있는 말이라고 생각했다. 처음엔 당황했지만, 시간을 가지고 생각해보니 아직 내가 교사로서 전문성이 부족함을 알게 되었다.

또한, 학생들 간의 피드백이 얼마나 힘이 있는지도 알게 되었다. 상담 프로젝트 마지막 발표회 때 내가 피드백을 하는 것 50%와 학생들끼리 하는 피드백 50%를 동시에 진행하였다. 처음에는 학생들이 피드백을 해주면 부족한 부분을 나중에 내가 보충 설명하는 형식으로 하려고 하였는데 진행하면서 내가 굳이 말을 덧붙일 필요가 없었다. 학생들끼리 주고받는 피드백이 더 힘이 있어서 후속 활동으로 혼자서 숙고할 시간이 주어졌을 때, 친구들에게 받은 피드백이 내가 준 피드백보다 더 많이 활용되는 것을 볼 수 있어 참 좋았다.

나는 내 교실을 짝사랑 중이다. 요리조리 고쳐보고 믿어보고 안아본다. 다행히 교실은 말을 할 수 없어 내가 맞아도 그대로, 틀려도 틀린 그대로 있다. 나를 믿는 것이 아닐까? 하고 혼자 쓸데없는 상상력을 발휘해서 말해보기도 한다. 그것이 내가 사랑하는 방법이다. 평생 교실에서의 나의 모습은 꿈틀거리는 것이 아닐까 싶다. 할 수 있을 때까진 사랑하고 살고 싶다.

'함께하는' 교실 속 물음표와 느낌표

김민정

📖 〈물음표 하나〉 신규 교사, 그 시절 나는 모든 것이 물음표였다

S# 1. 설렘으로 가득했던 어느 3월/ 모든 것이 의문투성이인 ○○ 중학교, 나의 교실/ 점은 움직이지 않았다

꿈에도 그리던 나의 교실, 나와 함께하는 아이들, 깨끗하게 정돈된 칠판과 책상, 오밀조밀한 의자들까지. 첫 번째 나의 교실은 말없이 조용히 나를 맞아주었다. 그 시절 나는 가르침이라는 경험도 부족했고 대학교 전공 시간에 익힌 전문적 지식이 과연 제대로 그 기능을 발휘할지 의문이 들 정도로 학교라는 공간은 낯설기만 했다. 그저 내가 좋아하던 칠판 앞에 꼿꼿이 서서 35명의 올망졸망한 눈망울을 매일 마주했고 교육이라는 이름으로 작은 지식 하나 놓칠세라 목청껏 소리 높여 말하는 내가 존재했다. 옆 교실까지 쩌렁쩌렁 울려 퍼지는 나의 목소리가 교육에 대한 나의 열정을 대신하는 줄 알았다. 쉽고 체계적인 설명, 유머와 위트로 재미까지 겸비한 적절한 표현, 은근히 긴장감 있는 언변이 수업 달인의 필수요소라고 굳게 믿으며 하루하루 살아갔다. 그것이 일방통행적 지식 전달임을 깨달은 것은 15년이 지나서였다.

내 교실의 첫 번째 반장은 개성 넘치는 학생이었다. 머릿속으로 반장하면 떠오르는 일반적인 이미지와는 좀 다른 아이였다. 거의 모든 교과 시간에 지적을 받고 심한 장난으로 교무실 앞에서 벌을 받기 일쑤였던 아이였기에 모든 게 익숙하지 않았던 신규 교사인 내게는 버거운 학생이었다. 사랑과 관심의 시선보다 지적이 교육이라 여겼기에 우리는 자주 부딪혔다. 그 아이도 나도 힘겨웠던 1년이었다.

끝나지 않을 것 같던 1년 동안 나는 무척 혼란스러웠다. 교육의 본질을 되묻고 나의 지도 방법에 확신이 들지 않았으며 어떻게 가르치는 것이 학생을 돕는 것인지 몰라 답답하고 의문만 가득했던 시간이었다. 지금 돌이켜보면, '반장은 이러해야 한다, 학생은 이러해야 한다.'라는 견고한 나의 고정관념으로 그 아이의 존재 자체를 부정했던 것이 아니었는지, 마음으로 스며듦 없이 허공에 흩어져 버릴 공허한 목소리를 가르침으로 착각했던 나의 오만은 아니었는지 스스로 반문한다.

그렇게 나의 교직 생활은 시작되었고 십 년이 훌쩍 지나는 동안에도 큰 변화 없이 머릿속 작은 물음표의 상념들을 가슴속에 큰 물음표로 묻고 애써 덮어가며 아이들과 씨름했다.

📖 〈느낌표 하나〉 점과 점의 연결과 진동으로 관점이 바뀌고, 교실 속 배움과 성장이 꽃피기 시작하다

S# 2. 성장 한 조각/ 2016. 3월 봄/ 교사성장학교 구름학교 입학식/ 조용히 본연의 힘을 발견하다

몇 번의 망설임 끝에 구름학교 입학식에 참석했다. 과연 격주 토요일마다 갈 수 있을까. 포기하지 않고 잘 다닐 수 있을까. 전날 밤까지 아니 당일 아침까지 계속 고민하다가 일단 첫 단추는 끼워보기나 하자 싶어 나선 발걸음이었다. 그때까지도 나의 머리와 가슴에는 가르침과 배움에 대한 의구심이 가득했기에 입학식 구름이야기는 폭풍 감동으로 다가왔고 뜨거운 눈물을 훔치며 참 잘 왔다고 나 스스로 대견해 했었다. 그날 용기를 내지 않았다면 지금도 수많은 물음표들에 둘러싸여 숨 막히는 일상을 보내고 있을 터였다. 그렇게 나의 구름이야기는 시작되었다.

구름학교 등교일 아침마다 했던 수업 성찰 시간은 신념 없이 흔들리던 내 마음을 굳건하게 했고 어느새 달력을 보면서 매주 토요일이 구름학교 등교 일이었으면 좋겠다고 생각하게 했다. 가장 결정적인 계기가 되었던 것은 교실 속 아이들과의 이야기와 교실 속 나의 민낯을 여과 없이 쏟아낼 수업친구가 생겼다는 것이었다. 돌이켜보면 그것이 내게는 구름관계망의 시

초였던 것 같다.

그 관계망 속에서 우리 모두는 점이었다. 지금도 그러하다. 다른 것이 있다면, 각자 반짝이던 점들이 몇 개씩 조용히 연결되더니 어느덧 연결되지 않았던 점들이 모이고 흩어지는 과정을 통해 서로에게 특별한 시간과 공간을 제공했다는 점이다. 그 일련의 과정은 서로에게 의미를 부여했고 철학과 고민을 나누게 했다.

2016년 나의 움직임은 점과 점의 연결, 그로 인한 강한 진동, 거기에 나 자신의 에너지가 가미되어 더 큰 파생적 진동으로 커진 빛을 보게 했고, '너'와 '나'가 아닌 공동의 발자국을 남기며 서로에게 힘이 되고 길동무가 되는 진정한 우리라는 가슴 깊은 울림을 선물했다. 너와 나의 교실은 우리들의 교실로 너와 나의 아이들은 우리들의 아이들로, 그렇게 우리는 특별하고 거대한 관계망을 만들었고 결국 우리들의 교실은 꽃이 필 것을 믿으며 어제도 오늘도 그리고 내일도 내딛고 있다.

S# 3. 성장 두 조각/ 2016. 8월 여름/ ○○중학교, 새로운 시도로 분주한 나의 교실/ 관점이 변하고 시선의 높이가 달라지면 점은 움직인다

구름학교의 매 교육과정은 낯섦 그 자체였다. 그 속에서 관점을 바꾸고 사고를 전환하고 세상을 낯설게 바라보며 모든 시간

하나하나 깊이 고민하고 몰입했다. 이해가 안 되면 내 몸속 세포 하나하나를 일으켜 세워 가슴을 활짝 열고 뇌를 부드럽게 어루만지며 새로운 시선으로 받아들이고 이전의 나와 연결하려 애썼다. 그리고 구름에서 함께 고민했던 꾸러미들을 나의 교실에서 조금씩 시도하고 실천하며 실수와 실패도 하나의 과정으로 즐겼다.

구름학교 교육과정에서 처음 알게 된 슬로리딩을 활용해 학생들이 좀 더 깊이 작품을 감상하길 바라며 '어린 왕자'(생텍쥐페리)를 대상으로 '내 맘대로 밑줄 슬로리딩'을 시작했다. 첫 시간에 수업의 전체적인 개요와 왜 하는지를 안내하는데 어느 순간 싸한 분위기가 엄습해 왔다. 아이들의 눈빛이 물음표들로 다가오는가 싶던 찰나, 여기저기서 한숨들이 고요함을 깼다. "슬로……뭐라고요?", "어떻게 하는 거라고요?", "뭐 하는 건지 모르겠어요!" 여기저기서 볼멘소리가 들리기 시작했다. '내 설명이 부족했나?', '내 철학과 수업 의도가 전달되지 못했나?'라는 생각도 들었지만, 그 순간 구름 이전의 나였다면 절대 하지 않았을 법한 용기를 냈다.

"선생님도 슬로리딩은 두어 달 전 처음 해 봤고 실제 해 보니 어렵기도 하고 낯설었지만 잊을 수 없는 배움과 성장의 기쁨을 맛보았기에 여러분과 그 경험을 꼭 해 보고 싶어요. 슬로리딩 수업은 선생님도 여러분도 처음입니다. 모르는 단어정리도 좋고, 마음에 드는 문구나 문장을 선택해서 그 이유를 떠올려 적어도 좋고, 한 문단이 끝나면 다시 한번 내용을 곱씹어 보며 그림으로든 문장으로든 단어든 상관없이 자기만의 생각과 해석으로 표현해도 좋아요. 마음에 드는 단어 하나를 가지고 간단히 문장을 만드는 것도 됩니다. 마지막엔 오늘 감상 내용에 여러분 각자의 개성을 담아 세상에 하나뿐인 제목도 달아 보아요. 그리고 작품을 감상하다가 문득 궁금한 질문이 생기면 잠시 멈추어 조사하거나 생각에 꼬리를 물고 파고들면서 호기심 가득한 샛길 활동도 마음껏 해 봅시다. 다만 다시 어린 왕자를 만나러 오는 것은 꼭 기억해 주어요. 활동 순서를 바꾸거나 몇 개만 해도 좋습니다. 갓 지은 쌀밥을 천천히 꼭꼭 씹으면 그 본연의 단맛을 느끼게 되듯, '어린 왕자'라는 작품을 천천히 꼭꼭 씹으며 맛있게 읽어보아요." 그러나 아이들의 반응은 지루하고 재미없겠다는 표정뿐이었다. 그 순간, 주저할 겨를도 없이 나는 또 한 번 용기를 냈다.

> "얘들아, 선생님도 여러분과 같이하고 싶어요. 여러분 옆에 앉아서 할게요. 선생님 방식으로 그냥 끌리는 대로 선생님의 생각과 느낌을 온전히 작품과 연결해 볼 거예요."

"함께 할까?"라는 제안에 아이들 몇 명이 격하게 반긴다. 아마도 처음에는 슬로리딩을 어떻게 시작해야 할지 막막하고 모호해서 내 활동과정을 모방하고 싶었을지도 모르겠다. 그러나 선생님이 곁에서 활동하는 것만으로도 신선해 하는 아이들의 눈빛과 자기 옆으로 오라고 손짓하는 모습에서 '함께 함' 그 자체의 즐거움이 앞섰으리라.

> "정답은 정해져 있지 않아요. 정답은 바로 여러분에게
> 있어요. 그 근거는 작품 속에 있겠지요? 각자 다른 경험과
> 생각이 있기에 부담 없이 생각해 보아요."

아이들은 천천히 작품을 읽어 나간다. 나도 '함께' 읽어 나간다. 선생님인 나는 작품 속 내용과 관련되는 추억과 경험, 생각을 나만의 방식대로 표현한다. 선생님의 낯선 행동은 아이들로 하여금 갑작스럽지만 한편 궁금증을 유발했던 모양이다. '왜 선생님이 저렇게까지 하려는 거지?'라고 생각할지도 모르겠다. 아이들은 조용히 다가와서 혹은 멀찌감치 떨어져서 흘깃흘깃 나를 처다본다. 20분은 아이들도 나도 눈치만 보다 흘러갔다. 그러나 얼마 지나지 않아 여기저기 책장을 넘기고 다시 읽기를 거듭하면서 사각사각 종이에 연필들이 조심스레 춤추기 시작했

다. 집중하며 천천히 자신만의 방식으로 감상하는 아이들도 보이기 시작했다. 감을 못 잡겠다는 아이들도 일단 책부터 천천히 읽고 있다. 단어는 미리 준비해 둔 국어사전을 이용해 알아보고 스마트폰으로 검색하여 궁금한 단어들의 이미지까지 알아보면서 "원시림이 이런 거네?"라고 혼잣말을 하기도 한다. 이전의 내 교실 속 작품 감상 시간에서 늘 보았던 나의 설명에 의존하며 받아 적는 수동적인 끄적임이 아니라 아이들 스스로 지적 호기심을 좇아 비록 속도는 다르더라도 한 뼘씩 성장하는 배움의 목소리들이 소곤거리고 있었다. 몰입하며 단어와 문장을 곱씹고 또 곱씹는 아이들이 생기기 시작했다. 내가 슬로리딩하는 모습을 구경하러 오는 아이도 있었다. 나는 그냥 웃어주었다. "선생님도 지금 내 맘대로 밑줄 중이야."라며.

S# 4. 성장 세 조각/ 신선함으로 다가온 ○○중학교, 나의 교실/ 나와 아이들이 함께 배우고 성장하다

쉬는 시간. 교실 밖으로 나가는 아이는 반 정도. 나머지는 하던 감상을 계속한다. 신기하다. 블록타임으로 두 시간을 연달아 작성하고는 자신의 감상 내용을 짝과 나누었다. '친구에게 한마디' 피드백 댓글을 써주고 모둠과 공유하면서 아이들은 한 작품에 대해서도 다양한 생각과 해석이 있음을 경험하고 이를 통해 자신의 생각 틀을 확대하여 큰 그릇으로 영글고 자기만의 빛깔과 향기를 담아내길 바랐다. 더불어 그 차이와 다양성을 존중하는 배움과 성장을 맛보기를 기대했다.

선생님이 학생과 함께 작품을 오롯이 감상하는 낯선 교실의 풍경은 그 자체로 하나의 강도 높은 기호로 다가갔다. 학생들은 나의 함께 함 그 자체를 하나의 기호로 수신하고 있었다. 그 과정에 모방이나 재현 없이 각자의 바다에서 항해하는 배움의 흔적만 여기저기 남길 뿐이었다.

그때까지 나의 교실에서 아이들은 작품의 주제는 이러하고 단어의 상징성은 어떠하다는 식의 정답 찾기 철로 여행을 주로 했기에 나와 함께 한 슬로리딩 활동은 기존의 작품 감상을 새로운 관점에서 경험하고 이를 바탕으로 자기만의 배움과 작품 감상의 가치를 다지는 소중한 시간으로 자리매김했다. 한 페이지 한 페이지 선생님과 '함께' 감상함으로써 선생님과 함께함 그 자체가 아이들에게 낯설지만, 매력적이면서 강력한 기호가 되었던 것이다. 슬로리딩에 대한 경험이 없는 선생님과 학생이 수평적 관계로 '함께 배움'에 임했기에 아이들은 배움의 열망을 불태웠고 작품 속 다양한 기호와의 마주침은 가속되었다. 나는 그날의 작은 '함께 함' 그 자체가 아이들에게 '가르침'과 '배움'으로 연결됨을 깨달았다. 또한 그 작은 출발이 배움의 장에 있어서 선생님과 학생의 경계를 허무는 작은 발걸음이 되었으며, 동시에 무지한 스승으로서 한 발짝 조심스레 내민 것이라 생각한다.

지금껏 수업시간에 학생들에게 안내하고 지시하는 데 온 힘을 쏟았던 내가 나의 교실에서 나의 아이들과 새로운 배움을 '함께'해 본다는 것은 생각조차 해 본 적이 없었지만, 그날의 나는 너무나 자연스럽게 외치고 있었다.

그날의 나의 교실을 들여다보며 『들뢰즈와 교육』(김재춘, 배지현 공저) 중 '차이생성의 배움론'의 몇 대목을 떠올려 보았다.

'이 아이들은 지금 '어린 왕자'라는 차이생성의 바다에서 각자 우연히 마주치는 물고기들을 만나고 그중 가장 강렬한 느낌을 주는 물고기들을 잡는 중이구나. 이 물고기들은 계속 변화하는 '-됨'의 운동 상태여서 아이들은 모두 다른 물고기를 만나고 있구나. 선생님인 내가 고정된 물고기 한 마리를 제시하고는 특성은 어떻고 지느러미는 어떻고 크기는 얼마이며 등 일일이 설명하고 아이들은 고스란히 암기하며 이미 고정된 '임'의 물고기를 찾고 있는 것이 아니라 제각각 자기만의 빛깔로 살아있고 의미 있는 배움을 맛보고 있구나.'

그렇게 생각하는 순간 이 아이들의 배움은 어린 왕자라는 작품 속에 다양한 기호로 감싸인 어둡고 명확하지 않은 애매모호한 무언가를 찾기 위해 동굴 탐험 중임을 발견했다. 내 교실에서 우리 아이들은 각자의 터널과 동굴을 닦으며 천천히 성장했다. 제각기 속도도, 출발 지점도, 그 동굴의 입구도 다르지만 자기만의 방식으로 여기저기서 실마리를 찾고 있었다. 어디서 출발할지 어디를 뚫어볼지 무엇을 마주칠지 모르지만, 모두가 각자의 방식과 해석으로 저마다 배움의 바다를 향해 도전적인 항해를 하는 중이었다.

들뢰즈의 배움과 교육, 그리고 성장. 잔잔한 물결처럼 '바로 지금 이 순간 내 교실에서' 펼쳐짐을 깨닫자 나도 모르게 코끝이 찡했다. 그동안 얼마나 많이 동일성 교육을 강조했던가. 그동안 얼마나 많은 모형과 이데아를 강조했던가. 그랬던 내가 나의 교실에서 '함께 함'으로 아이들에게 다가가는 선생님이 되고, 가르침과 배움의 경계를 허물며 차이생성의 배움을 경험했다는 것에 희열을 느꼈다. 그날의 일기 한편에 이런 글이 남아 있다.

'오늘 밤 잠은 잘 수 있을까. 우리 아이들이 펼칠 항해가 기대되고 설레어서…….'
'얘들아, 너희들로 인해 선생님도 배운다! 깨닫는다! 성장한다! 그리고 함께해서 행복하다!'

📖 〈느낌표 둘〉 변화와 성장은 계속되다

S# 5. 성장 네 조각/ ○○중학교, 민정 쌤의 달팽이교실/ 나와 아이들이 자신만의 세상을 당당히 걸어가다

슬로리딩은 단어의 의미로만 해석하면 '천천히 읽기'이다. 그러나 단순히 천천히 읽는 것만이 슬로리딩은 아니다. 슬로리딩은 자기만의 방식으로 텍스트를 이해하고 해석하는 과정이다. 글에 담긴 단어와 문장을 추측하고 상상하면서 이해하고 분석, 종합하는 모든 과정을 통해 자기만의 방식을 찾게 되고 자기만의 언어로 표현하게 되고 결국 자기만의 빛깔을 가지게 됨으로써 삶을 주체적으로 살 수 있게 하는 힘을 갖게 하는 것, 나는 그것이 슬로리딩이라고 생각한다.

한 해 동안 나의 교실에서 슬로리딩을 경험했던 ○○중학교 3학년 학생(유○○)의 생각이 인상적이다. '슬로리딩은 향수라고 생각합니다. 왜냐하면 향수는 그 향과 향수를 뿌리는 사람의 체취가 어우러져서 자연스러운 향이 나는 것처럼 슬로리딩의 기본 방식에 슬로리딩을 하는 사람의 생각이 어우러져서 자기만의 색깔이 담긴 사고 활동을 하는 것이기 때문입니다.' 학생의 생각 속에 나의 교실 철학이 고스란히 담겨있음에 고맙기만 하다.

3년째 슬로리딩을 쉬지 않고 탐험 중인 내 교실은 달팽이 교실이다. 달팽이는 느리다는 특징이 있다. 그러나 단 1㎜를 움직이기 위해 온몸과 마음을 집중한다. 그리고 대지에 걸어온 흔적을 그대로 남긴다. 나는 우리 아이들도 자신의 몸과 마음을 다해 글을 마주하고 해석하고 근거를 찾아 자기만의 생각을 만들고 자신의 세상을 만들었으면 한다. 나는 달팽이 교실에서 우리 아이들이 살아가는 몰입의 힘을 기르고 이를 바탕으로 자신의 세상을 만들 수 있는 힘을 갖기 원한다. 실패와 실수를 반복하면서 아이들과 나는 매일 한 뼘 두 뼘 시나브로 성장하고 있다. 앞으로도 그 성장은 거듭될 것이며 오늘도 나는 달팽이 교실에서 아이들과 '함께' 배운다.

수업 삼락(三樂) - 나락, 모락, 펴락

김태훈

📖 그냥 수업

오늘도 하루가 시작되었다. 학교에 가야 한다. 근데, 학교는 왜 갈까? 어느 누구도 이 물음에 시원한 답을 해 주지 못한다. 난 그냥 평범한 고등학생이다. 학교에 가면 교과 선생님들이 해박한 지식을 가지고 열심히 수업을 하신다. 난 선생님의 말씀에 귀를 기울이고 열심히 필기하고 문제를 푼다. 물론, 졸고 있는 시간도 꽤 있다. 수업을 듣다 보면 나도 모르게 졸고 있다. 내가 안쓰러웠는지 이런 나를 선생님께서는 크게 야단치지는 않는다. 어쨌든 나름대로 열심히 수업을 듣고 야간 자율학습이 끝나면 하루를 알차게 보냈다는 생각에 뿌듯한 마음으로 집으로 온다. 이런 생활이 왠지 많은 지식을 쌓은 것 같은 기분 때문에 하루하루를 만족해하며 보낸다.

수업 시간 중 내가 관심을 가지고 있는 것은 국어 시간이다. 이상하게 들리겠지만, 싫지도 좋지도 않은 과목이고 졸지 않고 집중해서 들을 수 있어 뭔가 지식을 많이 쌓은 느낌이 들어서이다. 국어 시간에는 좀 더 집중해야 한다. 글씨를 못 쓰더라도 열심히 필기를 해야 하고 교과서와 필기구를 꼭 준비해야 한다. 솔직히 다른 교과 시간은 어느 정도 눈감아 주고 이해해 준다. 그러나 국어 시간은 다르다. 지키지 않으면 엄청난 야단을 맞는다. 가끔 다른 친구들이 준비하지 못해서 야단을 맞는 경우를 보았는데 고통이 엄청나 보였다. 이런 벌 때문에 친구들 모두 집중하여 잠자는 친구 없이 시간이 흘러간다. 가끔은 몇몇 친구들이 조는 것을 보았다. 걸리지 않아 넘어갈 뿐이다. 국어 선생님은 좋지도 나쁘지도 않은, 그냥 선생님인 것 같다. 아니다. 몇몇 친구들은 좋은 선생님이라고 이야기하는 것 같았다. 공부하기 싫어 방황할 때 엄하게 혼을 내 잡아 주셨다고, 어느 한 친구는 힘들 때 따뜻한 말 한마디가 힘이 되었다고. 난 어떠냐고? 글쎄, 잘 모르겠다. 좋을 때도 있고 나쁠 때도 있다. 그런데 국어 수업에 관한 것은 기억에 없다.

📖 재미있는 수업

고등학교에 다닌 지 한 학기가 지나면서 엉뚱한 질문이 하나 떠올랐다. 내가 국어를 왜 배우는 걸까? 수업 시간에 배운 지식들을 내가 다 기억하고 있는가. 나아가 배운 지식들을 어디에 활용할 수 있는가. 수업을 받을수록 궁금증이 더해 갔다. 이해가 잘 안 되는 것도 있는데, 그냥 넘어간다. 물어보기가 귀찮기도 하고 눈치가 보이기도 한다. 또한 내가 하고 싶은 일은 이런 것들이 필요 없는데 이 많은 지식을 외운다고 고생하고 있다. 내가 사회에 나가 생활하는데 도무지 도움이 되지 않는 지식들을 왜 배우고 있는 것일까? 이런 생각이 자주 들다 보니 요즘은 수업 시간에 멍하게 있는 경우가 많아졌다. 특히, 보충 수업 시간에는 눈은 선생님을 보고 있는데 생각은 거의 하지 않는다. 이런 일이 자주 반복되다 보니 온종일 아무 생각을 하지 않고 지내는 경우도 있었다. 결국 나는 수업 시간이 재미가 없고 지루하다고 느끼게 되었다.

한동안 이런 생각으로 시간을 보내고 있었는데, 국어 선생님이 우리나라 교육 현실을 이야기하며 현 교육의 문제점을 밝히고 있는 영상을 보여 주었다. 그러면서 조금씩 수업에 변화를 주겠다고 하였다. 난 국어 선생님이 보여준 영상 중 질문을 하지 않는 영상을 보며 많은 공감을 하였고 대학에서조차 고등학교와 같은 수업을 하는 것을 보며 큰 충격을 받았다.

국어 선생님은 먼저 모둠을 구성하여 활동 중심으로 수업을 해 보자고 하였다. 근데, 내가 보기에 모둠 구성을 하기가 쉬워 보이지 않았다. 내가 속한 모둠만 하더라도 만족스럽지 못했다. 그래도 참고 국어 선생님의 지시에 따라 여러 가지 활동 수업을 했다. 근데, 친구들끼리 이야기를 하면서 선생님이 제시한 문제를 해결해 나가니 재미가 있었다. 그러다 보니 자연스럽게 수업 시간을 그냥 보내는 것이 아닌 국어와 관련한 지식을 이해하면서 보내게 되었다. 점점 토론도 많이 하였고 내가 직접 공부를 해서 가르치기도 하였으며 시험 기간이 다가올 때는 스스로 시험 문제를 만들어 풀어 보았다. 만족도가 높은 수업 시간이었다. 물론, 공부에 전혀 관심이 없는 친구는 그냥 우리가 하는 대로 따라오기만 하였다. 그래도 그 친구들 입장에서는 많은 발전이 있는 것이었다. 예전에는 멍하니 있다가 교과서 활동 과제를 친구 것을 베끼거나 선생님이 필기해 주면 대충 적는 흉내만 내었기 때문이다.

📖 재미만 있는 수업

국어 선생님은 '구름학교'라는 곳을 다닌다고 하였다. 난 '선생님이 왜 학교를 다닐까?', '구름학교는 어떤 학교일까?' 등 여러 가지 궁금증이 생겼지만, 참았다. 왜냐고? 물어보는 것이 부끄러웠다. 선생님은 구름학교에서 공부한 여러 가지 수업 방법을 국어 시간에 적용해 수업을 하셨다. 친구들이 수업이 재미있다고 했다. 나 또한 국어 수업이 재미있었다. 그러다 어느 날 우리 반 친구들이 전체적으로 활동에 소극적으로 참여하는 시간이 많아졌다. 이유를 알 수 없었다. 굳이 찾는다면 우리 반 분위기가 정적이며 친구들의 활동이 거의 없는 반이다. 다른 수업 시간도 마찬가지이다. 들어오시는 선생님마다 수업 분위기가 정적이어서 재미가 없다고 하셨다. 국어 선생님이 눈치를 챘는지 어려운 점이 무엇인지 물어봤다. 친구들은 그때도 아무런 대답도 없이 조용히 있었다. 이후 여러 번 이야기도 하고 야단을 치기도 하였지만 소용이 없었다. 유독 우리 반만 활동이 이루어지지 않는다고 말씀했다. 나 또한 우리 반이 다른 반보다 활동이 많이 없다는 것을 느꼈다. 친구들이 쉬는 시간에 조금씩 이야기하기 시작했다. 국어 시간이 다른 시간에 비해 재미는 있는 것 같지만 대학을 가기 위해서는 빠르게 진도를 나가며, 지식을 더 많이 배워야 하는데, 그렇게 하지 못하니 불안하다고 말했다. 또한 수능을 대비한 깊이 있는 국어 지식을 정리하여 가르쳐 주지 않아 불만이었다고 하였다. 이런 불만을 국어 선생님이 어떻게 알았는지 어느 날 우리 반에 들어와서 진지하게 수업 방법에 대해 이야기하셨다. 그러고는 우리에게 어떤 수업 방법을 택할지 선택하라고 하셨다. 우리 반 아이들이 서로 고민하고 토의한 끝에 투표를 하여 아슬아슬하게 다수의 의견인 국어 선생님이 생각하는 학생 활동 중심 수업을 하기로 했다. 그 이후로 친구들은 대체적으로 수업 시간이 다시 재미가 있고 무엇보다도 학교 생활기록부에 활동한 내용들이 기록되는 것에 만족하였다. 나 또한 같은 생각이다. 활동 수업을 할 때는 재미가 있는데, 그렇지 않은 경우는 재미가 없고 국어 지식이 쌓이지 않는다. 모든 수업을 활동 중심 수업으로 하면 어떨까?

📖 철학을 가진 수업

내 생각인지는 모르겠지만 그 일이 있고 난 후, 국어 선생님도 약간 기운이 빠진 것 같았다. 이해가 되었다. 선생님 나름대로 국어 지식뿐만 아니라 수업에 대한 방법을 공부해 왔는데 학생들이 즐거워하지 않으니 누가 기분이 좋겠는가. 근데, 국어에 대한 지식도 깊이 있게 공부하면서 실제 살아가면서 도움이 되는 지식은 쌓을 수 없는 것인가. 이런 생각이 드는 무렵 국어 시간에 선생님께서 '교육 철학'에 대해 이야기해 주셨다. 아마 선생님은 이전까지 수업 방법(기술)에 초점을 두고 공부를 하셨던 것 같다. 그래서 국어 선생님께서는 이제 자신만의 교육 철학을 갖고 싶다고 하셨다. 그러면서 책과 모임을 통해 그 부분에 대해 깊이 생각해 보신다고 하였다. 난 이해가 잘 안 되지만 국어 선생님의 이야기를 들어 보니 '수업 방법'을 공부하는 것과 '교육

철학'을 공부하는 것이 서로 다른 것 같다. 뿌리를 튼튼히 하기 위해서는 방법보다는 철학이 중요하다고 하였다. 그러면서 국어 선생님은 새로운 꿈을 가지셨다고 하였다. 자신만의 교육 철학을 가지는 것이라 하였다. 음, 잘 모르지만 선생님 나이에 새로운 꿈을 가진다는 것이 멋져 보였다. 나 또한 꿈에 대해 많은 생각을 해 보고 꿈을 가져야겠다고 생각했다. 국어 선생님은 미래의 교실에 대해서도 종종 이야기를 하셨다. 내가 생각하기에도 지금과는 다른 모습이어야 우리나라가 계속 발전할 수 있을 것이라 생각한다. 4차 산업혁명이 시작된 이 시쯤에서 지금과 같은 학교는 소용이 없을 것 같다. 실제 수업 시간에 하는 지식은 원하기만 하면 어디서든 얻을 수 있다. 학교에서, 특히 수업 시간에는 단순 지식만이 아닌 우리가 세상을 살아가는 힘을 길러 줄 수 있는 교육이 필요하다. '살아가는 힘'을 길러 주기 위한 수업은 무엇일까? 국어 선생님은 우리에게 고등학교를 졸업하고 사회를 살아가는 데 필요한 힘을 길러 주기 위해 PBL이 필요하다고 하였다. 그러면서 학생 개인의 성찰을 위해 평가의 중요성을 강조하였다. 뭔 말인지 잘 모르겠지만 평가가 중요하다는 것은 공감한다. 보통 우리는 평가하면 시험을 생각하고 이 시험은 단지 내신 점수를 올리기 위한 것이다. 그러다 보니 시험이 끝나면 아무것도 남지 않는 상태가 된다. 근데, 평가를 통해 학생의 성찰을 도울 수 있다니……. 국어 선생님은 올해는 하지 않는다고 했다. 국어 선생님의 교육 철학을 실현시키기 위한 수업 방법에 대해 좀 더 공부해야 되기 때문이라 하였다. 내 생각에는 같이 해 보면서 배우는 것이 더 좋을 것 같은데 선생님은 그렇지 않으신 것 같다. 어쨌든 내년에도 선생님과 함께해서 지금 선생님이 배우고 있는 수업을 해볼 수 있었으면 좋겠다.

📖 앞으로의 수업

이제 난 3학년이 되었다. 진로에 대해 많은 고민을 하다가 음악을 전공하기로 했다. 예전부터 내가 좋아했고 학원을 다니면서 틈틈이 공부하였다. 대학에 가서 심도 있게 공부해 보고 싶었다. 그래서 창원예술학교라는 예술중점학교에서 일 년 동안 공부하기로 했다. 그리고 내가 음악에 대한 공부를 중점적으로 하다 보니 국어, 영어, 수학을 등한시하였다. 그래서 대학은 실기를 중심으로 수시 전형을 통해서 갈 예정이다.

많은 기대를 가지고 수업을 기다렸다. 우와! 이런 일이. 원적교에서 보았던 국어 선생님이 이 학교에 오셨다. 난 무척 반가웠다. 그러면서 어떻게 이 학교에서 수업하실지 궁금했다. 국어 선생님이 올해 수업은 PBL에 중점을 둘 것이라고 하였다. 아무래도 창원예술학교 학생들이 음악과 미술을 전공하다 보니 국어에 흥미가 없을 것이라고 하였다. 그래서 이 흥미와 실제 생활에 필요한 국어 지식을 한꺼번에 줄 수 있는 것이 PBL이라고 하셨다. 시간이 지나면서 학생들 대부분이 실기 중심의 수시 입학 전형으로 대학에 간다는 것을 아셨고 더욱 이 수업에 확신을 가지신 것 같았다. 학생들이 처음 접해 보는 수업 방식이라 탐구 질문은 선생님이 준비해 오셨다. 고전문학 작품을 후배들에게 쉽게 전달하는 방법을 학생들이 찾아가며 수업을 진행했다. 그래서 이웃 학교 학생들을 초대해서 반응을 살펴보고 조언을 들어 최종 결과물을 완성할 것이라고 하였다. 난 상당히 관심이 갔다. 국어 수업을 음악과 미술로 나타낼 수 있다는 것이 매력적이었다. 근데, 친구들 중에는 반응이 좋지 않은 친구들이 있었다. 그냥 귀찮아하는 것 같았다. 수업이 진행되는 동안 친구들은 그럭저럭 잘 따라왔다. 때로는 고전문학 작품을 찾아서 해석하는 것이 힘들다고 투덜거리기도 하지만 잘 따라오는 것 같았다. 아마 음악과 관련되어 있다고 하니 관심이 생겨 일단 노력해 보는 것 같다.

그런데 수업이 진행되면서 몇몇 친구들은 참석이 저조해지면서 수업에 대한 집중력이 느슨해지기 시작했다. 심지어는 '이게 수능에 도움이 되느냐?' 하는 이야기까지도 나왔다. 음악에 대한 열정은 많지만, 국어 공부를 한다고 생각했는지 불만이 나오기 시작했다. 국어 선생님도 조금 당황스러워했다. 실질적으로 수능을 준비하는 학생은 극소수이고 학교의 특성을 살려 음악과 미술을 접목한 수업을 하는데, 학생들이 수업에 거부감을 느끼는 것을 이해할 수 없다고 하였다. 나 또한 국어 선생님과 같은 생각이다. 국어 지식을 바탕으로 내가 전공하고자 하는 음악과 연결된 수업이라 재미가 있었다. 그리고 고전문학 작품에 대한 지식도 쌓을 수 있었다. 불만 있는 친구들이 이해가 되지 않았다. 수업이 진행되면서 불만을 가진 학생들로 인해 국어 선생님도 많은 고민을 하는 것 같았다. 결국 국어 선생님은 처음 의도한 PBL을 완성하지 못했다. 학생들이 만든 결과물을 가지고 공개를 하지 못했다. 그로 인해 성찰과 평가가 제대로 이루어지지 못했다. 난 매우 아쉬웠다. 단순한 수행평가였다면 조금 덜 신경을 썼을 텐데, 나이 어린 친구들에게 공개하여 반응을 살펴본다고 하여 긴장도 되었지만 어떤 반응이 나올지 궁금함이 많았기 때문이다. 1학기 PBL을 그렇게 아쉬움을 남긴 채 허망하게 끝이 났다.

📖 살아가는 힘을 길러주는 수업

혼란스러웠다. 음악과 미술에 대한 열정을 가진 학생들이 모인 학교라 생각했다. 그래서 국어 수업 또한 기본적인 국어 지식을 바탕으로 음악과 미술에 대한 실험적인 지식을 쌓는 작업을 해 주고 싶었다. 이것에 적합한 수업이 PBL이라 생각했다. 그런데 학생들은 이해해 주지 못했다. 정확히 이야기하면 몇몇은 이해하며 즐겁게 활동하였고 몇몇은 수행평가 점수가 반영되어 있기에 잘 따라와 주었다. 몇몇은 아예 소극적인 반응을 보이며 거부했다.

대학을 넘어 학생들의 진로에 도움이 되는 살아있는 지식, 살아가는 힘을 길러 주는 수업을 하고 싶었다. 그래서 학생들에게 평가를 받고 싶었다. 그러나 이 친구들에게도 고3이라는 큰 벽이 있어 그 벽을 넘지 못하는 학생이 있는 것 같았다. 그러면서 한편으로는 내가 힘들어 안주한 것은 아닌가 하는 생각이 든다. 수업 계획을 꼼꼼하게 세우고 학생들이 활동한 것에 대한 평가가 제대로 이루어지지 못한 것은 아닌가. 또한 학생들이 수업을 하면서 힘들어한 이야기를 피한 것은 아닌가, 참여하지 않는 소수의 학생 이야기를 들어 주지 못한 것은 아닌가.

그런데 한 번 더 생각해 보면 참여하지 않고 거부한 학생은 극히 소수이다. 다른 학생은 즐겁고 도움이 되는 수업이라 하지 않았는가. 미안한 마음이 밀려온다. 나의 편함 때문에 끝까지 완성하지 못한 미안함…….

좌충우돌 수업 개선 적응기

김혜진

📖 저도 처음에는요

　수업 시간의 가장 큰 목표는 학생들에게 무조건 지식을 주입시켜서 모의고사, 수능에서 좋은 성적을 받도록 하는 것이었다. 이를 위해서는 가장 효과적인 것이 핵심 요점 정리, 문제풀이 방법이라 생각하고 인터넷 강의를 하는 강사처럼 지식을 구조화하고 체계화해서 학생들에게 전달하고자 노력했다. 교육과정과 수능 기출문제를 분석하여 교과서를 재구성하였고 직접 교재도 만들었다. 수능에서 좋은 성적을 받게 하려고 기출문제를 중심으로 수업을 진행했다. 한마디로 교사 김혜진은 사회 과목의 핵심 개념을 요약해서 전달하는 지식의 전달자였다. 수업 시간에 집중하지 않는 학생들이 있으면 윽박질러서 깨우고 지식을 주입하기에 바빴다.

　다행인지 불행인지 윽박지르는 교사 덕분에 학생들은 좋은 성적을 받았고 어려운 내신 시험 덕에 모의고사, 수능에서는 자연스럽게 성적을 잘 받을 수밖에 없었다. 이렇게 매일 수업을 하고 이런 교사가 없다며 스스로 뿌듯함을 느끼며 학교생활을 하고 있었다. 학생들이 좋은 성적을 받고, 좋은 대학을 가기 위해서는 이 방법이 최선인 것 같았다. 잘하고 있다며 스스로를 격려하기도 했고, 일부 학생들에게는 "선생님과 함께하면 무조건 1등급 받아요. 선생님은 인터넷 강사 같아요."라는 말을 들으며 기뻐하기도 했다.

수업 시간에 집중하지 못하고 잠을 자거나 교사의 지시에 따르지 않는 모습을 보며 참을 수가 없었다. 혼을 내기에 바빴다. 당연히 학생은 수업 시간에 집중해야 하고, 공부해야 하며, 교사의 지시에 따라야 한다고만 생각했다. 나의 학창 시절을 떠올려보면 수업 시간에 자는 것은 절대 안 된다고 생각했고 아무리 졸린 수업 시간이라도 억지로 깨워서 수업을 듣는 것이 선생님에 대한 예의라 생각했다. 그래서 선생님의 말씀을 토시 하나 빠트리지 않고 꼼꼼히 적으며 수업을 열심히 듣는 학생으로 살았다. 이런 경험이 학교에서 교사 생활을 하면서 그대로 투영되어 개성이 강한 학생들을 이해하지 못하고, 학생이라면 수업 시간에는 무조건 집중해야 하고, 무조건 학습해야 하고, 무조건 깨어있어야 한다고 생각했다. 수업뿐만 아니라 학생들의 학교생활에서도 지각하는 일, 야간 자율 학습 시간에 도망가는 일, 방과후 학교 시간에 도망가는 일 등의 일탈 행동은 전혀 이해하지 못했던 답답한 교사였다.

📖 개성이 강한 학생들을 만나다

교직 초창기에 근무하던 학교에서는 대학 진학률이 상당히 높았고 거의 모든 학생들이 대학에 가고자 했기 때문에 수업 시간에 학생들을 깨워서 열심히 수업을 듣도록 하는 것이 교사의 당연한 의무라고 생각하고 있었다. 학생들이 내가 원했던 방향으로 잘 따라와 주었기 때문에 무난하게, 즐겁게 학교생활을 할 수 있었다. 그런데 학교를 옮긴 후 시련이 찾아왔다. 지금까지 당연하다고 생각했던 일이 당연한 일이 아니게 되었다. 많은 학생들 중 일부만이 대학을 가려고 노력을 했고, 다른 학생들은 자신의 꿈을 향해 나아가고자 노력하고 있었다. 한마디로 '대학'이 전부가 아니었던 것이다. 정말 적응하기 힘들었다. 이제껏 고등학교 교사는 당연히 수업 시간에 수능을 위한 학습을 할 수 있도록 도와야 하고 매시간 학습 목표에 도달할 수 있는 수업을 진행해야 한다고 생각했다.

하지만 모든 학생들이 수능 문제를 잘 풀고 이해해야 할 필요가 없었다. 그들은 자신의 꿈이 있었고 그 길에 반드시 대학이 있는 것은 아니었다. 갑자기 혼란이 왔다. 어떻게 수업을 할 것인가. 아마도 이때가 교사 생활 중 가장 고민이 많았던 시기였던 것 같다. '내가 학생들에게 원하는 것은 무엇인가?', '교육과정에서 도달해야 할 목표가 있다면 수업을 통해 어디까지 도달하는 것을 목표로 할 것인가?', '나는 과연 잘 하고 있는 걸까?', '너무 무능력한 교사가 아닌가?' 등 고민에 고민을 거듭했다. 배움 중심 수업과 관련된 책도 찾아보고, 연수도 듣고 캠프도 갔다. 이 시기에 배움 중심 수업과 관련한 연수를 엄청 들었다. 수업 기법을 메모하고 어떻게 적용할까 고민하고 평가도 고민해보았다. 하지만 혼자서 실천하자니 쉽지 않았다. 가장 고민이 많았던 부분은 수능에서 좋은 성적을 얻기 위해 학생들을 도와주어야 하는데 학생들이 직접 무엇인가를 하는 활동 위주의 수업을 하면 중요한 지식들은 수업에서 다뤄지지 못할 것이라는 생각이었다. 사실 이 부분은 배움 중심 수업을 실천한 지 4년이 지난 지금도 고민이 된다.

📖 핑계 대지 말고, 지금 내가 할 수 있는 일을 실천하다

고등학생을 데리고 활동 중심의 수업을 하자니 걱정이 이만저만이 아니었다. 하지만 이런저런 핑계를 대고 있으면 영원히 시작할 수 없다는 생각이 들었다. 경쟁을 끊임없이 조장하고 타인과 나를 끊임없이 비교하는 법을 가르치고 있는 교육제도를 바꾸고 싶다는 생각이 계속 들었다. 고민 끝에 입시 제도만 탓하고 있지 말고 나부터 노력하자는 다짐을 했다. 어떻게 하면 수업 시간에 학생들이 흥미를 가지고 모두 참여하여 의미 있는 배움이 일어날 것인가, 그러면서도 대입 수능 준비를 어떻게 시킬 것인가를 고민하고 또 고민했다. 그래서 쉽게 적용할 수 있는 것, 당장 적용할 수 있는 것부터 차근차근 시작했다. 처음에는 일주일 중 1번 정도만 활동 위주의 수업을 했다. 평소 모둠활동을 많이 했기 때문에 이때까지는 별로 불만이 없었다. 하지만 활동 위주의 수업을 하고 있음에도 불구하고 여전히 많은 지식을 전달하고자 했고, 활동지와 학습지, 정답지를 다 만들려고 하니 더 힘들어졌다. 행복한 수업이 아니라 불행한 수업이 되어갔다. 차라리 예전에 했던 주입식 수업이 더 나을 것 같다는 생각이 들었다. 그렇지만 주입식 수업을 할 때 멍하게 앉아 있던 학생이 활동 위주의 수업에서 점차 고개를 들고 참여하는 모습을 보며 예전으로 돌아갈 수는 없었다. 계속 밀고 나가야 한다는 생각이 강하게 들었다.

점차 활동 위주의 수업을 늘려갔고, 모든 수업을 학생 활동이 위주가 되는 수업으로 바꿨다. 모든 수업이 활동 수업이고 수업 시간마다 참여를 해야 한다는 것에 대해 적지 않은 저항이 있었다. 이제껏 주입식, 강의식으로 수업을 들었고 적응해왔는데, 이제 와서 갑자기 활동 중심의 수업이라니! 학생들도 새로운 분위기에 적응하지 못하고 왜 그렇게 해야 하는가에 대한 강한 의문을 품었다. 학생들을 설득해야만 했다. 왜 활동 위주의 수업이어야 하는가를, 왜 배움 중심의 수업이어야 하는가를. 처음에는 설득하는 것도 너무 힘들었다. 활동 위주의 수업에 대한 확신이 없었고 이렇게 해서 과연 학생들에게 배움이 일어날 것인가에 대해 스스로도 의문을 품고 있었다. 그러나 조금씩 활동 위주의 수업을 늘려가고 변해가는 학생들의 반응을 보며 신기하게도 수업을 바라보는 시선이 바뀌게 되었다. 수능에서 문제를 잘 풀기 위함이 아니라, 지금 배운 지식을 실생활에 당장 어떻게 써먹을 수 있고, 어떻게 적용할 수 있고, 어떤 관련이 있는가를 가르쳐야겠다는 생각이 들었다. 우리가 지금 교실에서 배운 지식은 언젠가는 쓰일 가능성이 있기에 언젠가는 유용하게 쓰일 수도 있다는 가능성으로 가르치기에는 너무 시간 낭비라는 생각이 들었다. 그래서 실생활에 도움이 되는 지식을 가르쳐야겠다. 당장 활용할 수 있는 지식을 가르쳐야겠다는 생각이 들었다.

수업 시간에 하는 모든 활동을 수행평가에 반영하고 학생의 삶과 관련된 평가를 하기 위해 노력했다. 특히 법과 정치 중 민법 단원은 학생들의 일상생활과 밀접한 관련이 있는 단원이기 때문에 신문 기사, 판례 등을 자료로 제시하여 수업을 진행했다. 완벽히 이해하지 못해도 괜찮다. 그러나 이해하려고 노력은 해야 한다. 수업에서의 원칙이 있다. 일단 수업 시간에 잠은 자지 말 것, 자신이 이해할 수 있을 정도로 이해할 것, 자신이 할 수 있는 것에 참여할 것.

법과 정치 내용 중 민주주의가 있다. 몇 년간, 법과 정치를 가르치며 '나는 과연 민주주의를 학교생활에서 학습하게 하고 있는가?'에 대한 의문이 들었다. 그래서 하나씩 실천해보기로 했다. 이제까지는 학급회의 다운 회의를 해보려고 시도는 해왔으나 늘 마지막에는 담임인 내가 정한 것에 따를 수 있도록 유도하거나 의도했던 것 같다. 이제부터 학급회의에서 자유롭게 규칙을 정할 수 있도록 하고, 정한 규칙을 학급 구성원 스스로가 지킬 수 있도록 했다. 가장 대표적인 것이 지각에 대한 처벌이었다. 학생들이 지각을 하면 그날 저녁 학교에 남기는 것이 지각에 대한 처벌이었다. 남아서 공부도 하고 교사와 상담도 하며 시간을 보냈다. 그러나 교사가 일방적으로 정한 처벌이었기 때문에 저항이 심했다. '왜 남아야 해요? 차라리 때리세요. 맞고 집에 갈래요.' 등의 이야기가 많았다.

올해는 학급회의 시간에 지각에 대한 규칙을 학생들이 회의를 통해 정했고, 회의 결과는 남아서 청소하는 것이었다. 사실 지각에 대한 벌칙은 강해야 한다고 늘 생각해왔기 때문에 그 결과가 석연치 않았다. 그러나 학생들이 정했고, 믿고 따라줘야 한다고 생각했다. 스스로 정한 학급 규칙을 지키기 위해 노력하는 모습이 보였다. 민주주의 교육은 절반 정도 성공한 듯하다. 이외에도 수업 시간에 화장실 가는 문제로 논의가 있었다. 사실 수업 시간에 수업을 방해한다는 이유로 정말 급한 일이 아니면 화장실은 쉬는 시간에 가라고 교육해왔다. 그런데 자신의 행동에 책임만 질 수 있으면 수업 시간에 화장실을 자율로 보내주는 것이 좋다고 생각하게 되었다. 수업 시간이 되면 모둠별로 수업을 진행하고, 화장실에 가고 싶은 학생들은 자유롭게 화장실을 다녀와도 좋다고 했다. 그랬더니 오히려 수업 시간에 '저 화장실 좀……'이라고 학생이 말하고 그에 대꾸하는 데 시간을 보내지 않아도 되니 더 자유로워졌다.

📖 수업을 디자인하다

수업 시간에 학생들이 자신의 의견을 자신 있게 이야기할 수 있는 교실의 모습을 늘 상상해왔다. 수업을 설계할 때 반 전체 학생들 앞에서 발표하는 것을 힘들어하고 부끄러워하는 학생들에게는 조별로 혹은 짝과 함께 이야기하고 자신의 의견을 드러낼 수 있는 방법을 고민했다. 친구들 앞에서 자신의 이야기를 할 수 있고, 자신의 이야기에 책임질 수 있는 교실, 이런 교실이 수업을 통해 구현되기를 바랐다. 그래서 교실 속에서 학생의 참여를 중심으로 하여 학생들이 다양한 이야기를 풀어낼 수 있도록 수업을 디자인했다. 토론 수업, 발표 수업, 직소 모형을 기반으로 한 모둠 수업 등 자신의 생각을 표현할 수 있는 여건을 만들어주고자 노력했다. 우선 토론 수업을 설계할 때는 토론 주제에 대한 기본적인 생각을 이끌어 낼 수 있는 질문을 제시하고 1:1 스탠딩 토론으로 자유롭게 자신의 의견을 제시할 수 있도록 설계했다. 그리고 토론의 본 주제에 대해서는 깊이 있는 논의를 위해 자신의 의견을 근거를 들어 작성하는 시간을 가지고 이를 바탕으로 교실 내에서 최대한 많은 학생들과 이야기를 나눌 수 있는 회전목마 토론의 방식으로 수업을 진행했다. 토론을 통해 찬성과 반대를 나누는 것보다는 협력적 활동을 통해 다양한 의견을 공유하는 것을 목표로 하였다. 경쟁이 아닌 협력을 우선시하는 학생들을 길러내고 싶은 마음에서였다. 또한 학생들이 하나의 주제에 대해 다양한 관점에서 바라볼 수 있도록 다양한 기법을 적용하여 생각할 수 있도록 수업을 설계했다. 하나의 학습 요소를 파악하기 위해 전체적인 주제를 잡고 주제를 세분화하여 다양한 활동을 할 수 있도록 수업을 구성했다. 학생들의 참여를 독려하기 위해 활동은 주로 1~2시간 안에 완성할 수 있는 것으로 구성하고 과제를 해결하도록 도왔다. 처음에 모든 수업이 학생 위주의 활동 수업이라고 선언했을 때 학생들에게 나타났던 저항은 곧 잠잠해졌다. 많은 학생들이 하나의 주제에 대해 다양한 활동을 하며 깊이 있는 학습을 하니 이해가 더 잘된다고 했다. 물론 아직도 활동 위주의 수업이 힘들고 지친다고 하는 학생들도 많이 있다.

수업의 완성은 평가라 생각한다. 수업 방법만 개선해서는 교육의 근본적인 변화가 나타나지 않을 것이라 생각한다. 그래서 나는 학생의 성장과 발달을 돕기 위한 평가를 위해 수업 시간에 학습한 개념을 실생활에 적용하여 풀어낼 수 있는 문항을 위주로 평가하고 있다. 그리고 수업 시간에 이루어지는 모든 활동을 수행 평가에 반영함으로써 매시간 진지한 태도로 수업에 임할 수 있도록 하고 있다. 수업 시간에 즐거워하는 학생들도 있지만 힘들어하는 학생들도 많다. 그러나 즐거운 수업만이 정답은 아니라고 생각한다. 수업 시간에 즐거운 것도 중요하지만 알갱이가 없이 즐겁기만 한 수업은 의미가 없다고 생각한다. 그래서 한 가지의 개념이라도 파악하는 수업을 설계하고자 노력하고 있다.

📖 아직도 성장하는 중입니다

배움 중심 수업을 4년째 현장에서 적용하며 생긴 다짐이 하나 있다. 모든 수업을 학생의 참여를 중심으로 하는 수업으로 구성을 해야겠다는 다짐이다. 배움 중심 수업에 의문을 품고 여기까지 달려왔지만, 이제는 예전의 주입식 수업으로 돌아갈 수가 없다. 아마도 수업을 통해 학생들의 변화된 모습과 성장하는 모습을 보았기 때문일 것이다. 아직도 여전히 수업 시간에 모든 학생들이 집중하여 열심히 참여하기를 바라는 교사이지만 배움의 속도가 다른 학생들의 차이를 존중하기 위해 노력하고 애쓰는 중이다. 그러나 배움의 속도가 다른 학생들의 차이를 존중하고 의미 있는 배움의 경험을 갖도록 돕는 것이 아직도 너무 어렵고 힘들다. 특히 학생들의 성장과 발달을 위한 평가는 늘 어려운 숙제로 남아있다. 물론 지금도 학생이라면 어떤 것은 해야 하고 어떤 것은 하지 말아야 한다는 명확한 기준이 있고, 허용할 수 있는 범위는 어느 정도 정해져 있다. 그러나 예전보다는 윽박지르거나 혼내는 모습이 많이 사라졌다. 아마도 그건 학생들과 함께 점점 성장하고 있기 때문인 것 같다. 학생들이 이렇게 말했다. "3년 전의 선생님과 지금의 선생님의 모습을 비교해보면, 지금이 훨씬 너그러워졌어요."라고. 맞다. 3년 전의 나는 수업 시간에 집중하지 않고 다른 행동을 하는 학생들을 허용하지 못하는 속 좁은 선생님이었다. 지금 생각해보면 수업 시간에 무조건 공부를 시켜야 한다는 생각 하나로 정말 부끄러운 행동도 많이 했다. 그러나 지금은 우리 학생들의 말처럼 자신 있게 말할 수 있다. 3년 전보다는 훨씬 너그러운 선생님이 되었다고. 너희들의 말을 들을 수 있는 선생님이 되었다고. 배움 중심 수업을 하며 학생들의 이야기에 귀 기울이며 개개인의 특성과 가치관을 알아 온 것이 큰 도움이 되었던 것 같다. 학생들도 자신만의 생각이 있고, 그 생각도 존중받을 만한 큰 가치가 있다는 것을 점점 깨닫고 있는 중이다. 교직 생활이 끝날 때까지 지금 이 마음 이대로 교실에서 학생들과 함께 성장할 수 있는 교사로 남기를 바란다.

나는 교실에서 학생들과 함께 성장하는 중이다

김희영

📖 교사로서 나는 어떻게 변화해 왔는가

나는 봄이면 벚꽃이 만개하는 경화역 뒤에 위치한 진해중앙고등학교의 수학 교사이다. 우리 학교의 모든 교실은 바다가 보이는 전망을 자랑한다. 창밖에는 계절이 뚜렷한 나무들, 시시각각 변화를 보여주는 탁 트인 바다와 하늘이 보이는 경치가 정말 아름답다. 처음 이 학교에 출근했을 때는 아름다운 경치와 달리 내가 상대하기에 매우 거친 학생들이 있었다. 체육 시간에는 에너지와 파이팅이 넘치는 학생들이지만 수학 시간에 집중을 하는 학생은 없었다. 많이 당황했지만 그들과 같은 거친 언어와 과격한 행동으로 제압했다. 그 시기에 나는 늘 언제나 목이 아팠던 것 같다.

2015년 구름학교를 만난 후, 나의 수업은 조금씩 변화했고 학생들은 재미, 액션이 가미된 새로운 수업에 반응하기 시작했다. 변화무쌍한 수업 때문에 잠을 자거나 딴짓을 할 수는 없었고, 흥미를 가지고 참여하는 학생들도 많아졌다. 그런데 이것 또한 나름대로 학생들이 적응을 하는 탓인지 어느 정도 체계를 갖춘 조별 학습, 활동 학습에 무뎌지는 아이들이 몇 명씩 나오기 시작했다. 고등학교 수학은 역수가 무엇인지도 모르는 수학적 기초가 전혀 없는 아이들에게는 아무 의미가 없다는 것을 인정해야 했다. 수학적 선수 학습이 전혀 이루어져 있지 않아도 도전할 수 있는 과제들이 있으므로 도전하게 했고, 주어진 상황에 최선을 다하는 자세가 중요한 것이며 활동을 해나가는 과정 자체가 의미 있는 배움이 될 수 있다는 것을 계속해서 상기시켜 주었다.

개선을 위한 첫 번째 노력은 구름학교 선배 선생님들의 아이디어를 활용한 게임과 액션이었다. 그 이후로는 나의 수업에 맞게 변형하여, 새로운 활동을 만들어냈다. 수업 연구가 너무 좋았다. 다른 업무는 하지 않고 교재 연구와 수업만 하고 싶은 시기가 있었다. 그러면서 수학 교사로서 나의 욕구는 점점 커졌다. 학생들이 수학적 원리를 모른 채 기계적인 계산만 하는 것이 못마땅했고, 단원마다 원리를 깨우칠 수 있는, 혹은 내용의 의미를 파악할 수 있는 활동을 만들어 냈다. 배움 장터를 통해 나의 수업을 소개하면 다른 수학 선생님들이 김희영 선생님 수업에는 선생님의 색깔이 묻어난다며, 수업을 보면 '아, 이건 김희영 선생님 수업이구나' 하고 알아차릴 수 있다고 이야기해 주었다. 기분 좋은 칭찬이었다.

그런데 구름학교에서 프로젝트 기반 학습(PBL)을 접한 이후 다시 고민에 빠졌다. 어느 정도 궤도를 찾아가는 듯했던 나의 수업이 다시 와장창 무너졌다. '그래서 이 수업을 왜 하는 것일까?, 어디에 필요한가?' 내가 교육과정을 만든 것도 아니고, 교과서를 만든 것도 아니니 누군가 이것을 왜 배워야 하는지도 알려주면 좋겠지만 교육과정의 설명도 일반적인 내용일 뿐이라 학생들에게 그리고 나에게도 정당성을 부여하지 못했다. 실제성, 현실성이 반영된 PBL에 적용되는 수학 수업이 있다면 나의 질문에 내가 대답을 할 수 있을 것 같다. 그래서 지금은 PBL에 고등학교 수업을 어떻게 녹여낼 수 있을지 계속 고민하고 있는 중이다. 구름학교 선생님과 함께한 미국 BIE 연수에서 내 나름 PBL이라 할 수 있는 수업을 만들었다. 그리고 3월 한 달을 고3 아이들을 데리고 수업을 진행했다. 이 수업을 소개하면 늘 언제나 따라오는 질문들은 온통 '무모하다', '민원은 없나?', '진도가 나가지나?' 등등 부정적인 방향이다. 물론 나의 수업이 완벽한 수업이라고도, '이것이 바로 PBL이다.'를 보여주는 수업이라고도 이야기할 수 없다. 그렇지만 나는 해 보았다. 그리고 무엇을 개선해야 할지 앞으로의 방향은 어떠해야 할지 조금의 실마리가 보인다. 계속해서 고민해 보아야 할 수업이다. 끝이 없는 고민이 피곤하게 느껴지기도 하지만, 아직도 길게 남은 나의 교사 인생이 지루하지 않으려면 이러한 고민이 행복한 것일지도 모르겠다. 그러므로 나는 또 도전할 것이다.

📖 학생을 바라보는 시선, 그리고 태도

작년 수학 교실에서 2학년이었던 A는 벽걸이 선풍기의 속도를 조절하는 줄을 세게 잡아당겨 선풍기 속으로 빨려 들어가게 만들고 있었다. 들어갈 때까지 더 세게 당겼다 놓기를 반복했다. 그리고는 결국 줄 끝의 플라스틱이 선풍기 날개에 부딪혀 '딱딱딱' 무서운 소리가 났다. 줄이 날개에 감겨 선풍기가 고장 날 것만 같았다. 수업이 한창 진행되던 중이었고, 반복해서 A의 이름을 불렀지만 들은 체도 하지 않았다. 언성이 높아지고 짜증이 있는 대로 묻어난 나는 험한 말이 나왔다. 그런데 A는 '좋은 말로 하지 말라고 하면 되지, 왜 화를 내요?'라고 반응했다. 화를 냈기 때문에 화를 내지 않았다고 변명하지 않았고, '왜 화를 내면 안 되냐'고 반문하며 '당연히 하지 말아야 할 행동을 계속해서 하는 너의 행동에 화가 났고, 반복해서 불렀지만 대답하지 않는 너의 태도에 화가 났다. 그리고 화가 나게 해 놓고 왜 화를 내느냐고 물어 더 화가 난다. 선생님도 감정이 있는 사람이다.

화가 나는 상황에도 화를 내지 않는 부처가 아니다.'라고 대답했다. A는 나에게 더 이상 대들 수 없었다. A가 더 이상 뭐라고 대답할 수 없어 그 상황이 마무리된 것이지 갈등 상황이 해소되지 않았다. 그 이후로도 비슷한 상황이 자주 벌어졌다. 그때마다 A가 문제행동을 시작하면 A보다는 주변의 학생들이 더 긴장했고 그런 모습을 보면서 내가 어떻게 행동해야 할지 고민이 되었다.

내 마음속에서도 사실 'A의 말처럼 화내지 않고 말할 수 있었을 텐데, 왜 화를 냈을까?'라는 후회를 하고 있었다. 그동안 교사는 이러해야 한다는 책들을 많이 읽어 왔고, 비폭력 대화에 대한 많은 연수를 받아왔기 때문에 죄책감이 더욱 컸던 것 같다. 그렇지만 책이나 연수에서는 교사에게 너무 많은 것을 요구하고 있었고, 그것을 접할 때마다 '나는 기준에 미치지 못하는 수준 이하의 교사'라는 생각을 하게 했다. 너무나도 높은 벽 때문에 나는 작아지고 있었다. 그러나 구름학교에서 여러 선생님들과 고민을 나누면서 나만 그런 것이 아니라는 위로를 얻었다. 이런 고민을 진정으로 나눌 수 있다는 사실만으로도 위로가 되었다. 그리고 다시 교사의 인내심은 어디까지여야 하는지, 대체 무엇을 허용하고, 잘못된 행동을 했을 때는 뭐라고 반응해야 하는지 고민을 하게 되었다. 사실 그전에도 고민해왔던 것들이고, 수많은 시행착오를 거쳐 왔다. 지금도 계속해서 고민하고 있고,

앞으로도 계속해서 고민하겠지만 책이나 연수에서 요구하는 수준까지는 아니더라도 일관성 있는 판단을 할 수 있는 나만의 기준을 세우면 된다는 생각을 갖게 되었다.

A는 수업시간에 계속해서 기발하고 다양한 문제행동을 반복했고, 나는 그때마다 도전했다. 하루는 A가 테이프 커터에서 4㎝ 정도의 셀로판테이프를 반복해서 떼어 내어 딱풀 뚜껑의 경계선에 계속해서 붙여 나가고 있었다. 이번에도 이름을 불렀지만 대답은 없었다. 테이프를 붙이는 데 너무 집중을 한 건가? 잠시 참을 수 없는 화가 나를 삼키려 했지만 마음속으로 '도전!'을 외치고, 'A야, 그렇게 테이프를 붙여놓으면 다음에 풀을 쓰려고 하는 친구가 번거롭게 하나씩 테이프를 다 뜯고 나서야 풀을 쓸 수 있잖아.'라고 말했다. 그랬더니 '아, 맞네요?'라고 대답하면서 다시 신나게 테이프를 하나씩, 하나씩 떼어내어 풀을 원상복구시켰다. 하나씩 그렇게 떼어낼 거면서 대체 왜 A는 그 행동을 하고 있었던 걸까? 그 당시에는 이해하지 않기로 했다. 이유가 없는 행동이었을 테니까. 이해하려 하면 짜증만 날 것이 뻔했다. 그래도 언성이 높아지거나 주변을 긴장하게 하지 않고 상황은 종료되었다. 그걸로 만족했다.

또 하루는 조별 학습이 한참 진행되고 있었다. 갑자기 A가 비어있는 모둠 책상으로 뛰어갔다. 그리고 책상에 걸터앉았다. 나는 다시 마음속으로 '도전!'을 외쳤다. "A야, 갑자기 아무도 없는 9조에는 왜 왔니?"라고 했더니, "너무 춥잖아요, 창가에서 햇볕을 좀 쐬면 몸이 녹을 것 같아서요."라고 대답했다. '나름의 이유는 있어 행동을 하는구나. 그래 이유 없이 행동하진 않겠지. 그럼 풀에다가 테이프는 왜 그렇게 붙이고 있었는지 물어는 볼 걸 그랬나?' 잠시 그렇게 생각했다. 그래도 수업 중인데 수업에 참여해야지, 다른 친구들도 춥지만 참고 참여하고 있잖아 등 많은 잔소리가 있지만 참았다. 대신 "그럼, 몇 분 정도면 몸이 다 녹겠니?"라고 물었다. 10분이면 된다고 해서 10분 뒤엔 시키지 않아도 알아서 자리로 돌아가라고 다독이고는 수업을 진행했더니 A는 5분도 되기 전에 자리로 돌아갔다.

내 마음의 평화도 얻고 진행되고 있는 수업의 평화도 얻었다. 그동안 한 학생으로 인해 주변의 학생들까지 긴장하게 만들었던 지난 시간이 부끄럽기도 하고 미안하기도 했다. 대체 어디까지 지도를 해야 하는 상황인지 아직도 기준은 모호하다. 지금도 '도전!'을 까먹고 부끄러운 시간을 만들어 내기도 하지만, 교사라고 해서 완벽한 행동만을 할 수는 없다. 부끄러움과 후회의 시간을 다시 반성하면서 성장하고 있는 것이리라. 내가 이전과 달리 학생을 바라보고 행동하고 있다는 것이 중요하다. 나만의 철학이 갖추어질 때까지 힘내보려 한다.

📖 나의 욕구

구름학교를 접한 이후로 기억에 가장 크게 남은 단어는 바로 '욕구'이다. 그리고 하고 싶은 것은 직업이 아니라 어떤 행동이어야 한다. 누군가 욕구를 물어왔을 때 나는 무엇을 하고 싶다고 빠르고 정확하게 말할 수 있는 사람이 꿈이 있는 사람이라고 생각하게 되었다. 구름학교 수업친구로부터 꿈을 꾸는 교사를 보며 꿈을 꾸는 학생이 길러진다는 이야기를 듣고 내가 하고 싶은 것들을 떠올려보고 지금 실천할 수 있는 것부터 해 보자고 다짐했다. 내가 간절히 바라던 교사라는 직업을 이루었다고 해서 하고 싶은 것을 이룬 것은 아니었다. 교사가 되어서 하고 싶었던 것이 있었을 것이고, 교사로서의 삶 외에도 내가 하고 싶었던 것이 많이 있었다. 직업이 교사라고 해서 1년 365일 24시간을 교사로서 살아가야 하는 것은 아니었다. 교사가 아닌 개인으로서 꿈꾸는 것들을 학생들과 함께 나누었을 때, 그리고 학생들에게도 어떤 직업을 갖고 싶은지보다는 무엇을 하고 싶은지 물었을 때 라포 형성이 더 잘 되었던 것 같다.

수업이든 학생을 대하는 나의 태도이든 변화는 나의 욕구로부터 시작되었기 때문에 의미가 있고, 지속성이 있는 것이라 생각한다. 변화에는 상당한 에너지가 소비되기 때문에 자진해서 이루어진 것이 아니라면 의지를 가지고 이어나가기 힘들다. 많은 에너지가 요구되지만 나의 욕구를 실천하기 위해 많은 것을 해 나가고 있다.

교사로서 하고 싶었던 몇 가지를 이루었다. 사립학교에 몸담으며 과연 가능할까 궁금했는데 '공무 국외여행'을 했다. 물론 그에 따른 여러 가지 부수적인 의무가 꽤 많아서 조금 후회스럽기도 했다. 그리고 1정 연수에서 많은 선생님들의 수업을 들으며 나도 동료 선생님들 앞에서 저런 강연을 해 보고 싶다고 생각했는데, 기회가 되어 몇 달에 한 번씩은 해오고 있다. 이것도 사실 많은 에너지가 소모되어 가끔 후회하기도 한다. 그럼에도 불구하고 누군가에게 보이기 위해서라도 나를 끊임없이 자극해야 해야 한곳에 머물지 않고 나아갈 수 있기 때문에……

그리고 개인적으로 하고 싶었던 것을 구름학교에서 이루어 나가고 있다. 넓은 스펙트럼을 보유하고 있는 것이 구름학교의 장점이고 자랑인데, 그중 내가 선택해서 하고 있는 활동이 꽤 많이 있다. 그중 열심히 하는 것도 있고, 소홀히 하는 것도 있다. 모두 열심히 해도 부족할 텐데, 애쓰고 계신 많은 선생님이 계셔서 죄송하기도 하다. 너무나도 다양한 기회에 이것도 저것도 모두 하고 싶어 문어다리처럼 여러 다리 걸쳐놓았는데, 앞으로는 다리 정리를 좀 해서 하나씩 하나씩 해나가야 할 것 같다. 이 많은 것을 학교에서 수당 줄 테니 일삼아서 하라고 했다면 절대 'NO'라고 단호하게 말했을 텐데 상당한 에너지를 소비하면서 해 나가고 있는 내가 참 대견하기도 하다. 이래서 스스로의 욕구가 중요한 것 같다.

📖 앞으로의 나는

수업 진행의 난제였던 학생 A는 2학년 겨울방학을 계기로 갑자기 공부를 시작했다. "저 공부할 거예요." 2월, 산만한 수업시간 중에도 수학 문제집을 손에도 놓지 않았다. 어떻게 한순간에 이렇게 바뀔 수 있을까? 그 모습이 신기했다. A는 그동안 하고 싶은 일이 무엇인지, 그것을 이루기 위해서 무엇을 해야 하는지 고민하고 실천하고 있고, 친구들에게 수능 최저등급을 맞추려면 어떤 과목을 공략해야 하는지, 거기다 수학 문제풀이를 어떻게 하는지까지 설명해 주고 있을 만큼 성장했다. 작년까지만 해도 A 때문에 수업이 힘들다는 선생님이 대부분이었는데, 요즘은 그 반에 A가 없으면 수업에 재미가 없다는 선생님이 꽤 많아졌다. 교사의 특별한 지도가 없어도 자신이 꽃을 피우고 싶을 때 꽃피우는 것이 학생인데, 짧은 시간 동안 학생의 극적인 행동 변화를 기대하기보다 언젠가 꽃피울 학생을 위해 해 줄 수 있는 것에 애를 써야 할 것 같다.

　A가 그만큼 성장하는 동안 나도 많이 성장했다고 생각했는데, 고3을 맡으면서 한 학년도가 절반하고도 조금 지난 지금 아직도 한참 멀었다는 생각을 하게 했다. 대입 제도가 변하지 않는 이상 이 고민도 끝이 나지 않겠지만, 그래도 그 가운데 내가 할 수 있는 것을 하고 싶은데 대체 나는 무엇을 할 수 있단 말인가. 1학기 초까지는 프로젝트 기반 학습(PBL)을 적용하여 나의 의도대로 수업을 이어나갔지만 그 이후 나의 수업 방황은 다시 시작되었고, 이 방법 저 방법 다시 혼란스러운 시대를 맞게 되었다. 진도는 다 나갔고, 여느 고3 교실이 그러하듯 수능 대비 문제풀이 위주의 수업을 진행하는데, 수능 가형을 선택하는 학생, 나형을 선택하는 학생이 한 교실에 섞여 있고, 심지어 수학은 포기했다는 학생이 더 많다. 나에게 원래 주어진 '기하와 벡터' 수업을 진행해야 하는 것인지, 가형, 나형, 수학 포기자를 골고루 만족시킬 수 있는 수업은 있긴 한 것인지. 내가 중심이 잡히지 않으니, 수업이 중심이 없다. 내가 철저한 준비로 완벽한 고3 이과반 수업을 할 수 있었다면, 학생들에게 더 큰 도움이 되었으려나 고민하고 있던 중, 이 고민과 상관없는 의외의 상황에서 다시 구름학교 수업친구들과 이야기를 나누다 다시 '아하'하는 번뜩이는 아이디어를 얻을 수 있었다. 비록 이번 학년도의 학생들

에게 '짜잔'하고 새로운 수업을 적용할 수는 없겠지만, 다음에도 고3 학생들을 맡게 된다면 아이디어를 갈고닦아 준비된 상태로 만나 조금 더 그들에게 닿아있는 1년을 보낼 수 있으리라.

구름학교 수업친구들과 함께라면 앞으로의 생활도 늘 언제나 서로에게 위로가 되고 힘이 될 것 같다. 많은 것을 배울 수 있는 그리고 그것을 실천하는 깨어있고 살아있는 삶을 살 수 있을 것이라 믿는다. 수업을 통해 '학생들 개개인의 삶에서 수학이 인생에 얼마나 도움이 되겠나.' 걱정하지 말아야지. 내가 어떤 것을 이루고자 꿈꾸고 희망하는 것을 보고 우리 아이들도 자신이 원하는 것을 꿈꾸고 이루어 나가기를 기대해야지. 내가 무엇을 해주겠다 다짐하기보다는 내가 무엇을 하겠다고 다짐해야지. 바라는 것이 많아진다. 행복하다.

나는 아직도 꿈을 꾸는 수학 교사

문혜령

📖 문제 푸는 기계 VS 설명하는 기계

나는 수학 교사다.

주변의 어른들조차 직업이 수학 교사라고 하면 '어떻게 한평생 수학을 할 수 있지?'라는 표정으로 쳐다본다. 하물며 학생들은 어떠할까.

"시험이 인생의 전부가 아니잖아요!"라고 말하지만, 시험이 인생의 전부인 것처럼 문제를 주면 자동으로 문제 푸는 기계가 되어 버리는 아이들, 시간과 시험 범위에 쫓겨가며 교과서 내용을 어떻게 하면 학생들이 잘 이해하도록 설명할 것인가를 열심히 고민해서 가르치던 나. 나는 문제를 잘 풀어 시험 점수를 잘 받고자 하는 아이들에게 반복적으로 설명을 부지런히 해 주는 그런 교사였다. 이 내용을 왜 배우는지, 수학적으로 왜 그렇게 되는지 내가 설명하고, 학생들은 겨우 남는 시간에 문제를 푸는 그런 수업을 하면서도 나는 학생들이 이해를 정말 잘하도록 학생 위주로 설명을 잘한다고 자부심을 가지고 있었다. 그러나 선수 학습으로 선생님의 설명이 너무 시시하거나 이미 수학을 포기한 아이들이 섞여 있는 교실에서 나 혼자 설명하는 상황이 오면 등줄기에 식은땀이 주르륵 흐르면서 '나는 누구? 여기는 어디? 나는 여기서 무엇을 하고 있나?'라는 생각을 하며 좌절감을 느낄 때가 있다. 수업을 듣지 않는 학생들을 나무랄 처지가 아니었다. '이건 아니다. 다른 수업을 하고 싶다.', '변하고 싶고 도전하고 싶다.'라는 생각이 머릿속에 가득하면서도 시도하는 것 자체를 어렵게 생각했고 일회성으로 '반짝' 특별한 수업을 했다가 바쁘면 또 원래 수업으로 되돌아가길 반복했다.

📖 문 쌤과 함께 수학아 놀자!

그러던 중 2014학년도 자유학기제를 만났다. 나에게 자유학기제는 시간이나 시험에 대한 구속 없이 수업을 할 수 있는 절호의 기회였다. 뭔가 다른 수업을 해야 한다는 압박감보다는 그동안 머릿속으로 생각만 하고 실제 도전해 보지 못했던 수업들을 할 수 있어 내 수업에 조금씩 변화가 생기기 시작했다.

학생 중심 수업에 대한 고민으로 다양한 방법을 알아보다가 2015년 '거꾸로교실 캠프'에 참가하게 되었다. 캠프가 시작되고 구름학교 수업친구 선생님께서 질문하셨다.

"교실에서 가장 행복해야 하는 사람은 누구일까요?"

"학생이요."

당연하다 생각하고 답을 했었는데 그 선생님의 대답은 달랐다.

"교실에서 가장 행복해야 할 사람은 교사입니다."

그 말을 듣는 순간 교사로서 괴로워하던 나의 모습들이 떠오르기 시작했다. 한 시간이라도 수업이 빠지게 되면 학생들보다 더 좋아하고 수업을 하면서 학생들 때문에 힘들다고 불평불만하던 나의 모습, 교실 속에서 수업하는 것이 너무 지치고 힘들었을 때 로또 복권을 한 장 사면서 "이것만 당첨되면 당당히 사직서를 내리라!"를 외치던 나의 모습, 육아휴직을 하고 학교를 쉬면서 수학 수업이 아닌 다른 일들을 하면서 더 행복해하는 나의 모습을 되돌아보니 정말 교실 속에서 행복해야 할 사람은 나였다는 생각이 들었다. 교사인 내가 행복하기 위해서는 어떻게 해야 할까? 결국엔 수업이 잘 풀려 학생이 행복해야 교사가 행복해질 수 있다고 생각하니 나의 수업을 바꾸는 것이 맞다는 확신이 들어서 더욱 수업을 바꾸기 위해 노력하였다. '학생들이 즐거울 수 있는 수업을 하자. 놀이처럼 즐거운 수학 수업이 되자.'라고 생각하고 "문 쌤과 함께 수학아 놀자!"라는 타이틀로 수업 준비를 했다. 수학 내용을 바탕으로 게임을 하고 모둠별 대항전을 펼치기도 했다. 교실 서랍 속에는 아이들을 위한 초콜릿, 사탕들을 떨어지지 않게 채워놓고 보상을 하다 보니 아이들은 더 열심히 참여하였다. 교사가 설명하고 학생들이 간단하게 문제를 풀던 기존의 수업방식을 버리고 학생들이 활동하는 시간을 늘리면서 아이들은 살아나고 나도 그 속에서 활력을 얻고 수업의 보람을 느낄 수 있었다. 수업을 바꾸고 나니 수업시간에 조는 학생들을 보며 나의 무기력함을 느끼지 않아 너무 좋았다. 내가 교사가 된 이후 이렇게 많은 시간 수업 준비를 위해 시간을 투자한 적이 있었던가 하는 생각이 들 만큼 많은 시간을 수업에 대해 고민하고 여러 가지 다양한 수업을 시도해 보는 시간을 가졌었다. 그렇게 하면 즐거운 수학 시간이 될 줄 알았는데 예상치 못한 일들이 발생했다. 학생들이 활동을 열심히 하는데 정말 단순히 활동만 열심히 한다는 것이었다. 그래서 이런 수업을 하면 할수록 뭔가 허전하고 뭔가 부족한 느낌이 들기 시작했다.

📖 나에게도 꿈이…….

2017년 육아휴직을 하고 오롯이 엄마로 돌아간 생활을 하고 있던 나에게 어느 날 6살 딸이 물었다.

"엄마는 꿈이 뭐야?"

그냥 무심히 던진 질문이었지만 교사라는 꿈을 이미 이루었다고 생각했던 나에게도 꿈이 있을 수 있다는 생각이 들면서 여러 가지 생각들이 머리를 스쳐 갔다. 고등학교 때부터 아이들에게 좋은 수업을 하는 수학 교사가 되고 싶었다. 그리고 대학교에서도 수학 교사라는 꿈을 위해 많은 것들을 포기하고 치열하게 임용고시를 준비했었다. 하지만 그토록 바라던 꿈을 이룬 현실의 나는 어떤 모습인가를 생각해보았다. 그리고 나의 학창시절, 나의 미래를 꿈꾸던 내가 그렇게 원하던 수학 교사가 되고 나서는 내게도 꿈이 있을 수 있다는 생각을 하지 못하고 있었던 것 같다. 그래서 딸의 질문에 나는 망설이다 이렇게 답했다.

"엄마는 좋은 수학 선생님이 되고 싶어!"

그러면서 어린 시절 나는 왜 수학 교사가 되고 싶었던 것일까, 그 시절 내가 꿈꾸던 수학 교실은 어떤 모습이었을까 생각해보게 되었다.

📖 살아가는 힘을 기르는 수학 교실

많은 고민을 안고 2018년 복직을 하면서 구름학교에 입학을 했다. 구름학교 입학식 날 첫 시간에 구름학교 수업친구 선생님 께서 "구름학교는 수업의 기법을 배우는 곳이 아니라 자신의 철학을 세우는 곳입니다."라고 말씀하셨는데 그 말을 듣는 순간 '아, 이거였네. 이거였어! 내 수업에 늘 허전했던 것! 나만의 색깔! 나의 철학! 그게 없었던 거야.' 순간의 깨달음. 내 수업에서 허전함을 느낀 이유를 찾게 되었다. 내가 왜 학교에서 학생들에 게 수학 수업을 하고 있는지에 대한 나의 생각이 빠져 있었던 것이다. 그래서 올해는 구름학교를 다니면서 수업에 대한 나의 철학을 세우기 위해 고민하는 시간을 가지고 있는 중이다. 내가 원하는 수업은 어떤 수업인지 나는 어떤 교사가 되고 싶은지, 내가 학생들에게 교사로서 무엇을 해줄 수 있는지를 고민하고 내 수업만의 색깔을 찾아보려고 하고 있다.

'이 수업 참 좋다. 나도 한번 해볼까?' 하는 생각만 가지고 다른 선생님의 수업을 따라 하다 보면 수업이 내 마음대로 되지 않아 실패로 돌아가는 경우가 많고 나의 의도와 생각을 넣어 수업해야 진정한 내 수업이 되는 것 같다. 예전에 수업 준비를 할 때는 내가 어떻게 설명을 해 주면 아이들이 이해를 잘하고 어떻게 해주면 아이들이 문제를 더 잘 풀까를 중심으로 교재연구를 하고 수업 준비를 했다면 요즘은 학생 중심 수업을 밑바탕으로 하면서 나의 수업 철학을 넣기 위해 고민한다. 그리고 구름학교에 다니면서 나의 생각도 중요하지만 학생들이 어떻게 성장하고 변화했으면 좋겠는지에 대해 고민하는 것이 더 중요하다는 사실을 알게 되었다. 그러다 보니 아이들이 살아가는 데 있어 수학을 왜 배워야 하는지 수학이라는 과목이 아이들에게 어떻게 도움을 줄 수 있는지를 계속 고민하게 되었다. 아이들의 성장과 변화에 대해 생각을 한 뒤 그렇다면 내가 그 아이들에게 어떤 도움을 줄 수 있는지, 어떻게 수업을 하면 좋을지에 대해 고민을 하니 나의 수업 방향이 어느 정도는 잡히는 것 같은 느낌이 들었다. 그래서 학습지 타이틀도 변화를 주게 되었다. 2018학년도 2학년 1학기 "문 쌤과 함께 수학아 놀자"에서 2018학년도 2학년 1학기 "살아가는 힘을 기르는 수학교실"로 바꾸었고, 이는 '학생들이 수학을 놀이처럼 생각하고 즐겁게 수학 수업을 할 수 있게 하자'에서 '수학을 하는 이유와 의미가 있는 수업을 하자'라는 의미를 담은 것이었다.

구름학교에서 수업친구 선생님들을 만나면서 수업에 대한 공유를 할 수 있게 된 것도 나의 성장 과정에 큰 도움이 되고 있다. 자신의 수업을 여과 없이 나누어주는 선생님들, 한 달에 한

번 하는 수학과 오프 모임, 학기 시작 전에 교육과정 재구성을 위한 수학과 모임 등 수업에 대한 고민을 함께 나누고 다른 선생님들의 아이디어들을 보면서 나보다 더 나은 선생님들에게서 좋은 아이디어, 생각, 마음가짐을 배우는 기회를 통해 내가 발전할 수 있는 것 같다.

📖 나는 아직도 꿈을 꾸는 수학 교사

얼마 전 다른 선생님들과 수업하면서 힘든 점들을 이야기하면서 "앞으로 도대체 몇 년을 일해야 하냐……."라며 정년까지 남은 햇수를 계산하니 이제껏 내가 교직 생활에 몸담아 온 시간보다 훨씬 더 긴 시간이 남아있음을 깨닫고 생계를 위한 직업이 되는 것이 아니라 내가 행복한 마음으로 학생들과 함께 수업하면서 보내지 않으면 안 되겠다는 생각을 또 한 번 하게 되었다.

"돈 계산만 잘하면 되는 거 아니에요? 왜 수학을 배워야 하나요?" 하고 말하는 아이들에게 나는 이렇게 말한다. "돈 계산은 앞으로 네 스마트폰이 해 줄 거야……." 그렇다면 수많은 기계가 발달되어 있는 요즘 시대에는 덧셈 뺄셈조차 필요가 없다는 뜻일까? 얼마 전에 문제를 스캔하면 풀이 과정과 답을 바로 알려주는 앱(APP)을 보고 큰 충격을 받았었다. 수학 교사인 나로서는 존재의 위협을 느끼게 해주는 앱이었다. 이런 세상을 살아가는 아이들에게 필요한 것은 단순한 계산능력이 아니라 어떤 글이나 상황이 주어졌을 때 그 상황에서 수학적 요소를 찾아내고 그것을 해결하는 능력이다. 나는 빅데이터를 보유하고 복잡한 알고리즘도 실수 없이 해내고 계산력도 훨씬 빠른 스마트한 기계를 이길 수 있는 능력을 가진 아이들을 기르는 교사가 되고 싶다. 그래서 올해 아이들과 함께 수업하면서 단순한 활동 위주의 수업보다는 왜 배우는가에 대한 고민, 우리가 배워야 하는 내용이 담긴 실생활 문제에 대한 고민들을 가지고 와서 수업을 하는 경우가 많아졌다. 단순히 암기한 내용으로 문제를 푸는 수업이 아닌 학생들 스스로 생각하게 만드는 수업을 하고 싶다. 그래서 주변의 것들을 수학과 연결해서 생각하는 연습을 스스로 하고 수학적으로 사고했을 때 우리의 삶이 얼마나 윤택해지는지를 알게 해 주기 위해 노력하고 있다. 직업으로서의 교사의 꿈은 이미 이루었지만 나 스스로 생각하는 좋은 교사가 되기 위한 나의 꿈은 아직 이루어지지 않은 것 같다. 학생들의 변화와 성장, 그리고 나의 변화와 성장, 내가 꿈꾸는 교실, 내가 꿈꾸는 나의 모습들을 마음껏 상상하면서 그것을 이루기 위해 노력한다면 그것이 곧 나의 행복일 것이다. 그래서 나는 오늘도 꿈을 꾼다. 내가 행복한 나의 미래를 위해.

돌이켜보고 나아가다

정경화

📖 전화위복

나는 어릴 때부터 호기심이 많았던 아이였다. 그리고 새로운 것을 배우고 내가 알고 있는 것을 다른 사람에게 알려주거나 가르쳐주면서 도움이 될 때 뿌듯함을 느껴왔다. 그런 내가 교사를 하고 있으니 직업은 잘 선택한 것 같다. 그러나 교직 생활은 생각처럼 순탄하지 않았고, 대학 생활 4년 동안 배운 것들이 쓸모가 없다는 생각이 들 만큼 괴리감이 컸던 것 같다. 상치 교사로 과학과 도덕을 가르치거나, 정보담당을 맡아 컴퓨터와 씨름하며 컴맹 탈출에 고군분투했던 신규 교사 시절은 고난의 연속이었다. 그러나 그때 배우고 익힌 것들이 지금까지도 유용하게 쓰이는 걸 보면 '전화위복'이 된 셈이니 참으로 아이러니하다. 그리고 생활지도의 어려움으로 고민을 하고 있을 때 동료 교사의 추천으로 교사 상담연구회에 가입하여 상담기법 공부와 독서 토론을 하면서 많은 도움을 받을 수 있었다. 조금 더 깊이 있게 공부하지 못해 아쉽지만, 관련 책을 읽거나 연수를 통해 갈증을 채워가고 있다.

📖 1급 정교사 자격연수

사범대를 졸업하면 2급 정교사 자격이 주어지고 교직 경력 3년 이상이면 1급 정교사 자격연수를 받게 된다. 이 자격연수가 교직 생활 첫 번째 전환점이 될 줄 미처 알지 못했다. 먼저 진주시에서 학창 시절을 보내고 거제시에서 근무하던 내게 창원시는 별천지였다. 또 중학교에서 4년 정도 근무하다 보니 연수 시간에 다루는 내용들 중에서 대학 전공과목이나 고등학교 수학 공식들이 전혀 기억나지 않아 당황스러웠고, 연수 기간에 좀 더 공부해서 고등학교에서 근무하고 싶어졌다. 그리고 경남교육연수원에서 만난 수많은 강사님과 선배님들의 강의를 통해 배움의 열정이 되살아났고, 이듬해 봄 4년 6개월의 중학교 근무를 마치고 창원의 인문계 고등학교 선생님으로 첫발을 내딛게 되었다.

📖 직업병

"고다꾜 쏙쌤"이 뭐냐면 고등학교 수학 선생님을 경상도 특유의 압축 능력으로 줄여서 부르는 것이다. 2005년 3월 고다꾜 쏙쌤 생활이 시작됐다. 1정 교사가 되었지만 인문계 고등학교 교육과정도 잘 모르는데, 교과서만 가르치는 것이 아니라 보충수업도 해야 하고 야간 자율학습도 돌아가면서 지도를 해야 했다. 그리고 평가 업무를 맡아 학업성적관리규정 개정에 평가 연수도 해야 했다. 개교 3년 차에 접어든 신설학교, 수준별 이동수업, 보충수업, 평가 업무, 1학년 여학생반 담임, 동아리 지도, 야자 감독, 모든 것이 낯설고 감당하기 버거웠지만 좋은 동료들과 사랑스러운 제자들 덕분에 빨리 적응할 수 있었다.

수업을 많이 하다 보니 목이 너무 아파서 병원에 갔는데 심각한 성대 결절이라며 6개월 동안 말을 하면 안 된다는 얘기에 어찌나 난감했던지. 학교 방송실 마이크를 빌려서 꾸역꾸역 수업을 하다가 아예 목소리가 안 나와서 칠판에 글로 설명을 한 후 학생들이 칠판에서 문제를 풀이하고 설명하는 형태로 수업을 시도했다. 진도가 안 나가니 답답한 마음도 들었지만 학생들이 직접 수업에 참여하면서 친구들의 설명에 귀 기울이면서 집중도 잘 되고 발표 실력이 향상되는 효과도 있었다. 지금 생각해 보면 병가를 내서 충분한 휴식과 적절한 치료를 받았으면 좋았을 텐데 그런 제도를 잘 모르는 데다 관리자 눈치를 많이 보며 권리를 찾지 못했고, 제대로 치료를 못 한 탓에 허스키한 목소리와 고음 불가 성대를 갖게 되었다.

창원으로 옮긴 첫해 겨울에 결혼을 했고 1년 뒤 임신, 34주 5일 만에 1.87kg으로 첫째 아이가 태어났다. 하루에 5시간 이상씩 일어서서 수업을 하고 환경부 기획 업무를 맡아 장학사 방문 대비 대청소 점검에 청소 용구를 챙겨주느라 계단을 오르락내리락한 것이 화근이었다. 2년 뒤 둘째 아이도 32주에 조산 징후가 있어 8일간 입원해서 가만히 누워 지냈었다. 고등학교 수학 선생님 생활 5년 만에 조산을 했고, 성대 결절, 하지 정맥류, 비염 증상이 생겼다. 거기다 두 아이의 엄마가 되면서 직장 생활을 병행하다 보니 육체적인 부분과 정신적인 부분 모두에서 이상 신호가 오기 시작했다.

📖 절망과 희망의 공존

나는 3남매의 장녀이다. 학창 시절의 나는 무엇이든 잘하고 싶었고 잘해야만 했다. 동생들이 본받을 수 있는 삶을 살아야 했고, 실패하거나 실수할 때마다 부모님의 기대에 부응하지 못함을 자책하는 시간이 많았다. 이런 성향은 직장생활을 하면서도 특별히 달라지지 않았고, 매사에 엄격한 자기 검열과 충분한 검토와 분석을 마쳐야 안심이 되고는 했다. 실패와 실수를 두려워하는 마음을 떨쳐내기도 힘들고, 타인의 평가와 시선에도 예민해져서 더 완벽해지려고 노력했다. 어쩌면 지금도 그런 습성이 남아 있는지도 모르겠다.

이런 성격 탓에 2011년 고3 인문반 여학생들을 가르치면서 사고를 치고야 말았다. 어떻게든 수업에 참여시켜서 성적을 올리는 것이 교사로서 사명감과 책임감을 다하는 것이라고 단단히 착각하고 있었으니 교재도 없이 자리만 차지한 채 딴짓을 하거나 엎드려 자는 학생은 즉시 제거해야 할 손톱 밑 가시처럼 여겼던 것이다. 공개적으로 야단을 치고 내 행동의 정당성과 명분을 찾느라 정신이 없었던 부끄러운 장면이 아직도 생생하게 떠오른다. 내가 무능해서 그런 것이 아닌데, 그 아이도 나름의 이유가 있었을 텐데 왜 그렇게 조바심을 내고 다그쳤던 것일까? 그 일이 있고 난 후 교원능력개발평가에 쏟아진 악담으로 인해 몇 개월간 우울감과 좌절감에 시달리게 되었다.

절망스러운 겨울이 가고 봄이 왔다. 2012년. 2학년 전담 지도교사, 독서논술부장, 사교육 절감 창의경영학교 운영, 방과후 학교 운영. 생소하고 과분한 업무분장. 지치고 힘들 때가 많았지만 내가 필요하고 나로 인해 달라지고 성장하는 아이들이 있어 행복했고 다시 일어설 수 있었다. 지나고 보면 절망이 희망으로 바뀌는 결정적 순간이었다. 학생들의 열렬한 지지와 응원으로 아픈 상처가 아물고 새살이 튼튼하게 돋아났다. 지금도 잊지 못할 에피소드는 토요일에 수업을 받고 싶으니 강좌를 만들어 달라고, 그리고 내가 지도해 줬으면 좋겠다면서 친구들을 모아 왔다. 황금 같은 토요 휴무일 오전을 함께 보낸 녀석들. 출출할까 봐 식빵이랑 쨈을 사 가면 금세 바닥을 내고 헤헤 웃었던 기억이 엊그제 같은데 이듬해 학교 만기로 김해로 전근을 가면서 아쉬운 작별을 하게 되었다. 1학년 때는 수학 공부를 열심히 하지 않아 수준별 이동수업 C 반이었던 친구가, 2학년 인문반 A 반이 되면서 수학 공부하는 방법을 차근차근 배우고 틈틈이 문제 풀이 검토를 받으며 수학 실력이 눈부시게 성장을 하게 되었고 1년 뒤 수능 92점으로 수리영역 1등급을 받고 가톨릭대 특수교육과에 합격했다는 소식을 들려주었다. 본인의 꾸준한 노력으로 이룬 쾌거일진대 내 도움이 컸다며 수줍게 손편지로 인사를 건네준 A 군에게 진심으로 고마웠다.

어쩌면 2011년의 나에게 악평을 했던 학생들에게 더 고마워해야 될 것 같다. 처참히 실패했고 낙담했지만 패인을 분석하고 같은 실수를 되풀이하지 않기 위해 노력하는 계기가 되었으니 말이다. 2018년 1월, 통영 마리나 리조트에서 진행된 신규 교사 도움닫기 캠프에 2011년 제자가 참가했고 자연스레 그때의 기억들이 되살아났다. 제자에게 친구들을 만나면 대신 전해 달라고 부탁을 했다. '부끄러운 모습 보여서 정말 미안하다고. 조금 더 어른스럽게 행동하지 못한 나를 용서해 달라고.' 내가 실수했던 그 학생을 만나면 잘못을 인정하고 용서를 구하고 싶다.

📖 전환점들

앞서 얘기한 대로 교직 생활 첫 번째 전환점은 1정 연수였다. 그 이후로 10년 동안 고등학교에서 수학을 가르쳤다. 두 번째 전환점은 육아휴직이다. 7살 딸과 5살 아들의 잦은 병치레도 신경이 쓰이고 딸이 초등학교 입학하면 하교 후에 돌봐줄 사람이 없어서 고민 끝에 결정했다. 2014년, 2015년 2년 동안 엄마의 빈자리를 채우면서 잃어버린 나를 찾기 위해 틈틈이 기타, 클레이 아트, 북아트, 홈패션, 코바늘 뜨개질 등을 배웠다. 2015년에는 '책 읽어주는 엄마' 활동과 독서 토론 모임도 참가하면서 봉사활동도 하고 세상을 보는 눈도 키워갔다. 신기하게도 학부모의 입장이 되어 보니 학교에서 학생과 학부모들에게 조금 더 친절을 베풀었으면 하는 마음이 들었다. 그리고 아이들의 입장에서 한번 더 생각하고 이유를 물어봐 주고 아이들의 눈높이에 맞는 적절한 코칭, 여유를 갖고 기다려주는 선생님이 되어야겠다는 생각을 했다. 학교를 벗어났더니 학교가 제대로 보이기 시작했다.

세 번째는 구름학교를 다니게 된 것이다. 2016년은 아들이 초등학교에 입학을 하기 때문에 수당은 나오지 않지만 6개월 정도 육아휴직을 연장하려고 했는데 예상치 못한 변수로 인해 갑자기 복직을 하게 되었다. 2년 동안 학교는 많이 바뀌어 있었고,

나는 한참 후퇴한 상태였다. 정말 막막했던 나에게 다시 행운이 찾아왔다. 2008년 같은 학년부에서 근무했던 김민영 선생님의 소개로 구름학교 수업친구를 만났고 구름학교를 만든다는 얘기를 듣자마자 입학해야겠다는 생각을 했다. 그리고 남편에게 도움을 요청했다. 아니 일방적 통보가 맞는 표현 같다. 2년 동안 뒤처진 상태를 회복하려면 1년 동안 바짝 공부해야 되니까 1년 동안 한 달에 2번씩 토요일마다 교사성장학교 프로그램에 참가할 것이고 그동안 아이들 육아를 맡아달라는 것이었다. 그렇게 구름학교와의 인연이 시작됐고, 거꾸로교실 수업, 슬로리딩, 하브루타, 토론 등의 수업 기법을 배우면 곧바로 학교 수업 시간에 적용하고 그 후기를 거꾸로교실 수업 나눔 밴드에 올리면서 하루하루 바쁜 나날들을 보냈다. 그리고 구름학교 필독서를 읽으면서 아이들의 발전 가능성을 믿고 잠재력 계발을 위한 조력자의 역할이 얼마나 중요한지 깨닫게 되었고 서로 존중하면서 함께 성장하기 위해 부단히 노력해 왔다.

마지막으로 2017년에 '찾아가는 수업카페'를 운영한 것이다. 구름학교 수업친구 선생님이 밥상을 다 차려 놓고 나는 숟가락만 얹은 셈이었지만. 경상남도교육청의 지원을 받아 경남을 6개 권역으로 묶어 카페를 1일 임대하고 신청하신 선생님들과 구름학교 선생님들이 서포터스로 참여하여 수업과 관련된 고민들을 턴테이블 토론 형식으로 나누었다. 자신이 갖고 있는 문제 상황들에 대한 해답을 찾고 싶어 오신 분들이 대부분이었기에 서로 얘기를 나누면서 나만 힘든 것이 아니구나, 지금 이대로도 잘하고 있다고 위로와 격려를 받으며 불안감과 두려움을 조금씩 내려놓는 것을 보면서 내가 힐링할 수 있는 시간이었던 것 같다. "나는 지금 교실에서 무엇을 하고 있나?"라는 질문에 "살고 있다."라고 적힌 글귀에 한 방 맞은 기분이었다. 하루의 대부분을 보내고 있는 교실에서 "잘 살고 있다."라고 대답할 수 있다면 정말 잘 살고 있는 것 아닐까? 나는 아직 조금 더 노력이 필요할 것 같다.

📖 PBL

여러 노력들이 자산이 되어 배움 중심 수업 확대를 위해 실천 사례들을 토대로 강의를 하고, 거꾸로교실 수업 캠프 운영과 배움이 즐거운 수업나눔 축제에도 참여하면서 '2017. 배움 중심 수업 국외 탐방 연수'를 다녀오게 되었다. 미국과 캐나다의 PBL과 STEAM을 직접 보고 배울 수 있어 뜻깊은 시간이었다. 이후 구름학교 선생님들을 주축으로 PBL을 좀 더 체계적으로 공부하자는 움직임이 생겨났고, 선착순으로 신청자를 받아 2017년 9

월 중순부터 매주 목요일 'PBL CPM 과정'을 진행하여 12월에 수료를 하였다. 여기서 그치지 않고 2018년 2월 중순 미국 캘리포니아주에 위치한 세계적인 PBL 교육단체인 BIE에서 주최하는 'PBL 101 과정'에 나를 포함하여 12명의 선생님들이 자비를 들어서 참가를 했다. 영어로 진행되어 어려움이 있었지만 동행한 영어 선생님의 헌신적인 노력으로 2박 3일의 과정을 무사히 마칠 수 있었다. 이를 계기로 PBL에 대해서 더욱 깊이 있게 공부해서 수학 수업뿐만 아니라 삶의 다양한 문제들을 해결하는 데 적극적으로 활용하고 싶다.

📖 창원자유학교

2017년 중학교 1학년 학생들을 가르치면서 자유학기제에 대해서 자세히 알게 되었고, 학생들의 수학에 대한 부정적인 인식을 개선하고 자신의 삶과 연결하여 생각하는 시간을 가질 수 있어 유익했다. 2018학년도부터는 자유학년제로 확대하는 학교들이 많은데, 중학교 1학년으로 제한하는 부분이 다소 아쉽다. 진로를 고민하고 삶에 대해 적극적으로 탐색하는 시기는 중학교 3학년 또는 고등학교 1학년이 적절하다는 생각이 든다. 이런 생각은 덴마크의 애프터 스콜레와 서울의 오디세이 학교의 사례들을 접하면서 더욱 확고해지는 것 같다.

어쩌면 이걸 운명이라고 해야 할까? 구름학교 수업친구들과 함께 학교 안과 바깥의 청소년들을 위한 인문학 프로그램 구상을 목적으로 2017년 2월 초 서울 하자센터에 방문하게 되었다. 마침 하자센터 길잡이 선생님께서 오디세이 학교 2기 수료식이 열릴 예정이라고 알려주셔서 참석을 하게 되었고, 수료식을 보면서 받은 충격은 감동을 넘어 오랫동안 기억에 남았다. 그래서 창원자유학교 TF팀 합류를 제안받았을 때 두려움보다는 설레는 마음이었고 구름학교 예영주 선생님도 함께한다는 이야기에 바로 수락을 했다. 이후 구름학교 김미나 선생님께도 같이 하자고 제안을 했고 금세 확답을 줘서 창원자유학교 교사 4명 중에서 3명이 구름학교 수업 친구들로 채워지게 된 것이다.

말 못 할 우여곡절과 진통을 겪으며 2018년 3월 19일 16명의 학생으로 창원자유학교가 개교하게 되었다. 학생들이 준비하는 입학식, 4월 지리산 둘레길 걷기, 6월 농촌 봉사활동, 8월 전통문화체험(화천농악 전수)을 마쳤고 10월 자유여행이 끝나면 체험 활동은 거의 마무리가 된다. 16명에서 시작했지만 개인 사정으로 3명은 원적교로 돌아갔고 13명의 어벤저스들은 7월 성장 발표회를 거치면서 자신의 정체성을 찾기 위해 여전히 고군분투하고 있다. 1학기에는 회복적 생활교육, 2학기에는 비폭력 대화를 배우면서 서로 다름을 이해하고 건강한 공동체 의식을 회복하는 데 중점을 두고 있으며 자치 회의를 통해 학생들이 마주하는 여러 가지 문제 상황들을 현명하게 해결하는 방법도 배워가고 있다.

학생들과 마찬가지로 교사 4명도 서로 조율하고 의견을 교환하면서 창원자유학교만의 특색과 정체성을 찾기 위해 노력 중이다. 1학기 활동 평가를 하면서 나온 결론은 학생들은 자신이 직접 선택하고 내린 결정에 대해서는 힘들어도 대체적으로 만족하고 수긍을 하지만, 교사들의 계획과 주도로 진행된 프로그램은 진행도 어려웠고 불만도 많았다는 것이다. 어쩌면 창원자유학교 과정 전체가 PBL이라고 보는 것이 맞을지도 모르겠다. 끝없는 성찰과 피드백, 학생의 의사 선택권 보장, 그리고 '나는 누구인가?'라는 질문의 답을 찾아가는 과정이기 때문이다. 아직은 서툴지만 PBL을 접목한 수학 수업을 설계하여 수학은 흥미롭고 쓸모 있으며 우리의 삶과 밀접한 관련이 있음을 깨닫고 이를 통해 살아가는 힘을 기를 수 있도록 적극적으로 돕고 싶다. 앞으로도 계속 아이들과 같이 배우면서 성장하고 싶다.

교사 서화영의 상태 메시지,
'성장과 발전 ing'

서화영

📖 섬마을 교사를 꿈꾸다

정확히 언제인지는 잘 기억이 나지 않지만 어릴 적부터 나의 꿈은 줄곧 국어교사였다. 작은 섬마을에서 자전거로 출퇴근을 하며, 섬의 맨 꼭대기에 있는 학교에서 아이들과 축구를 하다 공을 뻥 차면 공이 바다에 빠지는 그런 모습을 꿈꾸었다. 겨울에는 학교 운동장에서 아이들과 함께 고구마를 구워 먹고, 학교에는 내가 좋아하는 강아지들과 아이들이 함께 뛰어다니는 그런 곳을 그렸다.

그러나 교사 12년 차 현재의 나는 발령 이후 세 번째 학교까지 줄곧 대규모 학교에만 근무하였으며, 작년에도 평균 40명의 고등학교 3학년 12학급을 수업하였다. 현재 학교에서도 평균 35명 10학급의 국어 수업을 지도하고 있다. 역시 꿈과 현실은 달랐다. 집이 부산이어서 첫 발령부터 아이들이 많은 김해 지역에 근무하게 되었고, 작년까지 10년을 김해에서 근무한 후 현재는 양산에 재직 중이다. 양산 또한 학생 수가 창원이나 타 시군에 비해서는 많은 편이다. 비록 내가 꿈꾸던 학교와 아이들의 모습은 아니었지만 그 덕분에 나는 더욱더 멋진 교사로 성장할 수 있었다.

📖 주말에도 아이들이 궁금한 열혈교사로 교직에 첫발을 내딛다

지금 생각해도 발령받은 그 순간의 짜릿함과 설렘, 행복은 나를 가슴 뛰게 한다. 발령받기 전 일 년 동안 창원에서 기간제 교사로 근무하였다. 아마 그 시간이 없었다면 나는 임용에 합격하지 못했을지도 모른다. 대학을 졸업하고 학교 경력이 전무한 나에게 소중한 기회가 찾아왔다. 중학교 1학년 남학생들과 일 년이라는 시간을 함께 보냈는데 아이들이 마냥 귀엽고, 학교에 출근하는 일이 너무도 신나고, 교무실에 내 책상이 있다는 것만으로도 마냥 신기하였다. 그때 결심했다! 이렇게 신나고 행복한 이 일을 계약직이 아니라 평생 할 수 있도록 최선을 다해 공부하자고. 좋은 학교와 아이들을 만난 덕분에 나는 운이 좋게도 기간제 근무를 하면서 임용시험에 합격할 수 있었다.

소중하게 얻은 것일수록 더 값지고 의미 있다고 했던가. 나에게 교사는 그런 일이었다. 일이었다기 보다 나의 전부였다. 처음

교사가 되어 주말이면 아이들이 궁금해 학교에 출근하고 싶어 죽을 지경이었다. 아이들에게 제일 처음 체벌을 가한 것도 첫 담임을 맡은 우리 반 아이들이 4월 영어듣기평가에서 2학년 중 꼴찌를 하였을 때다. 지금 생각하면 웃음만 나지만 그 당시에는 너무 속상한 마음에 한 시간 동안 아이들을 책상 위에 꿇어 앉혀 놓고 공부의 중요성과 학생으로서의 본분에 대해 일장 연설을 늘어놓았다. 그때는 우리 반 아이들이 모두 공부도 잘하고, 운동도 잘하고, 만능이 되어야 한다고 생각했다. 그것이 얼마나 아이들을 힘들게 하는지 깨닫는 데는 그리 오랜 시간이 걸리지 않았다.

📖 많은 지식을 효율적으로 전달하는 완벽한 교사가 되다

처음 아이들 앞에서 눈물을 보였던 일이 수업을 열심히 듣지 않는 중1 남학생들을 타이르다 나의 진심이 표현되었을 때이다. 그 당시 나는 완벽한 교사가 되고 싶었다. 강의식으로 교과서의 수많은 지식들을 모조리 전달하기 위해 많은 시간 교재연구에 매달리고 수업도 토씨 하나 버벅대지 않고 밀도 높게 전달할 때였다. 그래서 내 수업을 열심히 듣지 않는 학생들을 도저히 이해할 수가 없었다. 결국 수업을 멈추고 아이들의 눈을 감긴 후 나의 속마음을 털어놓기 시작했다.

> "얘들아, 선생님은 정말 열심히 교재 연구하고, 어떻게 하면
> 너희들에게 하나라도 더 가르칠 수 있을까 수없이 고민하며
> 수업을 준비한단다. 그런데 너희들이 이렇게 열심히 하지
> 않으면 선생님은……."

그 당시 아이들이 착해서인지, 진심은 통하기 때문인지는 모
르겠지만 교직 초반에 만난 아이들도 정말 열심히 나를 따라주
었다. 한 번은 교무실에서 아이가 나에게 야단맞는 모습을 지켜
보던 경력이 많으신 선배 선생님께서 학생이 나간 후 크게 웃음
을 터트린 적이 있다. 지금 생각하면 나 또한 웃음이 나고, 나도
내가 그때는 왜 그랬는지 정말 이해가 되지 않는다. 그 당시 나
는 한 달에 한 번씩 국어책을 검사하여 학생들의 필기 상태를
체크하였는데, 이때 주의 깊게 보는 것이 자를 대고 밑줄을 그
었는지와 빨간색, 파란색, 검은색 볼펜을 사용하여 중요하고 중
요하지 않은 것을 적절히 구분하여 필기하였는가이다. 그래서
내 수업 시간의 필수 준비물은 바로 자와 삼색 볼펜이었다. 만
약 이를 어긴 학생들이 적발되면 여지없이 교무실에 불려와 불
호령을 맞아야 했다. 지금 생각하면 정말 아무것도 아닌 일인

데, 10년 전 그때는 한 달에 한 번씩 교무실 책상 옆에 400개의 국어책을 쌓아두고 밤늦도록 교과서를 검사할 만큼 나에게는 목숨을 건 일이었다. 지금도 그때의 아이들을 만나면 수업 시간에 칼같이 필기하고, 조금이라도 졸거나 딴짓하면 여지없이 교실 앞으로 불려와 꿇어앉아 수업을 듣던 그 일들을 이야기하며 함께 웃는다.

> "선생님 덕분에 처음으로 국어 100점 맞았어요. 빽빽이 안
> 하려고 쪽지시험 답 달달 외우고 국어 공부 정말 열심히
> 했어요."
> "고등학교 때보다 쌤이랑 함께 수업하던 중학교 때가 훨씬
> 공부 더 열심히 했던 거 같아요."
> "지금은 웃으며 이야기하지만 그때는 선생님이 너무너무
> 무서웠어요."

📖 진정한 배움에 대한 고민을 시작하다

내 수업 시간에는 자는 친구 하나 없이 퍼펙트했다. 아이들의 국어 성적도 다른 반에 비해 월등히 높았다. 아이들의 수업에 대한 평가도 우수했다. 아이들은 나를 '조금 무섭긴 하지만 수업을

잘하는 교사'라고 인정해 주었다. 그러나 나의 수업 시간에는 아이들도 나 자신도 그 누구 하나 웃는 사람이 없었다. 간혹 한 학기에 한 번 정도 수업시간에 내가 웃는 날이면 아이들은 모두 놀라워했다. 그때는 강의를 잘하는 교사가 최고의 교사라고 생각했다. 물론 그 생각은 지금도 변함이 없다. 그러나 지금은 강의도 잘해야 하지만, 교과 내용과 주제에 따라 다양한 수업을 디자인할 수 있고 이를 실천할 수 있는 교사가 뛰어난 교사라고 생각한다.

이렇게 나의 수업에 대한 고민이 시작되었고, 이에 대한 해답을 찾기 위해 무수히 많은 연수와 강의를 찾아다니고 수많은 연구대회에 참가하였다. 일 년에 수백 시간의 연수를 듣는데도 나 스스로 항상 부족하고 결핍된 느낌이었다. 무언가를 더 배우고 수업에 대한 정답을 찾지 못해 병이 날 지경이었다. 각종 연수와 연구대회에서 우수한 성적을 거두고, 많은 성과를 냄에도 여전히 나는 교사로서 모자란 느낌이었다. 그 당시에는 몰랐던 그 이유를 지금은 조금 알 것 같다. 그때의 나는 모든 해법이 내가 아닌 밖에 있다고 생각하였다. 그래서 뛰어난 선생님들의 이야기를 듣고, 새로운 수업 기법을 배우며 그들을 따라 하기에 급급했다. 그러나 지금은 다르다. 모든 해법은 내 안에 있다는 것을 알고 있으며, 누구보다 교사로서 나 자신을 믿고 지지하는 사람이 되었다.

📖 구름학교, 수업 친구를 만나다

　나의 변화에는 바로 구름학교가 있었다. 우연히 2015년 12월 한 공문을 보게 되었다. '구름학교', 처음 접하는 생소한 단어였다. 공문의 내용을 살펴보니 뭔가 배우고 얻을 수 있는 장기 연수 같은 느낌이 들었다. '그래 이곳에 내가 찾는 해답이 있을 거야. 여기에 가면 다양한 수업 기법과 색다른 교수학습 방법을 많이 배울 수 있을 거야.' 나의 기대와 목표는 첫 시간부터 처참히 산산조각 났다. 구름학교 수업친구 선생님께서는 우리에게 과제만 던져주고는 무조건 해보라는 말씀만 하셨다. 모든 답을 우리 안에서 찾게 한 것이다. 처음에는 불안하고 부담스럽기만 하였다. 단 한 번도 교사로서의 내 안에 있는 역량을 신뢰하고 끄집어내려고 시도한 적이 없었던 것이다. 무조건 뛰어난 선생님들의 사례를 배우고 습득하여 적용하는 것이 최선이라고 생각하였다. 당연히 나는 부족한 교사이기에 정답은 연수 강사로 오신 선생님의 입에서 나올 것이라고 기대하였다. 그런데 구름학교 수업친구 선생님과 구름학교는 달라도 아주 달랐다. 전혀 예상치 못한 수업 주제를 던져주고는 우리 보고 해내라는 것이었다.

처음에는 한 달에 두 번 토요일마다 온종일 무에서 유를 창조하는 작업이 쉽지 않았다. 그러나 한 학기가 흐르고 어느 순간 나는 교사로서의 나를 누구보다 신뢰하는 사람이 되어 있었다. 내 안에 있는 교사로서의 역량을 유감없이 발휘하고 그 누구보다 구름학교의 교육과정에 적극적으로 참여하는 구름학교 장학생이 되어 있었다. 물론 그렇게 되기까지 옆에서 함께 도와주고 보듬어주는 우리 구름학교 1기 선생님의 따뜻한 배려와 격려가 있었기에 가능한 일이었다. 지금도 나는 학교 밖에서 우리 구름학교 선생님들을 만나면 너무나 반갑다. 물론 예전처럼 매주 보지 못해 매우 아쉽지만 함께 일 년을 보낸 그 정은 지금도 변함없이 이어지고 있다. 이것은 우리가 같은 연수를 신청한 연수 동기가 아닌, 같은 생각과 고민을 가진 수업 친구였기에 그러할 것이다.

구름학교가 나에게 가르쳐 준 것은 교사로서의 내 안에 있는 역량과 이에 대한 신뢰였다. 더불어 구름학교는 나에게 수많은 수업친구 선생님들을 선물해 주었다. 지금도 나의 책상 한구석에는 구름학교 배지가, 내 방 침대 머리맡에는 교실 축제 때 나의 교실을 소개하던 구름학교 마크가 자리하고 있다. 나는 어디서든 '구름학교 1기 졸업생'임을 자랑스럽게 밝히며, 수많은 선생님들께 구름학교를 알리고 소개하는 자칭 홍보대사의 역할을 톡톡히 하고 있다.

📖 서화영 식으로 수업을 디자인 해나가다

현재의 나는 다른 선생님들의 수업 사례를 접할 때도 나만의 확고한 수업 철학이 있고 이에 따라 수업 기법이나 자료를 취사 선택할 수 있는 여유와 안목이 생겼다. 어떤 수업을 봐도 그대로 가져오는 것이 아니라 서화영화하여 수업을 디자인할 수 있게 되었다. 물론 이러한 수준에 오르기까지 무수히 많은 연수와 동료 교사들의 수업 사례가 나에게 큰 밑거름이 되어 주었다.

올해는 새로운 학교에서 새로운 아이들과 함께 과감한 수업 변화를 꾀하며 2학년 1학기 문학 수업을 문학 교과서와 교과서 밖 작품을 연계하는 과정형 수행평가를 프로젝트로 진행하고 있다. 이름하여 '문학수행평가를 통한 건강한 직업의식 형성하기' 프로젝트. 카드뉴스 만들기, 이주노동자들을 위한 리플릿 제작하기, 진로독서일지 작성하기, 책 읽고 질문 만들기 게임, 직업 가치관을 주제로 한 토너먼트 토론, 시급 만 원 인상에 대한 찬반 토론, 패러디 시 쓰기, 근로기준법 다시 쓰기, 우리들의 꿈 UCC 제작 등 다양한 교과 융합 진로 수업을 전개하고 있다. 세상 그 어디에도 없는 수업 계획과 수행평가, 학습지를 들고, 세상에 단 하나뿐인 교사 서화영만의 문학 수업을 만들어가고 있는 중이다.

처음에는 낯설어하던 학생들도 지금은 "서화영 선생님 수업은 힘들지만 재밌어요.", "수업 중 다양한 활동에 참여하다 보니 생기부에 적을 내용이 풍성해져 나중에 우리들의 입시에 큰 도움이 될 것 같아요."라고 말하며 해맑게 웃는다. 이제 내 수업 속에는 나의 의도에 따라 강의와 PBL, 토론, 프로젝트 등 무수히 많은 수업 기법들이 공존하며, 아이들과 나의 웃음도 묻어난다. 물론 활동을 한다고 해서 나의 카리스마와 아이들에 대한 장악력이 사라진 것은 아니다. 여전히 교사 서화영의 개성이 살아있는 나만의 수업을 만들어나가고 있는 중이다.

📖 아직은 성장·발전 중

2018년 여름 대만을 여행하던 중 스펀이라는 지역의 철로 가운데에 서서 소원을 적어 하늘로 날리는 천등 날리기를 체험하게 되었다. 이때 천등 앞에서 자신의 소원을 고민하던 다른 사람들과 달리 나는 너무도 자신 있게 천등의 첫 페이지를 채워나갔다. 바로 '좋은 교사되기'이다.

나는 지금의 나보다 10년 후, 20년 후 교사 서화영의 모습이 벌써부터 기대된다. 지금보다 더 인간적으로 완성된 인격체가 되어 학생들에게 그리고 동료 교사에게 '좋은 교사'가 되어 있었으면 하는 바람 때문이다. 물론 그 과정이 쉽지만은 않을 것이다. 끊임없이 수업에 대해 고민하고 도전하고 실천하는 과정을 거쳐야 할 것이다. 아직도 나는 어설프고 부족한 교사이다. 그러나 이 일을, 학생들과 함께하는 '교사'라는 이름을 나는 너무도 사랑한다. 아이들과 함께 수업하는 것도 재밌고, 이야기 나누는 것도, 그들을 지켜보는 것도 참 즐겁다. 결국 나는 아이들 때문에 울고 또 웃는 사람이다. 내가 지금과 같이 이 일을 즐겨한다면, 20년 차, 30년 차 교사가 되었을 때는 분명 더 나은 선생님이 되어 있을 것을 확신한다. 나의 방향성이 그곳을 향하고 있으므로. 아직도 교사 서화영의 상태 메시지는 '성장과 발전 ing'이다.

교사는 학생을 지적으로 해방시키는 자이다.

3부

홀로
교실 여정을 떠나다

봄

김민영

📖 슈비루바

새 학기, 아이들과 악수를 하며 첫날을 시작하고 싶었다. 그렇지만 인문계 고등학교. 강의식 수업에 길든 아이들. 작년에 함께한 1학년들과 그대로 2학년으로 올라온 상황. 아는 얼굴들과 악수를 나누면 정말 어색할 것 같아 잠시 떠올렸다가 평범한 오리엔테이션으로 첫 시간을 보냈다. 몇 개의 반이 지나고, 창의적 체험 활동 독서 시간. 드디어 용기를 내어 보기로 했다. 얼굴은 아는 사이지만 아이의 과거, 머릿속 생각, 마음속의 꿈. 사실상 아는 것이 많지 않은 아이들과의 관계를 진전시키고 싶었다.

가만히 되새겨보았다. 기억하기도 벅차게 많은 숫자의 이름들. 두 학년 수업을 병행해 600명이 넘었던 아이들의 수. 주로 강의식 수업을 하는 인문계고의 특성상 아이들의 생각과 의견을 들을 기회가 거의 없던 일방적이고 표면적인 관계. 관심을 기울이고 소통하는 관계는 일부 한정적이었던 작년의 시간. 안다고 말하지만 과연 나는 얼마나 열정적으로 아이들에 대해 '알고' 있는 것인가. 일주일에 한 시간만 수업한 아이들, 보충수업으로 두 달에 한 번 만난 게 고작인 아이들, 수준별 수업으로 인해 엇갈려 한 번도 교실에선 보지 못한 아이들도 있었다. 눈에 띄지 않는 숨은 보석 같은 아이들의 이름을 모른다면 과연 나는 아이들에게 의미 있는 사람이 되어줄 수 있는가? 일단 먼저 이름을 모두 외우는 것을 목표로 삼았다. 어제 새벽엔 열심히 편집하여 10반까지 아이들 명단을 만들었다. 명단이라는 딱딱한 표현이 싫어서 이름들 위에 이렇게 제목을 붙였다. "나에게로 와서 꽃이 되어다오."

드디어 4교시. 향이 좋은 핸드크림을 바르고 출발! 최대한 자연스럽게 이런저런 이야기를 하며 2분단, 1분단, 4분단, 3분단 순으로 악수하며 세 가지만 말해달라고 했다. 이름과 졸업한 중학교 그리고 마음속의 꿈. 간단한 요구여서 아이들은 쑥스러워하면서도 끝까지 눈을 마주치며 하나하나 말해주는데, 눈웃음 머금은 눈동자들이며 평소엔 가까이서 바라보지 못했던 얼굴 생김, 수줍은 듯 상기되어 발갛게 물든 두 볼, 손에 느껴지는 부드러움, 저마다 제각각 다른 온기. 선생님 역시 부끄럽다며, 그렇지만 이런 작은 스킨십과 눈 맞춤을 통해 우리가 더 좋은 관계가 될 수 있을 거라며.

한 명 한 명 아이들의 이야기를 듣는 순간들이 모두 설렜다. 짧지만 소소하게, 아이들 개인의 역사와 가슴속 꿈을 전해 들을 수 있었다. 도시 외곽에서 차를 두세 번 갈아타고 숨 가쁘게 학교를 오는 아이, 전통 무용의 미를 표현하고 싶은 아이, 헤어디자이너를 꿈꾸는 아이, 예능 프로그램 작가가 되어 재치를 표현하고 싶은 아이, 항공사 승무원이 되어 날고 싶은 아이, 은행에서 일하며 커리어를 쌓아나가는 자신을 발견하고 싶은 아이……

세 가지 질문을 한 이유는 이런 것이었다. 중학교 이름을 물은 건, 아침 시간 얼마나 바쁘게 등교하고 있는지, 어떤 문화에서 지난 시간을 보내고, 어떤 과정을 거쳐 이 자리에 왔는지 알고 싶어서. 이름을 물은 건, 이름을 한 번 더 듣고 한 번 더 부르며 너희의 소중함을 되새기고 싶어서. 꿈을 물은 건, 일주일에 한 번이지만 한 학기의 독서 시간이 의미 있도록 우리의 '꿈과 삶'에 대해 생각하는 시간으로 채워나가고 싶어서였다고. 자연스럽게 수업에서 추구하고 싶은 목표를 이야기하자 아이들은 웃으며 수긍했다.

그랬다. 중학교에서 첫 시간 자기소개는 어쩌면 당연했다. 어색함보다는 서로를 알아가는 시간으로서의 의미가 컸는데. 고등학생들. 나이가 들어가면서 우리는 친밀한 관계에서의 친숙함의 표시를 오글거린다거나 쿨한 게 좋은 것이라며 대충 무마하고 넘어가진 않았는지. 어쩌면 어른이 되는 긴 터널을 지나면서 친근한 눈웃음을 보고도 예쁘다 말하지 않고, 고마움과 행복을 느끼면서도 감정을 솔직 담백하게 담아내지 못한 건 아닌지.

충분히 가능했다. 열여덟 살 고등학생들과도, 이미 서로 일 년을 부대낀 사이에서도. 아이들은 웃으면서 수업이 끝나기 전에 마지막으로 선생님 소개도 부탁드린다고 했다. 참으로 멋쩍었다. "바로 이런 느낌이구나?" 하며 어색한 말투로 "선생님 이름은 김민영입니다. 만나서 반가워요." 하자 다들 웃는다. 그리고 처음 소개에서 할 법한 말로, 아이들이 잘 몰랐을 수도 있을 나에 대한 소개를 간단히 하자, 아이들이 오~ 웃는다. 종이 울린다. 다음 시간의 만남도 설레게 기다릴 수 있겠다. 아는 아이들과 또 한 번의 한해살이. 지겹거나 지루할 틈은 없다. 지난 한 해 내게 와준 꽃들에게 미처 주지 못한 사랑이 여전히 많이 남아있기 때문에.

이름들을 모두 기억하기. 많이 불러주기. 더 자세히 바라보기. 내가 할 수 있는 일, 그러면서 해야 하는 일. 무엇보다 내가 정말 하고 싶은 일(2015.3.4.).

📖 언젠가는 꽃이 될 거야

지방, 우리 지역에서도 외곽 변두리, 요즘은 내신 등급 100%

까지도 들어오는 공립 일반 고등학교. 매년 해가 갈수록 여자아이들의 치마는 짧아지고 머리는 길어지고 입술은 빨개진다. 지난주 목요일쯤부터 몇 명씩 감기를 앓더니 새 학기의 긴장도 조금씩 풀리는지 몇몇은 졸기도 하고 흐트러지기도 한다. 분위기가 좀 많이 해이해진 반은 엎드리는 아이들도 늘어나고 아프다는 말도 자주 하는…… 3월 4주 차의 학교.

수업을 하고는 있지만 한 번씩은 의문을 가진다. 나는 지금 여기에서 무엇을 하고 있는가. 올해는 학력 신장을 목표로 하겠다는 교장 선생님의 새 학기 첫 훈화 말씀이 무색하게도. 올해부터 전면 야간자율학습 자율화(중복 표현의 아이러니함이란!)와 보충수업 자율 선택제를 시행하고 막상 보충수업 안 듣는 아이들을 한데 모아 자습을 시키는데 대부분 야자를 하지 않아 8교시에 자습실에 모여 풀 메이크업을 하는 상황. 며칠 전 교무회의에서는 아이들이 화장을 많이 하는데 좋은 말로 잘 타일러 달라는 인성 부장님의 발표가 있었다. 타일러도 여전히 '빠알간' 입술들은 어쩌면 좋을지.

그렇지만 모든 외적인 것들에도 불구하고, 요즘 마주한 아이들의 모습은 참 아프다. 지난 2주간 기초부진 학생지도와 관련해서 국·영·수 수업을 들을 학생들을 상담했다. 사실 '부진'이라는 단어 자체가 싫어서. 뭔가 아이들의 능력을 한정 짓는 단어처럼 느껴져서 고민 끝에 명칭도 '기초학력 강화프로그램'이라 새로 붙였지만, 기초학력을 강화해야 할 사람과 이를 강화하고 싶은 사람이 서로 다른 인물이라는 점에서 문제는 시작되는 것 같다. 학기 초에 과연 어느 시간에 기초반 수업을 개설할 것인가 의견이 분분했지만 교사의 시간 확보도 필요해서 결국 야간 시간에 개설하기로 되었다. (인문계고의 국, 영, 수 과목은 늘 수업 시수가 많고, 8교시 보충 수업과 야간 방과 후 학교 강좌도 많기 때문. 사실 학생들도 하고 싶지 않지만, 교사도 수업하고 싶지 않다. 누구도 하고 싶지 않은 이 수업을 하다가 교사도, 학생도 지쳐 쓰러지지 않을지 의문스럽다.) 문제는 아이들이 야간 자습을 안 하는 비율이 하는 비율보다 더 높은데, 기초 수업 해당 학생들은 거의 대부분 야자를 하지 않았다. 기초반 수업하는 요일만이라도 남겨볼까 싶어 한 명씩 교실에 가서 찾아와 상담을 했다. 듣게 된 아이들의 진짜 속마음들.

"학교 오는 게 진짜 싫어요. 사실 정말 싫어요. 저는 한 번도 선생님들을 좋아한 적이 없어요. 항상 야단맞고 꾸지람 들은 적이 많아서. 사실 중학교 땐 정말 심했어요. 수업 듣다가 나간 적도 여러 번 있었고 그냥 다 싫어요. 지금은 그렇게는 안 하지만 졸업만 하려고 다녀요. 어머니도 졸업만 하라고

하셨고 저도 대학 갈 마음 없어요. 그냥 듣는 정규 수업도

싫은데 야간 수업은 정말 싫어요."

평소 활발하고 싹싹하게 인사 잘하던 여학생의 말이었다. 난 그저 성적이 좀 낮을 뿐 성격도 밝고 명랑한 아이라 생각했었는데 그런 말을 했다.

"제가 공부를 못 하는 건 알고 있지만 그냥 인강(인터넷 강의)

들을 거예요. 기초반 들어가서 공부하기 싫어요. 끌려가는 것

같아요."

여러 자료들도 찾아보았다. 기초부진의 다양한 원인을 찾고 학습 의욕이 부족하면 상담을 하고 집중력이 떨어지면 치료를 받고…… 또 이런 기초 보충반 수업으로는 실질적인 해결이 어렵다는 연구 결과 보고서도 있었다. 그렇지만 예산이 편성되어 있어 수업은 개설해야 하고, 6월에 있을 학력평가 결과에서 기초미달 학생 제로(zero)화해야 한다는 압박을 받는 현 상황에서. 아이들의 그런 말들은 이 땅에서, 한 명의 교사로서 이 자리에 선 스스로를 한없이 작고 초라하게 했다. 내가 할 수 있는 일은 과연 뭘까. 뭐가 있을까. 참 아프고 또 아픈 말. "단 한 번도 학

교가 좋았던 적이 없어요.", "선생님들을 좋아한 적이 없어요."

나는 언제나 사랑을 주는 역할이고 아이들의 반응에 연연하기보다 포용하고 지지하리라 생각하며 살아왔지만. 단순히 싫어서 싫은 게 아니라, 좋아하고 마음 붙일 수 있는 그 어떤 이유라도 없어서, 삶의 목표나 미래에 대한 계획을 세울 수 있을 그 어떤 조건도 가지지 못해서 그렇게 말하는 아이의 모습은 참 아프고 또 아팠다. 그럭저럭 2주간의 상담과 회유를 통해 소수 정예로 기초반 인원은 편성되겠지만 아침부터 밤까지 학교의 불은 꺼지지 않겠지만. 뚜렷한 목표도 꿈도 없이 방향을 잃고 그저 학교 안에 가두어진. 할 수 있는 일이라곤 그저 말없이 앉아 입술에 립 틴트를 바르는 것뿐인 우리 아이들의 모습이 슬프고 또 슬픈 밤이다(2015.3.30.).

📖 꽃이 피어서가 아니라, 네가 와서 봄이야

아이들이 봄처럼 다가온 지 어느새 한 달이 흘렀다. 3월이란 늘 긴장되면서도 설레는 시간. 밝은 에너지로 교실을 가득 채우는 중학교 1학년들과의 시간은 더욱 풋풋하다. 이번 새내기들은 개성이 제각각 달라 하루하루 함께하는 재미가 있다. 눈이 큰 아이는 봄비 오던 날, '햇비'라는 시를 읽으며 "비 오는 날은 따끈한 걸 마시면 좋지." 하니까 귀여운 얼굴로 "돼지국밥."이라 말해 며칠 동안 나를 웃게 했다. '사람 좋은 미소는 이런 것이구나.' 당차고 듬직한 아이, 자기 이름만 쓰고 천사처럼 웃는 아이, 3년 간 쓰는 문집을 몇 달 만에 다 써버릴 기세로 글을 써나가는 볼이 발그레한 아이, 딱풀 만지기에 몰두하는 아이, 코를 후비고는 눈이 마주치면 멀뚱히 다른 곳을 보는 아이…… 저마다 서로 다른 매력들을 뿜어내지만, 유독 마음속을 맴도는 아이들이 몇 있다.

첫 수업을 마친 후 쉬는 시간에 A는 정리 정돈을 도와주었다. 복도에서 만나면 큰 소리로 웃으며 인사를 건네고 눈이 마주치면 입꼬리를 크게 올려 웃었다. 급식 시간, 작은 요구르트 하나를 주머니에 살짝 넣어주자 놀란 표정으로 함박웃음을 웃어 한참 내 입가에도 미소를 머금게 한, A는 그런 아이였다. 그런데 같은 모둠의 아이들은 유독 A에게 자주 핀잔을 주고 큰 소리를 냈다. A는 묵묵히 넘어가거나 별 반응을 보이지 않았다. 몇 번 주의를 받고도 아이들의 행동은 개선되지 않았다. 아이들의 관계는 오래전부터 굳어져 온 듯했다. 아이들은 A가 글자를 읽으면 킥킥 웃었고, 글자를 쓰면 툭툭 지적을 했다. A는 처음에 내가 자기 교과서를 보는 걸 팔로 가렸다. 하루는 하나도 적지 못한 교과서를 보고 점심시간에 함께 했는데, 받침이 있는 글자 외에는 더듬더듬 읽었다. 해보려는 의지가 있어 한참 읽고 쓰다가 갔다. 시의 의미도 나름대로 이해한 것 같았다.

다음 날 수업 시간, A는 '고래를 위하여'라는 시를 큰 목소리로 낭송했다. 몇몇 아이들이 잘못 발음한 글자를 지적하며 킥킥거렸지만, 포기하지도, 기죽지도, 흔들리지도 않고 끝까지 시를 낭송했다. 시를 모두 낭송한 순간, 문득 칠판 한 귀퉁이에 항상 붙여놓은 우리 교실의 가치(자존, 용기, 평등, 배려)가 보였다. 그중 가장 눈에 크게 들어온 글자, 자존. 아이들에게 자존이 무엇인지 물었다. 아이들은 자기를 존중하는 것, 나를 사랑하는 것이라 했다. 누군가가 나를 싫어하고 비웃더라도 끝까지 세상에서 나 하나만큼은 스스로를 있는 그대로 인정하고 사랑하는 마음. 자존의 가치를 품을 수 있는 사람이 되면 좋겠다고. 아이들의 진지한 눈빛과 함께 수업은 마무리되었다. 이후에도 A는 나만 보면 멀리서 뛰어와서 인사를 하고, 도와줄 것이 없는지 물었다. '착한' A를 비롯해 자주 시선이 가닿는 아이들과 어떤 한 해를 보내면 좋을까 고민하며 최근 며칠은 새벽마다 두세 시면 잠이 깨곤 했다. 그렇지만 밝고 건강한 아이들의 에너지 덕분인지 피곤을 닦아낸 아침이면 학교 가는 길이 즐거웠다.

오늘 1학년 수업 주제는 상징이었다. 저마다 개인적 상징을 담아 시를 창작했다. 오늘도 많은 아이들이 자기가 쓴 시를 발표하고 싶어 손을 들고, 먼저 하고 싶어 엉덩이를 들썩거렸다. 온몸으로 생동하는 아이들의 에너지에 행복하다는 말 이상으로 이루 표현할 길 없는 오늘이었다.

　무엇보다 반가운 것은 B의 교과서였다. B는 딱풀만 뜯고 있어 참여하자 했더니 울어서 당황했던 아이였다. 아이들 글을 둘러보며 한 명씩 피드백하던 중, B는 책을 덮은 채 딱풀을 만지고 있었다. 큰 기대 없이 책을 펼쳤는데 거기에 시가 있었다. 읽으니 시가 제법 시다웠다. 친구들은 B의 시를 듣고 신나게 손뼉을 쳤다. 한 달 만에 처음 활동에 스스로 참여한 B였다. 학급의 반이 넘는 아이들이 저마다 자기 시를 발표했다. 자기만의 생각을 담은 훌륭한 시들이었다. '하고 싶어서' 하는 아이들과 함께 꽃잎이 바람에 구르는 봄날, 햇살 속에서 날아오르는 환상에 젖을 때쯤. 마칠 시각이 다 되어 갈 때 또 한 명의 발표가 있었다. 돼지국밥을 좋아하는 C였다.

　　"물이 들어있는 금이 간 유리잔과
　　물이 없고 깨지지 않은 유리잔이 있다.
　　유리잔 대회에 나갔을 때
　　당신은 두 유리잔 중 어느 것을 택할 것인가……"

여기까지 읽던 C는 갑자기 눈물을 터뜨렸다. 도저히 더 읽지 못하겠다고 말했다. 한참 열심히 썼고 피드백을 나누며 시를 더 손보고 시에 대한 해설까지 빼곡하게 썼던 걸 알고 있었기에 대신 읽어도 될지 물어보았다. C는 책을 건넸고 나는 C의 시와 해설을 읽어주었다. C는 친구를 놀리거나 비웃는 상황에 대해 목소리를 내고 싶었던 것 같다. 용기를 냈고 그 이야기를 시에 담았다. 조금 더 가득 차 있고 조금 더 안다고 해서 조금 덜 차 있고 조금 느린 친구를 비웃을 권리는 누구에게도 없다고. 아이들은 숙연해졌고 진심 어린 미소들을 지으며 박수를 보냈다. "C의 눈물은 정말 아름다운 눈물이라고 생각한다."라는 말을 더하고 나자 종이 울렸다. 아이들이 교실을 나가고 몇몇 아이들을 토닥거리고 보냈다. 아무래도 이 아이들이 나를 좀 더 여물어가는 선생으로 만들어줄 것 같다. 그렇게 올해도 벚꽃 흩날리는 계절이 왔다(2018.3.30.).

꽃보다 수학, 꽃보다 그대들

오데레사

📖 흔들리며 피는 꽃(흔들리는 나의 수업)?

신규 때 이야기다. 같은 학교에 근무하는 카리스마 가득한 한 선생님이 어찌나 멋있어 보이는지, 나도 그러고 싶었다. 나의 한 마디에 일사불란하게 움직이고 질서 있게 아이들이 따르면 좋겠다고 여겼다.

여러 선생님의 조언으로 3월은 절대 웃지도 말고 엄하고 무섭게 하라고. 그래야 1년이 편안하다고. 아이들이 나를 잘 모르니 첫 시작 시간부터 무섭게, 칼같이. 아이들이 실수를 하면 소리 높여 화를 냈고, 인상을 쓰며 지시하고 명령했다. 그렇게 내 것이 아닌 옷을 걸치고 행하는 모든 말과 행동들이 나조차도 익숙지 않은데 아이들은 오죽할까.

이렇듯 나의 신규 시절은 방향을 잡지 못하고 이게 좋다 하면 그렇게 흉내 냈다가 저게 좋다 하면 또 그렇게 흉내 내며 어색한 옷을 입고 좌충우돌하였다. 내 옷이 아니니 어울리지 않고 나 자신도 즐겁지 않고 아이들도 즐겁지 않았다. 매일매일 화를 내는 게 일과였다. 그게 아이들에 대한 사랑이라 생각했고, 교사로서 최선의 길이라 여겼다. 힘든 하루하루였다. 지금 생각해 보면 참으로 어리석었다. 아이들도 나도 상처투성이가 되었다.

나에게 맞는 옷을 입고 편안하고 즐겁게 아이들과 수업하고 싶었다. 그래서 다양한 연수를 받고, 많은 책을 읽으며 배우고 또 배웠다. 수업에 적용하고 또 망하고를 반복하며 경험을 차곡차곡 쌓아 나갔다.

2013년 어느 날 나에게 맞는 옷(거꾸로교실)을 나름 찾았고 앞서 배운 나의 노하우와 접목시켜 수업을 해나갔다. 물론 처음부터 모두 해결된 건 아니다. 거꾸로교실을 시작하고도 어려움은 따랐다. "얘들아. 수학 시간엔 서로 설명하고 서로 질문하세요. 말하는 걸 어려워하지 말고 적극적으로 모둠원과 의논하세요." 하며 아이들이 편안히 이야기하도록 모둠별로 토의하며 해결하라고 독려하다가도 너무 소란스러운 교실을 교감 선생님이 지나가실 때는 나 스스로도 당황하여. "얘들아. 제발 제발 조용히 해라. 너무 시끄럽다."라고 아이들을 조용히 시켰다.

"선생님! 좀 전에는 서로 이야기하라고, 말하라고 그러시더니 지금은 왜 말하지 말고 조용히 하라고 하세요?"

"……."

이렇게 흔들리고 흔들렸다.

한참 동안 나는 무작정 모둠 수업과 토의토론 수업, 거꾸로교실을 시작하면서 시행착오를 거쳐야 했다. 모둠활동을 하기 위해서는 사전에 학생들과의 충분한 협의와 오리엔테이션이 필요하다는 사실도 그다음에야 알게 되었다. 학급의 학생들과 나의 수업에 대한 철학을 이야기하고 아이들의 의견과 수학 수업에 대한 불만을 충분히 들으며 조율해 나가는 시간이 필요하다는 사실도 뒤늦게 깨달았다. 많은 이야기와 학기 초 수업 오리엔테이션을 거치며 차츰 수업이 안정되어갔다. 수업에서 나는 더는 상처받지 않았고, 밝은 아이들의 표정에서 조금씩 자신감을 가지게 되었다.

내가, 교사로서 조금씩 행복해지기 시작했다. 수업시간 들어가는 나의 발걸음이 가벼워지기 시작했고 수업시간 아이들의 웃는 얼굴을 많이 볼 수 있게 되었다. 그 밑바닥에는 믿음과 신뢰, 존중이 깔려있어야 한다는 사실도 알게 되었다. 어떠한 수업모형보다 더욱 중요한 것은 학생과 교사의 관계인 것 같다. 닭이 먼저냐, 알이 먼저냐의 문제와 비슷한데 내가 수업형태를 바꾸면서 관계가 개선되어 더없이 좋아진 것인지…… 관계가 개선되며 수업이 좋아진 것인지…… 무엇이 먼저인지 모르겠으나 이 두 가지가 복합적으로 어우러져 나는 나에게 어울리는 옷을 입게 되었다. 수없이 흔들렸던 그 많은 순간순간들을 다시 돌이켜 보면 아이들의 탓이 아닌 것이다.

아이들은 그대로였고, 그대로 나를 믿고 기다리고 있었다. 나는 아이들을 통해 성장해 간다.

📖 생전 처음 나에게 쏟아진 욕 세례

그렇게 하루하루 재미를 알아갈 때쯤, 말없이 늘 조용히 있던 한 친구가 수업 도중 이유 없이 화를 내며 내게 대든다. 이유를 알 수 없어 우선은 복도로 나오라 했다.

> "A야 뭐 문제 있니? 왜 그러니?"
> "애들이 다 저를 무시하잖아요. 아, ○○, ○나게 열받네."
> "왜 자꾸 욕을 하니. A야 뭔가 기분이 많이 나쁜가 보구나.
> 그래도 샘한테 자꾸 욕하면 안 되지."
> "아, ○○, ○나게 열받네. 자꾸 무시하잖아요. 샘도
> 마찬가지예요."

복도에서 나는 그렇게 한참 동안 A 학생을 통해 욕 세례를 받았다. 학생에게 그렇게 쌍욕을 들어보긴 태어나 처음이었다. 예전 같으면 크게 화가 나거나 이해할 수 없는 행동이라 여겼을 텐데…… 욕을 무진장 들어서 기분은 다소 언짢았지만 화가 나진

않았다. 그 친구의 욕이. 그 친구의 화가 무엇으로부터 비롯되었는지를 어렴풋이 이해할 수 있을 것 같았다. 나에게 하는 욕이 아니라는 느낌이 들었다. 누구에게 쏟아붓는 말인가? 학교에. 교칙에. 무시하는 아이들에게. 무관심한 선생님들에게. 차마 못 했던 분노. 세상에 대한 분노였다. 조용하고 힘없는 한 아이. 언제나 무시당하고 무관심하게 대해도 괜찮을 것 같은 아이. 한편으론 이런 생각도 들었다. '내가 나이가 40대 중반인데 이리 어린 친구에게 왜 쌍욕을 들어야 하나…….'

내가 모둠수업을 하지 않고 그냥 강의식 수업을 했다면 이런 상황을 안 만났겠지. 그저 부대끼지 않고 나는 나대로. 애들은 애들대로. 듣든 말든 그냥 진도 나가고 조용히 수업을 마쳤으면 내가 이런 못 볼 꼴을 안 봐도 됐을 텐데. 도대체 뭐가 맞는 걸까?' 그러나 곧 그 마음은 접었다. 아이 입장에서 이해하며 다시 생각하니 모든 게 받아들여졌다. 소름 끼치게 차분하고 냉정해졌고 그냥 그대로를 이해할 수 있었다. '그래. 오죽 답답했을까? 학급에 아이들이 무시하고, 말할 때 들어주지 않고…… 그 분노가 커져…… 나름 A 학생 생각에 이해해 줄 거라 기대했던 수학 선생님인 나에게 더 기대가 컸으리라. 그래서 많은 선생님 중에 마음의, 수업의 문턱을 낮춘 나에게 그 분노가 다 쏟아졌으리라.' 나는 용서하였고, 그 일로 아이는 학교에서 벌을 받았고, 부모님이 안 계시다는 사연도 상담 선생님을 통해 알게 되었고, 누나가 와서 사과를 하고 누나와 A는 함께 오랜 기간 상담 치료도 받게 되었다.

아픈 아이였다. 마음이 아픈 아이. 이 사건 이후로 나도 크게 반성했다. 부드럽지만 단호한 교사가 되어야겠다. 단호하고 일관됨을 가져야겠다. 또한 수업시간 모든 아이들이 이 교실에서 안전함을 느낄 수 있도록. 안전하고 안심하며 이야기 나눌 수 있도록 안전한 교실을 확고히 만들어야겠다고 여겼다. 아이들을 통해 나 역시 성장해 나간다.

📖 선생님 제일 예뻐요

나는 예쁘지 않은 평범하고 키 작고, 통통한 아줌마 교사다. 아이들의 눈은 진실되다. 언제나 진실을 이야기한다. 그래서 가끔 상처를 받기도 하는데……. 모둠수업을 하게 되고부터 조금 달라진 게 몇 가지 있다. 그중 하나가 아이들이 나를 예쁘게 봐준다는 거다. 지난주에 수학 수업을 마치고 아이들이 인사를 하며 수학과실을 나간다. 마지막 덩치가 제일 큰 친구(중1, 180cm)가 미적미적 갈 생각을 않는다. "B야. 다음 시간 준비해야지. 어서 교실에 가 봐야지." 부끄러운 듯 다가와 "선생님. 참 예뻐요." 한다. 그 한

마디에 어찌나 행복한지…… 활짝 웃었다. "고마워, B야."

이 친구는 이 반에서 가장 배움이 느린 학생이다. 한글을 잘 적질 못한다. 하지만 마음이 참 고운 아이다. 그런 아이가 내게 조심스럽게 다가와 건넨 말. 절대 가식이 아닌 게지. 순수한 마음에 떠오른 생각을 나에게 그대로 말해 준 거다. 아이고 이뻐라! 재작년에도 이런 학생이 있었다.

수업을 마치고 마지막으로 나가며 잘 안 들리게 살짝 이렇게 말해 준다. "선생님, 우리 학교에서 선생님이 제일 예뻐요." 이 아이 눈에 내가 왜 예뻐 보일까? 퉁퉁한 아줌마 샘이. 하하하. 웃음이 절로 난다. 예쁘게 봐줘서 고마워. 평소에 말수가 없고, 친구들과도 말이 없는 아주 왜소하고 작은 아이. 구구단이 잘 안 되는 아이. 그 이후 담임 선생님과 상담 선생님을 통해 알게 된 사실은 나의 마음을 아프게 했다. 부모님 두 분 다 안 계시고 할머니와 살고 있으며 소아 당뇨로 수시로 인슐린 주사를 맞아야 하는 아이.

📖 안 돼요, 말하지 마세요

학생 참여수업, 모둠활동 수업을 하며 아이들은 스스로 성장해 나간다. 해결해 나가는 과정에서 이리저리 아닌 길로 들어서는 모습에 가르쳐 주고 싶은 충동을 느낀다. 조금 성급한 마음에 "샘이 설명해 줄까?" 하면 "아니요. 선생님. 말하지 마세요. 안 돼요. 우리가 해결할 거예요." 하며 단호히 거절한다. 먼저 나서서 설명하려고 한 나 자신이 확 부끄러워지기도 하고, 그 단호함에 조금 섭섭하기도 하다. 그래도 적극적으로 아이들이 스스로 해결하려는 모습은 참 예쁘고 기특하다. 그런 적극성을 우리 교사들이 모르고 있었던 거다. 언제나 아이들은 모르고 가르쳐 줘야 할 대상으로만 생각해 온 건 아닐까? 아이들의 무기력함은 아이들의 탓이라 여기진 않았는지……. 그런 자리를 마련해 주지 않고, 우리가 다 떠먹여 주면서 스스로 수저를 못 든다고 타박하진 않았는지……. 생각해 본다. 생각보다 아이들은 훨씬 더 나보다 똑똑하고 나을 때가 더 많다.

📖 학생 중심 수업, 그리고 새로운 고민

학생 중심 수업을 하며 위에서 말했듯이 수업을 통해 나는 많이 행복해졌다. 아이들의 만족도도 매우 높다. 더없이 즐겁고 행복하다. 그러나 수업을 바꾸며 또 다른 고민이 시작되었다. 즐겁고 다양한 활동을 통한 수업을 하고 나서 평가는 예전과 변함없이 낸다면 이런 수업이 무슨 의미가 있을까? 아이들은 즐겁게 수업하고 공부는 다시 학원에 가서 한다. 평가를 위해. 뭔가 크게 놓치고 있다는 생각을 지울 수 없다. 시종일관 내가 아이들에게 전달하고 싶은 메시지는 '학원에 다니지 않아도 수업에 참여하는 것만으로도 충분히 수학을 잘할 수 있다'는 것이다. 그러려면 평가가 수업과 일맥상통해야만 한다. 그래서 새로운 고민을 한다. 수학 수업 시간 함께 해결해 나간 내용들이 고스란히 평가에 반영되도록 해야겠다. 수업만 잘해도 충분히 이해할 수 있도록. 사교육을 받지 않아도 되도록. 사교육의 힘으로 키우는 '빠른 계산 실력 쌓기'가 더 부질없음을 알게 해야겠다.

그렇게 시작된 고민의 답은 서술형 평가와 과정 중심 수행평가였다. 올해 1학년 수업을 하며 모든 문항을 서술형 평가로 하였다. 채점하는 번거로움은 살짝 있으나 장점이 더 컸다. 빠른 속도 계산 문제를 지양하고, 제대로 알아야 답을 적을 수 있고, 수업시간에 했던 내용을 담으며 수업의 중요성을 또 알게 한다. 채점하면서 아이들의 각자 어느 부분을 어려워하는지, 이 친구는 이 부분을 헷갈리는구나. 이 친구는 답은 알고 있는데 풀이를 이해하지 못하고 있구나. 등 개개인별 피드백이 가능해진다는 장점이 있다.

그리고 수행평가 역시 과제가 아닌 수업시간을 통해 이루어지므로 수업시간 모둠별 협력을 통해 해결해 나가는 방식이다. 서로 설명하며 내용의 이해를 돕고 긍정적인 관계를 맺는다. 아이들은 나의 수학 수업시간에 수학 공부만 하는 것이 아니라 수학을 통해 인성도 함께 배운다. 그 점이 가장 나를 뿌듯하게 하는 지점이다. 예전 멋모르던 시절에는 나의 역할은 '수학만 잘 가르치면 된다.'였는데. 이제는 수학을 통해 아이들의 '논리적 사고'도 키우고 '더불어', '함께'라는 사실도 가르친다.

꽃보다 아름다운 수학, 꽃보다 아름다운 그대들.

나의 네모난 교실!

이승주

📖 교실 이데아

야간자율학습 감독에 익숙하지 않았을 때, 옆 중학교 선생님들의 퇴근 모습을 바라보고 있노라면 우울증에 걸릴 지경이었다. 야자 감독을 하는 날이면(거의 매일 남아 있었다.) 퇴근 후 집에서 쉬어도 쉬는 것 같지가 않았다. 피로가 잘 안 풀렸다. 육체적인 부분보다는 정신적인 스트레스가 더 큰 것 같았다. 그러나 생계형 교사에게 한 달에 한 번 주어지는 초과수당과 드문드문 들어오는 보충수업비는 항우울증제로 부족함이 없었다.

A는 3월부터 계속 지각을 했다. 그즈음 생활 태도가 곧 성적으로 직결된다는 선배의 조언은 나를 감동시켰고 이는 곧 A를 수시로 닦달하는 양태로 드러났다. 알고 보니 A는 언니와 함께 살고 있었고 언니가 아침 일찍 출근하기 때문에 혼자 일어나서 학교에 와야 하는 상황이었다. 지각을 할 수밖에 없는 구조였다. 이 사실을 알고 난 후 오히려 더 화가 났다. 집안 상황이 그러면 더욱 학업에 정진해서 가정에 도움이 되는 사람이 되어야 하는 것 아닌가? 나도 생계를 위해 우울한 야자 감독을 꾹 참고

해내는데 말이지! 여하튼 난 성실히 담임 직분에 임했고 A는 정상적으로 08:00 정각까지 교실에 와 앉아 있게 되었다. 그렇게 1년이 지났다. 야자 감독을 하면서 우연히 A의 버킷리스트를 보게 되었다. 1순위 "학교 같은 학교 가기"가 눈에 확 들어왔다. 기특했고 감격스러웠다. 힘이 났다. 스스로에게 많은 칭찬을 했다. 기념하기 위해 몰래 사진도 한 장 찍어뒀다.

1월. 대학 진학이 완료된 후, 결산을 했다. 나를 또 한 번 크게 칭찬하고 싶었다. 36명 아이들의 진학 결과와 진학 과정을 분석했다. 설정된 가설은 "학교의 교육과정에 열심히 성실히 참여한 학생이 좋은 대학에 진학한다."였다. 이러한 가설은 정확히 6명의 통계정보와 일치했다. 6명만 일치했다. 단 6명이었다. 30명은 학교에 다니지 않았더라도 대학에 진학할 수 있었다는 결론이 났다. 영가설이 철저하게 틀렸다. 이어서 나의 고백이 흘러나왔다. "내가 미친 짓을 했구나!" 수없이 풀었던 문제들, 7:30 출근, 23:00 퇴근, 끝없는 보충수업, 무관용의 야간자율학습, 점수에 대한 집착 등 교실에서 내가 했던 일들이 머릿속에서 '획' 소리를 내며 지나갔다.

📖 움직이는 교실

핸드폰의 사진을 검색하다가 수개월 전에 찍어놓은 A의 버킷 리스트를 다시 보게 되었다. 4순위 "악보 뽑아놓은 것 마스터하기"에서 내 눈이 멈췄다. 그리곤 기억을 더듬어 A가 피아노를 정식적으로 배우고 싶다는 이야기를 한 것과 그 말에 내가 반응했던 장면을 되살려냈다. '그래, A는 피아노를 정말 치고 싶어 했지!', '내가 그때 격려를 했었나? 아니면 핀잔을 줬었나?' 그러다가 혹시 나 때문에 "악보 뽑아놓은 것 마스터하기"와 "학교 같은 학교 가기" 순위가 뒤바뀐 걸까 하는 의구심에 생각이 멈춰 섰다. 괴로웠다. 잠시 후 방어 기제가 발동한 걸까? '그게 내 잘못인가?' 하며 인문계 고등학교 교육 및 평가 시스템의 문제점을 한동안 곱씹었다. 고등학교 교사로서 열심히 입시지도를 한 내가 뭘 그리 잘못했는데 나 홀로 이리 괴로워야 하나? 그런데 곱씹을수록 오히려 내가 더 비참해졌다. 어떤 이유도 단지 핑계일 뿐이었다. 계속 괴로웠다. 본인에게 의미 없는 대학보다, 의미를 찾은 혹은 찾고 싶은 피아노에 시간을 쏟을 수 있게 도와줬어야 했다. 지난한 괴로움 끝에 문득 찾아온 깨달음은 교사(가르치는 자)로서의 나를 내려놓고, 선생(먼저 난 자)으로 다시 시작하게 했다.

선생이 되기 위해 '움직이는 교실'을 시작했다. 가만히 생각해

보니 교사로서의 실패는 교실에서의 실패 때문에 시작되었고 전개되었다. 네모난 나의 교실에서 아이들의 상상력은 적으로 간주되었고, 교사 이승주는 군주 리바이어던이었다. 그래서 교실은 늘 정체되어 있었고 상상력이 막힌 나의 노예들은 오직 잠속에서만 꿈을 꿀 뿐이었다. 일단 나는 교실을 교육이 실패한 장소로 간주하기로 했다. 그리고 함께 뜻을 모은 선생님들과 학교에 적응하지 못하는(나는 요즘 아이들이 학교에 적응하지 못하는 것인지, 학교가 아이들에게 적응하지 못하는 것인지 헷갈린다.) 아이들을 15명 정도 모아서 '움직이는 교실'을 시작했다. 움직이는 교실은 마치 '런닝맨'처럼 교실들을 돌아다니며 미션을 해결하는 방식의 학습방법이었다. 미션이 곧 학습내용이 되었고, 게임 룰 안에서 아이들이 계속 몸을 움직여야 했기 때문에 일단 잠을 잘수 없었다. 그리고 재미있었다. 하지만 높은 수준의 학습은 이루어지지 않았다. 그리고 선생이 짜놓은 판 안에서 움직이는 거라 순수한 학습의 동기를 확보하기가 어려웠다. 외적 재미가 떨어지면 움직이는 교실은 곧바로 멈춰 섰다.

어떻게 하면 스스로 공부하게 할 수 있을까? 이것을 해결하려는 고민은 '움직이는 교실- 2단계'로 이어졌다. 마을의 학습 현장과 학생들을 연결하기로 했다. 먼저 학생들이 원하는 직업을 조사하고 다음으로 학습 현장이 될 수 있는 마을의 자원들과 매칭

시켰다. 혹시나 아이들이 정말로 원하는 것을 실제로 해볼 수 있게 해준다면 스스로 공부하지 않을까 하는 생각 때문이었다. 그러나 문제점들이 속출했다. 이동 문제, 학습 현장 멘토들의 교육적 자질 문제, 지역 인프라의 부족 문제, 담당교사의 출장 문제 등등 물리적으로 해결 불가능한 문제들이 '움직이는 교실- 2단계'를 막아섰다. 결론적으로 교육과정과 평가가 꽉 짜여 있는 상태에서는 아이들이 기대하는 실제적인 교육과정을 학교에서 실현하기가 불가능했고, 이를 돌파하기 위해서 선택한 학교 밖 마을이라고 해서 뾰족한 해답이 있는 건 아니었다. 어쩌면 '움직이는 교실- 2단계'는 '허클베리 핀의 모험'과 같은 이야기였다. 그러나 한 가지! 실제 세상과 아이들이 만나는 지점에서 아이들은 '삶의 의미'를 발견하고 있었다. 그래서 한 가지만 더 해보기로 했다.

'움직이는 교실- 2단계'가 지니고 있는 고질적인 문제는 마을의 인프라에 따라서 교육과정이 제한을 받는다는 것이다. 따라서 '움직이는 교실- 2단계'로는 아이들의 '하고 싶음'을 절대 따라갈 수가 없었다. 이를 해결하기 위해 지역 대학과 연계한 '움직이는 교실- 3단계'를 생각했다. 지역 대학에는 학생 모집에 혈안이 되어 있는 다양한 과가 존재한다. 다양한 과를 지닌 지역 대학은 '움직이는 교실- 2단계'의 문제점을 해결할 수 있을 것 같았다. 천신만고 끝에 두 대학과 움직이는 교실을 연계하기로 했다. 그런데 대학 수업에 고등학생을 참여시키는 것은 쉬운 문제가 아니었다. 교육수준의 문제, 수업 시간의 문제, 이동의 문제, 비용의 문제 등 또 다른 암초를 만난 기분이었다. 그러나 대학 수업을 듣는 덕에 아이들마다 개별 교육과정이 생겼고, 이를 계기로 남과 늘 비교하며 자신의 위치를 찾던 모습을 벗어나 자신만의 꿈을 꾸기 시작했다. 나에게 고등학교에서의 움직이는 교실은 여기까지였다. 한 고등학교에서 6년을 있은 터라 다시 중학교로 가기로 했다.

📖 다시 교실로

부임하게 된 중학교는 선진형 교과교실제를 위해 만들어졌기에 나만의 교실을 배정받을 수 있었다. 두 가지가 좋을 것 같았다. 첫째, 네모난 교실을 탈출할 수 있을 것 같았다. 물리적인 네모성을 벗어날 수 있도록 색다른 책상 배치, 교실에 둘 색다른 교구들(피아노, 드럼, 기타, 다트 등), 함께 읽을 색다른 책들을 생각해 봤다. 그리고 둘째, 네모난 생각을 다양하게 만들 수 있는 수업을 구성할 수 있을 것 같았다. 함께 수업하는 선생님께서 '교실 넘어 마을'이라는 제목을 붙이셨다. 너무 괜찮아서 심장이 뛰었다. 세상과 결코 동떨어지지 않은 그래서 아이들이 '삶의 의미'

를 발견할 수 있을 수업이 나올 것 같았다.

사실 이 두 가지는 움직이는 교실을 운영하며 실패했던 그래서 아쉬웠던 점들을 교실 속에서 해보려는 나의 속내와 일치한다. 네모난 교실에서의 탈출은 '움직이는 교실- 3단계'와 네모난 생각에서의 탈출은 '움직이는 교실- 2단계'와 관련 있다. 움직이는 교실의 단계는 반드시 어떤 시간적인 순서를 지켜야 하는 것은 아니다. 각 단계의 한계를 보완하기 위해서 서로가 만들어졌기 때문에 오히려 3단계의 움직이는 교실이 한 교실에서 동시에 진행되는 것이 더 좋을 수도 있다. 그래서 움직이는 교실 전 단계를 동시에 중학교 교실에서 한번 해보려는 것이었는데, 한 학기가 지난 후 솔직히 참담한 심정이었다. 교실을 넘어 마을로 가려던 계획은 1학기를 마치고 2학기를 준비하면서 수정에 수정을 거듭했다. 아이들을 너무 띄엄띄엄 본 내 잘못이 컸다. 아무튼 교사에서 선생으로, 네모난 교실에서 움직이는 교실로 가려는 시도는 어쩌면 말도 안 되는 만화와 같은 이야기일지도 모르겠다.

상상해서 그리는 대로 이루어지는 만화 교실?
어머!
괜찮은 것 같은데?

'I(나)' 있는 교실에서 '함께하는' 우리

조혜성

📖 프롤로그

나의 교실 속 기상 상태는 항상 변화무쌍하다. 하루는 우울한 비가 내리고, 하루는 좌충우돌 천둥 번개가 내리치고, 또 어떤 하루는 뭉게뭉게 기분 좋은 구름이 흘러간다. 형형색색의 저마다 다른 빛을 가진, 수십 명의 아이들이 한 공간 속에서 제 빛을 내기도 하고, 때론 물들고, 때론 바래지기도 하면서 1년이라는 시간을 함께 보내기에 나의 교실은 하루라도 조용할 날이 없다.

며칠 전 명절을 앞두고 1년에 한 번 있을까 싶은 집안 대청소를 했다. 뒤죽박죽 어지러운 서랍장 속에서는 아이들로부터 받은 옛 편지들 여러 개가 발굴되기도 하였고, 먼지가 앉은 책장 더미에서는 누렇게 물든 학습지 파일들과 그간에 내가 거쳤던 학교들의 교지들이 얼기설기 놓인 채로 새삼 존재감을 드러내 보인다. 나는 한쪽 벽에 등을 대고 자리 잡은 채로 한참 그것들을 넘겨보며 그동안의 나와 함께 했던 교실들을 떠올려 보았다.

📖 교실 기상 상태: 장마

　초년의 어설픔에 이리저리 분주하기만 했던 시절, 따라 익히는 것만 해도 가랑이가 찢어질 것만 같았던 나날들, 그러다 해를 거듭하며 쌓아 올린 업무 수완과 수업 경력에 어느덧 자신감이 붙고, 그 자신감이 약간의 자만으로 바뀌던 시절, 그리고 그러할 때 마주했기에 더 크게 와닿았던 실패와 좌절감의 고된 무게, 그 무게를 버티기 위해 발버둥 쳤던 순간순간들이 스쳐 지나갔다. 그중에서도 내 교직 생활 중, 가장 큰 벽을 마주한 것 같았던 수년 전의 일이 지금도 또렷하게 나의 뇌리에 박혀 있다.

　그때의 나의 교실은 길고 긴 장마의 한 가운데에 있었던 것 같았다. 수업 시간에는 많은 아이들이 엎드린 채로 잠을 자며 학업에는 전혀 관심을 보이지 않았다, 반 아이들 중에는 하루 동안에도 노상 학교 안팎을 들락날락하며 시시각각 행방이 오락가락한 아이들이 있었다. 그래서 우리 반 출석부는 매일같이 여러 가지 기호들로 빽빽하게 채워지기 일쑤였다. 학교의 여기저기에서는 생전 들어보지 못한 다양한 비속어들이 귓속에 꽂혔다. 아이들 대부분은 가정이 힘들거나 마음의 상처가 깊어 가슴속에 분노의 응어리를 꽉꽉 눌러 채우고 있었기에 누구와도 사소한 시비가 종종 붙었고, 때론 그 시비들이 큰일로 번지기도 했다. 나의 교실에는 다른 이들과 함께 섞여 있어도 섬처럼 혼자였던 고독한 아이들이 너무도 많았다.

📖 교실 기상 상태: 먹구름 그리고 그 너머 햇살

그때 나는 항상 화가 나 있었다. '어떻게 학생이 되어서 저럴 수 있나? 어떻게 저렇게 말할 수 있지?'라고 생각될 만한, 당혹스러운 상황들이 하루에도 연거푸 일어났기 때문이다. 수업 시간에 계속 자는 아이가 있어 그 아이를 계속 깨우고 수업을 다시 시작하려고 하니 그 아이는 짜증 난다며 교실을 나가선 그 길로 집에 가버린 적도 있었고, 또 어떤 날은 학생들이 수업 도중에 들으라는 듯이 큰소리로 음담패설을 하며 웃고 떠들어댔다. 나는 너무 화가 나 아이들한테 "너희 부모님이 너희 또래한테 그렇게 당한다고 생각해봐. 가만히 두고만 볼 수 있겠니? 나도 집에 가면 아이들이 있고 그동안 나는 어디 가서 우리 자식한테 부끄럽지는 않은 엄마가 되기 위해 정말 노력해왔어. 그런데 오늘 내 자식이 이런 내 모습을 볼까 봐 너무 수치스러워."라고 말하며 결국 학생들 앞에서 눈물을 흘린 적도 있었다.

이렇게 점점 수업 시간마다 가르치고 배우는 게 무의미하게 느껴지고, 나 역시 아이들처럼 무기력에 빠져들 것만 같아 너무 답답하고 숨이 막혀왔다. 학생들을 만나는 오늘이 너무도 싫었고, 밤에는 내일이 오는 게 두려워 잠 못 들기 일쑤였다. 무기력과 책임감 사이에서 가까스로 떨어지지 않는 발걸음을 떼어 학교를 오가던 그때, 나는 하루하루를 버티기 위해 '교사는 잘 가르치는 것이 교사가 아니다. 그 아이들보다 먼저 지치지 말아야 교사다'라는 말을 스스로에게 주문처럼 되뇌곤 했다.

그러나 그렇게 버티는 것마저도 시간이 지날수록, 학생들과의 만남의 횟수가 더해질수록 점점 버거워지고, '과연 내가 얼마나 더 버틸 수 있을까?' 스스로도 불안해져 왔다. 결국엔 내가 이 교실 속 분위기에 압도되어 다시는 못 일어설 것 같았다. 나에게는 그 주문 같은 말 따위보다 이 상황을 반전시킬 더 든든한 버팀목이 필요했다. 그래서 나는 당장 시급하기도 하고 내가 충분히 해낼 수 있을 것 같기도 한, 수업 방법부터 바꿔보기로 했다. 나에게 부족한 것이 무엇인지 알고 고쳐보자는 생각에 여러 연수들을 알아보고 두루 접했다.

그러던 와중에 한 연수에서 학생의 진정한 배움과 성장이 있는 교실을 함께 만들어보자는 한 선생님을 만나게 되었다. 이 선생님과의 만남 이후 구름학교의 여러 선생님과도 소통하게 되면서 그전의 나는 '내가 어떻게 하면 잘 가르칠 수 있을까'만 고민하며 오로지 '나'만 잘할 생각을 하고, 정작 학생들은 안중에 없었다는 것을 알게 되었다. 나는 '그 학생들에게 맞는 것이 무엇일까'를 생각하기보다 내가 세워둔 기준에 그 아이들을 잘 이끌고 와야만 진정 능력 있는 교사라고만 생각했던 것이다. 그동안의 나에게, 학생은 늘 내 수업 기법의 투입 후 그 산출 결과를 돌아보는 시점에서만 강렬하게 존재하고 있었다는 것을 씁쓸하지만 인정해야 했다.

인정하고 나니 무엇을 어떻게 해야 할지는 또렷해졌다. '나'의 수업이 아닌 '우리'의 수업을 만들어야 했다. 이를 위해 나는 여러 선생님으로부터 배우고, 도움받은 여러 가지 것들을 토대로 우리 학생들한테 맞을 법한 내용과 필요한 것들을 직접 고민도 해보면서 모험 같은 도전을 해보았다. 일단 그 시작은 자리 배치에서부터였다. 일렬로 늘어선 자리를 4인이 2:2로 마주 보는 모둠 형태로 바꿨다. 그리고 아이들에게는 앞으로 선생님의 일방적인 지식 전달 및 설명은 최소화하겠으니 너희들 서로가 서로의 성장과 배움에 도움이 될 수 있도록 함께 소통하고 협력하며 공부해보자고 했다. 저마다 이미 알고 있는 것이 다르고 현재 가지고 있는 지식과 경험치가 다르며 이를 토대로 배움을 펼쳐나가는 것도 서로 다른 아이디어들을 가지고 있으니 서로가 소통하면 얻게 되는 것이 훨씬 많아지고 즐거워질 것이라고도 했다.

그리고 나는 교과서에서 설명하는 내용을 최대 10분 정도의 영상으로 압축하여 제작하여 밴드에 게시하고, 수업의 나머지는 여러 가지 활동 중심의 수업으로 아이디어를 내어 구성했다. 학생들이 좋아하는 게임을 수업 내용에 접목하여 흥미를 돋우거나 혼자서도 할 수 있는 것, 2인이 짝지어 할 수 있는 것, 모둠으로 같이 할 수 있는 것으로 나누어 활동을 하게 하면서 아이들끼리 서로 소통과 협력을 할 수 있도록 자연스럽게 유도하기도 하고, 쉬운 것을 조합해 점점 더 위의 단계로 단계별 성취할 수 있도록 하는 등 어떤 수준의 아이들이라도 수업에 함께 참여할 수 있는 활동 수업을 밤새 고민했다.

📖 교실 기상 상태: 춤추는 바람

교실에서 일어난 낯선 변화에 아이들은 생각보다 빨리 적응했다. 여러 가지 활동으로 탄력적으로 수업하면서 교실은 전에 없던 활기가 일어났다. 어느덧 교실 속에서 엎드려 자고 있던 아이들이 하나둘씩 사라지고 저마다 제 목소리를 내려고 일어섰다. 초반에는 정해진 답을 찾기 위해서 용기를 내던 아이들이 나중에는 함께 이야기하고 나누며 자신들의 답을 만들어가기 시작했다. 나에게도 전에 없던 변화가 생겨났다. 아이들의 모습을 지켜보면서 그동안 하나의 덩어리처럼만 보였던 아이들이 한 명

한 명의 '이름'이 있는 아이로 다가오는 것을 느꼈다. 비로소 이 교실에서 나와 아이들은 함께 살아 숨 쉬는 듯했다. '배움'을 위해 움직이는 아이들을 보면서 이제 교실이 교실다워지는 것 같아 정말 뿌듯했다. 내가 지치지 않고, 포기하지 않기를 정말 잘했다고 스스로를 대견해 하였다.

📖 교실 기상 상태: 맑음과 흐림의 반복, 변화무쌍 무지개

그 이후로 몇 년이 지난 지금까지 나는 여전히 함께하는 수업을 계속 이어가고 있다. 이제는 내가 실패도 없고 좌절도 없는 수업을 하고 있을까? 답은 당연히 '아니다.'이다. 나의 교실을 흔드는 요소는 교실 안과 밖 어디에나 여전히 있다. 교실 안에는 혼자가 익숙해져 버린 아이들, 함께하는 것이 손해라고 생각하는 아이들, 여럿이 하면서 다른 친구들과 자신을 비교하며 열등감을 안고 제 목소리를 내지 못하는 아이들도 있고, 때와 장소 구분 없이 잠을 잘 수 있는 능력자들도 여전히 있으며, 학교에 있는 것들을 모조리 다 부정하는 지독한 비관주의자들, 냉소주의자들마저도 있다. 이 아이들은 '함께'를 외치는 교실 속에서 여전히 소외되고 있다.

교실 밖에서도 함께하는 교실을 흔드는 요소들은 산재해 있다. 수업 방법부터 평가에 이르기까지 동료 교사들과의 견해 차이로 인한 충돌이라든지, 자녀에 대한 학부모들의 교육적 견해 차이라든지, 아직도 한국 교육계에 강력하게 자리 잡고 있는 입시 위주의 서열화 교육이라든지 그리고 이를 지지하고 있는 사회, 공교육에 대한 불신 등등. 이런 것들이 아이들에게 '함께'이기보다는 '나 홀로'이기를, '나'보다는 '남'의 목소리에 귀 기울이기를, 지식을 '깨우쳐 배우기'보다는 '유창하게 복사해내기'를 요구하면서 아이들의 '성장'보다는 '성공'을 앞세우고 있고 이런 세태 속에 '함께하는' 교실은 당장 아이들의 코앞에 닥친 문제를 해결하기에는 너무나 비효율적이고 비현실적인 것을 제시하는 허무맹랑한 교실로 비치기도 한다.

그러나 '함께하는' 나의 교실에서는 '나'가 스스로 생각하고 판단하고, 다른 이와 함께 소통하면서 비로소 자신의 일련의 경험을 토대로 새로운 지식으로 녹여내는 것을 지향한다. 더는 한 가지 잣대로만 기준을 세워두고 하나만 정답이라고 씌우지 않는다. 정해진 답이 아니어도 괜찮고 틀려도 괜찮다. 모르면 알아가면 되는 것이니 알지 못한다고 해서 부끄러운 일도 아니다. 정작 부끄러워해야 하는 것은 아무것도 안 하고 있는 것일 뿐이다. 나의 교실에서는 아이들이 자신의 목소리를 낼 수 있었으면 좋겠다. 그래서 지금 내 교실의 이름은 'I(나)'가 있는 교실이다.

나는 아이들이 교실에서 자신이 스스로 생각하고 판단하고 행동함으로써 얻은 배움이 '진짜 배움'이라고 생각한다. 이를 통해 아이들은 몸과 나이로만 정의되는, '가짜 성장'이 아니라 '진정한 성장'을 할 수 있다고 믿는다.

나를 비롯하여 우리 주변에는 남이 정해놓은 길, 남들의 시선, 남들의 목소리에 기대어 어쩌다 어른이 되어버린 사람들이 있다. 아니 있는 정도가 아니라 여전히 성장통을 앓고 있는 이런 어른 아이가 무진장 많다. 그들의 대부분은 배움을 얻는, 삶의 매 순간에 '나'로서 오롯이 존재했던 적이 없었기에 진정한 성장을 할 수 없었던 것이라 생각한다. 혼자 스스로 선 아이들이 '함께'를 외치는 교실 속에서 다른 이들과 같이 배움을 얻고 성장하는 '진짜 어른'으로 자라나기를 바란다.

어떤 병도 낫게 하는 만병통치약은 없듯이 지금 내가 하고 있는 것이 어떤 교실에도 통하는 진리가 될 수는 없음을 나도 안다. 그렇기 때문에 나는 내가 있는 이 교실 속에서 계속 끊임없이 그 해법을 찾아야 된다고 생각한다. 그때까지 지치지 말고, 포기하지만 말자고 다짐한다. 힘겨워서 흔들리려 할 때는 잊지 않으려 한다. 내 곁에는 항상 '함께하고' 있는 내가 있고, 아이들이 있고, 선생님들이 있고, 힘이 되어주는 가족들이 있다는 것을……. 그리고 믿는다. 언젠가는 나도 혼자 오롯이 설 수 있는 진짜 어른이 될 수 있다는 것을. 나의 교실 속에서 아이들과 나는 함께 계속 성장할 것이다. 고독한 혼자가 아닌 당당한 '나'가 되기 위해 우리는 'I(나)'가 있는 교실에서 세상을 살아가는 배움의 길을 뚜벅뚜벅 걸어갈 것이다.

📖 에필로그

학교에서 녹초가 되어 집에 돌아온 날이었다. 평소처럼 나를 보며 반갑게 달려오던 딸에게 나의 피로가 전해질 것 같아 엄마를 잠시 혼자 있게 해달라고 했던 그때, 한동안 정적이 흐르는가 싶더니 아이가 조용히 나에게 다가와 자신이 만든 책갈피를 엄마 선물이라며 내밀었다. 영어를 인제 갓 배우기 시작한 딸이 만든 그 책갈피에는 "엄마 사랑해요."라는 글귀와 함께 "I love me"라는 문장이 함께 적혀 있었다. 나는 그 문장을 보면서 '아! 얘가 'you'를 'me'로 잘못 적었다고 생각하며 대수롭지 않게 넘겨버렸다. 마냥 어리게만 보였던 딸이 엄마가 힘들 때 위로해줄 줄도 알게 된 것 같아 그저 그 마음이 고맙고 대견스러울 뿐이었다.

그러다 그 문장이 나에게 더없이 큰 위로로 다가오게 된 건 그로부터 조금 뒤였다. 갑작스레 걸려온 한 학부모의 전화로 나 자신이 너무나 초라하게 느껴지고 교사로서의 회의와 자괴감이 들어 며칠 내내 힘들고 고달픈 적이 있었다. 그때 내 손에 닿았던, 딸이 준 그 책갈피. 거기에 적힌 "I love me"라는 이 문장이 세상에서 가장 작게 느껴지던 그때의 나에게 더없이 큰 힘을 주는 말로 다가왔다. 그동안 나를 사랑하는 것에 인색했던 나. 타인을 원망하면서도 스스로를 자책하며 괴롭혀왔던 나, 모든 동력을 상실하고 주저앉을 뻔했던 나에게 그 말과 내 딸의 고운 마음은 흔들리던 나를 다시 일으켜 세워준 힘과 용기였다.

나는 지금도 내 필통 속에 딸의 그 책갈피를 항상 넣어둔 채로 교실을 간다. '언제나 어디에서나 항상 함께하고 있는 '나'를 사랑하며 흔들리지 말자' 다짐하면서 말이다.

자신 있게, 자신답게

최가영

📖 힘차게 날개짓 하라

"문학 작품을 문제집 해설서대로 이해하고 외우라고요?"

"그럼 전 국어 공부를 하지 않을 것을 선택할게요."

지금부터 22년 전, 사춘기의 지독한 열병을 안고 있던 나는 국어 포기를 선언해버렸고, 대학수학능력시험 2주를 남겨두기 전까지 5년의 시간 동안 혼자서만 비장하게 자신과의 약속을 지켜버렸다. 이해할 수 있는 것보다 이해할 수 없는 것이 훨씬 많았던 나의 학창시절 유일한 낙은 야간자율학습 시간에 교과서 안에 소설책을 끼워 감독 선생님의 눈길을 피해 가며 책을 읽고 글을 쓰는 것이었다. 하지만 교사가 되어 다시 돌아온 학교에서는 여전히 문제집 해설서대로 생각해야 하고 야간자율학습 시간에 교과서 외에 다른 책을 보는 것은 허용되지 않았다.

어른이 된 나는 현실의 무거움을 생각보다 너무 가볍게 타협해버렸고, 그래도 세상은 별 탈 없이 돌아가는 듯했다. 하지만 교직 생활 3년 차 되던 해, 한 학기도 안 되는 동안 다섯 명의 아이들이 자퇴서를 썼고, 손 한번 제대로 잡아주지 못하고 아이들을 떠나보낸 나는 속절없이 무너져갔다. 그날 이후 학교가 아이들에게 무엇인지, 아니 그것보다 나에게 학교란 어떤 곳이며 어떤 곳이어야 하는지 치열하게 고민하지 않고는 아이들 앞에 온전히 서 있을 수가 없었다. 다행히 내 심장은 다시 뛰기 시작했고 아주 작은 부분이라도 아이들의 삶에 도움이 되는 진짜 선생이 되기 위한 몸부림이 시작되었다.

그러나 그 과정은 생각보다 순탄하지 않았다. 거대한 괴물처럼 변해버린 입시 전쟁은 살아서 움직이는 교실이 아니라 절대적이고 규범적인 틀 안에 아이들을 가두었고, 자신의 생각을 갖는 것마저도 대학 가서 해야 하는 무거운 현실에 짓눌렸다. 대량 공급을 위해 케이지 안에서 성장 주사를 맞으며 크는 닭들과 내 눈앞의 아이들은 차이점보다 공통점이 훨씬 많았고, 나는 아이들과 함께 케이지 문을 열고 처음으로 하늘을 날아오르는 닭을 보고 싶었다. 바람의 힘으로 나는 것이 아니라, 역동적이고 힘찬 날갯짓으로 스스로 날아오르는 아이들의 모습을 꼭 한번 보고 싶었다. 분노와 간절함의 중간쯤 되는 감정이 나를 움직이게 했고 그만두고 싶은 순간들도 많았지만 그럴 때마다 두 주먹을 불끈 쥐고 혼자서 비장하게 다짐하였다.

"아이들이 스스로 선택하고, 결정하고, 행동하며 자기 삶의
주인이 되도록 하자."

📖 '고전(苦戰)'을 면치 못하는 '고전(古典)' 읽기

이러한 과정에 내가 선택한 것은 학창시절 선생님들의 눈을 피해 가며 했던 '독서와 글쓰기'를 우리 아이들은 대놓고 하게 하는 것이었다. 국어 교사도 아닌 내가 수업 시간에 아이들과 함께 책을 읽고 글을 쓴다는 것은 쉬운 결정이 아니었다. 하지만 아이들이 자신의 삶을 스스로 가꾸어가는 과정에서 필요한 것은 '생각하는 힘, 질문하는 습관'이며, 이는 '독서와 글쓰기'를 통해 상당 부분 길러질 수 있을 것이라고 확신했기에 포기할 수 없었다. 변화의 시작은 아이들이 단편 소설을 읽고 질문에 대한 자기 생각을 서술하고 그것을 친구와 함께 나누는 정도에 불과했으나 교실은 이전과 완전히 다른 모습으로 생동하기 시작했다.

그러나 아이들의 글을 하나하나 자세히 들여다보면 자기 생각이라고 적어놓은 글 대부분이 구심점을 잃은 체 허공을 마구 맴돌고 있었고, 나는 직감적으로 다른 방법이 필요함을 느꼈다. 고심 끝에 선택한 것은 '고전 소설'을 읽고 교과서의 내용과 연결하여 이해하고 해석하는 글쓰기 수업이었고, 일명 '독서 논술'

과 흡사한 수업을 시작하게 되었다. 북한도 무서워한다는 중학교 2학년 아이들을 데리고 '고전 소설'을 읽는다는 것은 그야말로 무한 도전이었으나, 나는 아이들을 믿었다. 소설과 교과서를 따로따로 이해하는 것도 아이들에겐 쉬운 일이 아닌데, 크게 관련 없어 보이는 두 개의 텍스트를 서로 연결하여 이해하고 자신의 해석과 생각을 담은 장문의 글을 써 내려간다는 것은 정말 고차원적인 사고력을 요하는 순간들이 많았다. 예를 들어 아이들은 아래와 같은 질문에 대한 자신의 생각을 작성해야 하며, 참고로 현재 읽고 있는 고전 소설은 하퍼리의 『앵무새 죽이기』이다.

앵무새는 다른 것들을 해치지 않는 새이다. 오히려 아름답게 노래해 주위를 즐겁게 한다. 하지만 우리의 잘못된 판단, 여러 사람들에 의한 편견 때문에 무고한 앵무새에게 총을 겨누는 일이 벌어지기도 한다.

1) 내가 생각하는 우리 사회의 앵무새는 누구이며, 그 이유는 무엇인가?

2) 우리 사회의 앵무새가 마음껏 노래할 수 있는 이상적인 사회를 실현하기 위해 필요한 노력은 무엇인가?

3) 나는 우리 사회의 앵무새를 살리기 위해 무엇을 실천할 수 있는가?

아이들은 소설 속에서 앵무새로 상징되는 존재가 누구인지 해석하여 현재 우리 사회의 앵무새가 누구이며, 그렇게 생각하는 이유를 제시해야 한다. 또한 교과서의 내용 요소 중 '이상적인 사회를 실현하기 위한 노력' 부분을 읽고 앵무새를 위해 필요한 노력을 교과서 내용을 토대로 작성해야 하며, 끝으로 나는 우리 사회의 앵무새를 살리기 위해 무엇을 실천할 수 있는지에 대한 구체적인 노력들을 서술하는 것으로 하나의 주제가 일단락되며, 동일한 방법으로 총 여섯 가지의 주제를 다루게 된다. 일반사회를 전공한 나는 중학교에 근무하며 타 전공과목을 가르치는 것이 정말 어려웠지만 그럴 때마다 물러서지 않고 교과서와 교육과정을 정독하며, 결국 해당 교과를 통해 아이들이 무엇을 배워야 하며, 나는 아이들의 어떤 변화와 성장을 기대하는지 끊임없이 자신에게 묻곤 한다. 현재 가르치고 있는 도덕 교과도 3주 정도 치열하게 고민한 끝에 '도덕이란 나를 만나고 너를 만나서 우리가 되는 과정이며, 나와 너, 우리의 진정한 만남은 비판적 사고 습관을 통한 도덕적 행함에서 나오는 것'이라는 결론을 내렸다. 이를 위해 선택한 수업 방법이 앞서 이야기한 '독서와 글쓰기'이며, 수업 시간에 항상 빠뜨리지 않고 묻는 것이 '나는 무엇을 실천할 수 있는가?'이다.

때때로 아이들의 한숨 소리가 무거워질 때 나는 더욱 심기일전하여 한 번에 한 아이씩 다독이며 설득하고, 왜 자기 생각을 가지는 것이 중요한지 꽤 의미심장하게 설명하기도 한다. 그러나 이러한 나의 노력에도 불구하고 두꺼운 소설책을 베개 삼아 예전보다 훨씬 편안한 자세로 숙면하는 아이들도 있고, 생각의 성장이 더디어 오랜 시간 동안 작은 미동 하나 없는 아이들도 있다. 하지만 당장 내 눈 앞에 펼쳐질 드라마 같은 효과를 기대했다면 처음부터 시작하지도 못했을 것이며, 나는 아이들의 10년, 20년 뒤 삶의 어느 순간 어린 시절 읽었던 고전 소설 한 줄이 도움이 된다면 그것으로 충분하다.

아이들이 조용히 책을 보며 혼자 피식 웃고 하고, 친구들과 함께 '책 대화'를 나누는 시간에는 마음껏 자신의 목소리를 높이고, 한 글자 한 글자 꾹꾹 눌러 '북 에세이'를 써 내려가는 모습을 보면 교사는 침묵으로 가르치는 사람이 아닐까 하는 생각을 하게 된다. 교사가 자신의 존재를 교실 속에서 비워내면 비워낼수록 그 공간은 마치 겨우 내 움츠린 새싹이 움트고 서둘러 자신만의 될성부른 떡잎을 키워낼 수 있는 따뜻한 곳이 되지 않을까. 물론 아직도 나의 교실 모습에 고개를 갸우뚱거리는 동료 교사와 학부모들도 있으며, 앞으로도 계속 그럴 것이다. 하지만 그것이 나와 아이들이 손잡고 함께 걸어갈 뚜벅이 외길 여행에 장애물이 되진 않을 것이며, 나는 오늘도 비포장도로 같은 길에 우리들의 발자국을 남기려 한다. 이왕이면 좀 더 꾸욱.

📖 빛 좋은 개살구

'가시(可視)성과 효율성' 어쩌면 이 두 가지의 허황된 쫓음이 현재 우리 교실을 '빛 좋은 개살구'로 만들고 있을지도 모른다. 아이들의 변화와 성장은 내면의 힘이 뜨거워지고 또 뜨거워져 분화구가 들썩일 때부터 겨우 시작되는 것임을 알면서도 지금의 속도전과 비교전은 도대체 누구를 그리고 무엇을 위한 것이란 말인가. 요즘 아이들에게 가장 필요한 것은 '시간'이라는 생각이 든다. 하루가 다르게 변해가는 세상 속에서 아이들은 자기와의 온전한 '시간'을 갖고, 자신만의 속도와 방법으로 성장할 '시간'을 가질 권리를 점점 잃어가고 있다. 자기와의 시간은 쓸 데 있기보다 쓸데없는 경우가 많을 것이라는 어른들의 상상은 아이들을 학원으로 내몰고 있고, 어린 나이부터 소진된 아이들은 여가 시간을 소모적이고 비생산적으로 사용하고 있다. 자신만의 고유한 빛을 발견하기도 전에 세상의 네온사인이 눈 앞을 가리고 있고 스스로 숲을 헤쳐나가기도 전에 어른들은 가장 크고 단단한 전지가위를 들고 앞장서서 가지를 쳐내고 있다.

'실패를 경험할 권리' 이 또한 아이들의 성장 과정에서 매우 중요한 부분이다. 돌부리에 걸려 넘어지고 무릎이 까져 피가 철철 흘러도 소독하고 빨간약 바르면 괜찮다. 아니 오히려 상처가 아문 곳의 살은 이전보다 더 단단해진 느낌이다. 그러나 '실패=낙오'라는 궁상맞은 믿음은 아이들이 실패를 경험하며 더욱 단단하게 성장할 권리와 기회를 빼앗아 가고 있으며, 아이들은 실패에 맞서 새로운 길을 만들어가기보다는 실패가 주는 두려움 앞에 쉽게 굴복해버린다. 15살 어린 나이에 벌써 세상과 아슬아슬한 타협을 선택한 아이들의 모습을 보면 안타까움에 깊은 한숨이 절로 나온다. 이젠 매년 "가영샘과 함께와락" 교실을 찾아오는 우리 아이들에게 입버릇처럼 이야기하려고 한다. "실패란 다시 시작하는 것이란다. 그리고 그것은 온전한 너의 권리란다."

📖 온전히 자유롭길

배움 중심 수업이라는 말이 전국 시도교육청에서 통용되고 있다. 교사의 일방적인 가르침보다는 학생들의 배움을 좀 더 중시해야 한다는 의미라는 것쯤은 잘 알겠다. 그러나 배움이라는 것이 무엇일까? 그냥 아이들이 교과서 내용 지식을 이해하고 설명할 수 있으면 배운 것인가? 나는 앞서 이야기했듯이 당장 눈앞에 보이는 성과를 쫓기보다는 아이들의 심연에 깊이 스며드는 배움이 더욱 배움의 본래 의미에 가깝다고 생각한다. 이는 단지 교사가 설명하지 않고 학생들이 서로 가르치고 배우게 하는 것으로 배움 중심 수업이 완성되는 것은 아니라는 뜻이며, 결국 아이들에게 가장 필요한 것은 스스로 배움의 주체로 설 수 있다는 믿음을 주는 것이 아닐까. 이러한 믿음은 아이들이 자신의 필요와 욕구를 느낄 때 주저하지 않고 전진할 힘이 될 것이며, 실패할지라도 다시 일어서게 하는 힘이 될 것이다. 이를 위해 "가영샘과 함께와락" 교실의 아이들은 매시간 성찰 일지를 작성한다. 스스로 배움의 과정을 돌아보고 반성하는 것으로 끝나는 것이 아니라 새로운 계획을 세워 실천할 수 있도록 독려함으로써 아이들은 조금씩 자신의 삶을 스스로 선택하고 결정하고 행동할 수 있으며, 이에 따른 책임 또한 본인에게 있음을 배워가고 있다. 이는 아이들이 스스로 자유로워지기 위한 과정이며, 이 시간은 좀 더 고개를 숙여 조용히 자신과의 대화에 집중할 수 있도록 돕고 있다.

'오늘 수업 활동에서 배우고 느낀 것은 무엇인가?'
'오늘 수업 활동(개인 또는 팀)에서 부족했던 부분은 무엇이며, 어떻게 보완(기여)할 것인가?'

또한 "가영샘과 함께와락" 교실에서는 아이들이 공동체의 절대적 규범성 속에 매몰되어 자율성과 자기 통제력을 잃어버리지 않도록 "교실약속"을 만들고 그 속에 담긴 가치를 함께 공유하기 위해 노력하고 있다.

❖ 가영샘과 함께와락 교실약속 ❖

1. 실패와 과정의 중요성을 알고 매 순간 용기를 낸다.
2. 세상에 대해 질문하기를 멈추지 않는다.
3. 자신은 세상에 둘도 없는 특별한 존재임을 알고 당차게 자신의 인생을 살아간다.
4. 배움의 과정에 몰입하여 세상에 대한 나만의 이해와 해석, 관점을 갖는다.
5. 자율적이고 독립적으로 행동하되, 나의 선택과 행동에 대해 반드시 책임진다.
6. 다른 사람이 나와 다를 수 있음을 인정하고 경청, 배려, 존중하는 태도를 갖는다.

신기한 것은 아이들이 교실에서 보이는 문제 행동 중 상당수가 6가지 교실 약속만으로도 충분히 그 해결의 실마리를 찾아

갈 수 있으며, 다소 추상적인 '교실약속'이 행동의 구체적인 허용치를 규율해 둔 교칙보다 긍정적인 행동의 변화를 가져올 수 있다는 점이다. 이는 아이들과 '교실약속'을 공유하며, 지금 당장 외연적으로 드러나는 행동상의 문제에 집중하기보다 장기적인 시각에서 아이들의 삶을 두고 다양한 이야기를 나눌 수 있었기에 가능하였고, 아이들은 어른들의 걱정보다 훨씬 더 자신의 삶을 스스로 고민한다는 것을 이해할 수 있는 대목이기도 했다. 앞으로도 나는 자율성과 자기 통제력을 바탕으로 행동하는 아이들은 스스로 존엄한 존재가 되어간다는 믿음으로 아이들을 대할 것이며, 이러한 나의 간절함이 아이들의 마음속에도 자리 잡아가길 기대해본다.

세상이 아이들의 놀이터가 되었으면 좋겠다. 구름을 타고 내려오는 미끄럼틀을 만들고, 하늘 높이 날아오르는 그네를 만들고, 우주 속 자기 별에 닿을 수 있는 정글짐을 만들 수 있는 곳이 다름 아닌 내 교실이었으면 좋겠다. 아이들이 누군가가 만들어둔 세상이 아니라, 스스로 만들어가는 세상 속에서 마음껏 상상하고 뛰어놀고 꿈꾸며 자랄 수 있는 공간이 내 교실이었으면 좋겠다. 이를 위해 올해 하반기부터는 아이들과 함께 고전 소설에 다양한 상상력을 불어넣은 북콘텐츠 창작활동을 시작해보려고 한다. 교과서와 소설은 수업을 위해 필요한 교재이긴 하지만 어디까지나 도구에 불과하며 정말 중요한 수업의 소재는 아이들의 상상력과 창조적 표현력이다. 북트레일러, 북스토리텔링, 북일러스트레이션, 북패널 등의 다양한 콘텐츠를 스스로 선택하여 창작하거나 선택지에 없는 나만의 북콘텐츠를 창작하는 활동이며 이를 동급생은 물론 선후배들과 학부모님들께 공개함으로써 자신만의 고유함을 마음껏 뽐내는 시간을 선물하고 싶다.

아이들이 '학생'이라는 일반 명사가 아니라 자신의 이름이 하나의 고유 명사가 되는 삶을 살았으면 한다. 실체를 알 수 없는 집단성과 절대성에 아이들을 가두지 말고 자신만의 고유함을 발견할 수 있도록 어른들이 도왔으면 한다. 그래서 아이들이 진짜 자신의 인생을 살아가기 위한 힘을 길러줄 수 있는 공간이 교실이었으면 한다. 인간이 자신의 고유함을 발견할 때 가장 존귀한 삶을 살 수 있고, 이 과정에서 내뿜는 빛과 에너지는 세상을 흔들게 될 것을 확신한다. 나는 "가영샘과 함께와락" 교실 속 아이들이 자신의 고유함을 발견할 수 있도록 돕고 있다면, 아니 방해하지 않고 있다면 그것으로 충분하다. 그것이 37살 내 인생 최고의 깨달음이자 앞으로도 끝까지 지켜나갈 나의 고유함이다.

눈뜬장님

최정연

📖 어느 날 갑자기 눈에 보였다

큰 키, 과장된 몸짓, 큰 목소리. 부산한 움직임. 그 아이가 등교를 하면 바로 알 수 있다. 수업 시간에도 그 행동들은 변하지 않는다. 또래보다 큰 키로 부산하게 움직인다. 큰 손동작과 큰 소리로 활동을 한다. 하지만 모든 활동을 제시간에 마무리하지 못한다. 아니 반도 못 한다. 늘 미완성이다. 급식시간도 마찬가지다. 친구들과 웃으며 즐겁게 식사를 하는 것 같아 보이지만 밥은 항상 꼴찌로 먹는다. 아니 마지막까지 먹지 않고 있다.

📖 신경 쓰인다. 그래서 지켜본다. 하지만 긍정의 마음으로 보는 것은 아니다

여전히 큰 소리, 큰 동작과 큰소리로 등교를 하고, 가방 정리라는 명목으로 여기저기 돌아다니며 친구들과 이야기 나누고, 사물함에서도 물건을 하나씩 꺼내 자리로 옮긴다. 한꺼번에 옮기는 것이 아니다. 하나씩 하나씩 옮긴다. 가방 정리를 하는 중인데 가방은 여전히 입을 다문 채 책상 위에 올려져 있다. 교실에 들어온 지 20분이 지났지만 여전히 가방 정리 중이다.

'뭘 정리하는 거지?'

학교를 둘러보고 가장 기억에 남는 곳을 그림으로 그리는 시간, 어느 장소를 그릴지 스스로 선택해서 장소에 자석 이름표를 붙였다. 그리고 그리기 시작. 친구들과 웃으며 이야기를 나눈다. 흰 도화지는 30분이 지나도 그대로이다. 이미 그림을 완성한 아이들이 하나둘 그림을 제출해서 칠판에 붙여두기 시작하면 큰 소리로 말한다.

"뭘 그리지?"
"뭐 해야 해?"

나에게 하는 말이 아닌 혼잣말 또는 친구에게 하는 말. 그래서 다가가 하나도 안 그리고 뭐 했냐고 물어보면 아주 작은 목소리로 이야기한다.

"뭘 해야 할지 모르겠어요. 뭐 그려요?"

'네가 그곳이 기억에 남는다고 그곳을 그리겠다고
선택했잖아! 그걸 그리는 건데, 저 선택은 뭐지? 그러면
지금까지 뭐 했지?'

종이접기를 함께하는 시간이다. 색종이를 지그재그로 접어
우산을 만드는 아주 간단한 접기이지만, 아직 미세 근육과 눈과
손의 협응이 잘 안 되는 아이들에게는 힘든 작업일 수도 있기에
실물화상기로 아이들과 천천히 한 단계씩 종이접기를 한다.

"자, 선생님처럼 마음에 드는 색종이 한 장을 꺼내주세요.
이렇게 놓고 양 끝을 맞춰 반으로 접어주세요. 가운데
접히는 부분은 손톱 다리미로 꼭꼭 눌러주세요. 여기까지 다
못한 친구? 다음은 이 상태에서 그대로 다시 반으로 접을
거예요. 여기 보세요. 이렇게 그대로 반을 접어요. 가로가,
옆이 길어집니다. 해보세요. 이렇게 계속 앞으로 접고, 뒤로
접고를 반복하면 됩니다. 이해 안 되는 사람? 선생님 도움이
필요한 사람은 앞으로 나오세요."

나름 친절하게 한 단계씩 아이들의 속도를 보면서 종이접기를
했다. 잘 못 접겠다는 아이들은 앞으로 나와 도움을 요청하라고

했다. 몇몇 아이들이 앞으로 나와 도움을 요청하기도 하고, 이미 다 접은 친구의 도움을 받기도 한다. 그 아이도 뭔가 열심히 접고 있지만 아무에게도 도움을 요청하지 않는다. 더 도움을 요청하는 아이가 없어서 그 아이도 다 됐거니 생각해서 다음 단계로 진행하려고 책상을 보니 완전히 다른 종이접기가 되어 버렸다.

"아직 다 못 접은 친구나 못 하겠는 사람은 앞으로 나오세요.
선생님이 도와줄게요."

아무도 나오지 않는다.

'왜 안 나와? 너 나오라고! 너에게 기회를 주는 거야.'

점심 먹으러 급식소 가는 길, 그 아이가 제대로 걸어가는 것을 본 적이 없다. 늘 뛴다. 활동 정리도 느리다. 뭔가 정리하는 데 느리다. 그래서 손을 늦게 씻으러 가고, 늦게 씻다 보니 줄도 늦게 선다. 모든 활동에 늦다 보니 늘 뛴다. 그런데 다 같이 걸어가는, 그것도 천천히 걸어가는 급식소 가는 길도 뛴다.

'우리는 걷는데, 다른 아이들보다 다리도 긴데, 왜 뛰지?'

급식소 자리에 앉아서 늘 그렇듯 친구들과 큰 소리로 이야기를 나눈다. 자리에 앉은 지 5분이 지났건만 밥 한술 뜨지 않았다. 오늘은 아이들이 좋아하는 짜장면인데 면을 비비지도 않았다. 손에는 숟가락이 들려 있다. 10분을 바라보다 "밥 먹자."라고 말하자 숟가락으로 면을 뒤적거린다.

"면은 젓가락으로 비벼서 먹어야지. 젓가락 써 봐."

숟가락을 젓가락으로 바꿔 들고 면을 비비는데 이상하다. 젓가락질을 못 하나 보다. 그럴 수 있다. 아직 1학년이니까. 그런데 바른 모양의 젓가락질이 아니더라도 유치원 때부터 젓가락을 써 봐서 대부분의 아이들이 젓가락질을 한다. 모양이 어설퍼도 면 정도는 집어먹을 수 있던데, 면을 계속 입 앞에서 놓친다. 점심 시간 종료 5분 전까지 그 아이는 짜장면을 다 먹지 못했다. 젓가락으로 짜장면을 먹는데 겨우 다섯 번 성공했을 뿐, 수없이 입 앞에서 면을 놓쳤다. 마치 일부러 버리듯이.

'뭐지? 먹기 싫은 거야, 정말 젓가락질을 못해서 못 먹는 거야?'

📖 마음의 기로에 놓이다

   비슷한 일이 계속 반복된다. 활동은 제시간에 마무리되지 않을 뿐만 아니라, 자꾸 엉뚱한 활동을 한다. 그러면서 내 도움을 요구하지도 않는다. 늘 어른들이 해주던 것에 길들여져 있는 아이들이 많은 1학년을 가르칠 때 나는 항상 스스로 도움을 요구하라고 강조한다. 자신에게 필요한 것을 스스로 찾아야 하고, 도움도 필요한 사람이 요청해야 한다고 말이다. 이렇게 지도하게 된 계기는 사소한 연필 때문이었다. 연필을 써야 하는데 자기는 사용할 연필이 없으니 아무 활동을 하지 않고 가만히 앉아만 있다. 다른 친구에게 빌려 할 수도 있는데 연필을 빌려달라는 말조차 못 하고 누군가가 의례 빌려줄 때까지 아무것도 하지 않는 아이들을 보게 된 후부터 나는 아이들에게 요구하는 법을 가르쳤다. "연필이 없어요."라고 하는 아이들에게는 "어, 그래. 너는 연필이 없구나. 그래서?"라는 말만 하고, "연필 빌려주세요."라고 하는 아이들에게는 "여기"라며 연필을 빌려줬다. 이것의 연장선으로 교사의 도움도 마찬가지로 요구하게 했다. 도움이 필요한 사람이 요구하도록. 아직 어린 1학년이지만 3월부터 매일 강조해서 그런지 거의 모든 아이들이 나에게 요구를 한다. 처음에는 어색해했지만, 도움이 필요한 요구에 대해서는 상냥하게 응대를 해주니 다들 편하게 요구한다. 그런데 이 아이는 아직 아무런 요구도 하지 않는다.

수업 중 내 말을 듣지 않는 것 같다. 특히 내가 설명할 때 집중을 안 하는 것 같다. 정말 천천히 단계를 나누어 큰 소리로 설명하고, 중간중간 집중도 시키며 설명하는 것 같은데 늘 엉뚱한 활동을 하고 있다. 그러다 보니 자연스럽게 다른 친구들에 비해 활동이 느려진다. 작품은 거의 완성을 다 못하고 집으로 돌아간다.

급식 시간은 수업 시간보다 지켜보는 게 더 힘들다. 매일매일 급식시간 종료 5분 전까지 밥 한술 안 뜨고 있다. 대부분의 아이들은 급식을 받아 자리에 앉아 식사를 시작하면 15~30분 사이에 급식을 완료한다. 그런데 이 아이는 늘 40분이 지나도 밥이 그대로다. 먹기 힘들어하는 음식은 누구나 있다. 나 역시 편식쟁이라 편식을 하는 아이들의 마음은 누구보다 이해한다. 특히 먹어보지 않은 것에 대한 두려움은 엄청나게 커서, 그것 때문에 급식을 힘들어하는 아이들의 마음을 잘 안다. 그래서 모든 음식을 다 먹이지는 않는다. 다만 영양과 교육의 측면에서 모든 음식의 맛은 다 보도록 하게 한다. 그런데 이 아이에게 편식은 모든 음식인가 보다. 밥을 거의 먹지 않는다. 반찬은 아예 손을 대지 않는다. 그러면서 주변 친구들과 즐겁게 식사 시간을 즐긴다.

'이대로 둬도 괜찮을까? 학교생활이 익숙할 때까지 더 기다려야 하나? 학습하는 데 문제가 있나? 청력에 문제가 있나? 섭식 장애일까? 음식에 대한 트라우마가 있나? 건강상에 문제는 없을까? 학교는 오고 싶을까? 집에서는 아무 문제가 없을까? 유치원에서는 어떻게 했었지?'

결단을 내려야 한다. 그대로 지켜보며 아이가 스스로 깨닫도록 인내할 것인지, 조금은 강압적이어도 해야 할 것과 하지 말아야 할 것, 힘들어도 해내야 하는 것에 대해 끊임없이 이야기하고 지금까지 보여준 행동을 고칠 것인지, 아니면 학교에 오는 것만으로도 감사하게 여기고 그대로 둘 것인지.

그런데 쉽게 결단이 내려지지 않는다. 학교에서 보이는 모습이 전부가 아닐 테니 더 쉽게 판단되지 않는다. 그래서 학습의 문제는 둘째 치고 아이의 건강과 생명과 연관이 있는 급식의 문제로 학부모 상담을 요청했다. 늘 아이들 하교 시간에 맞춰 데리러 오시는 어머님이 학부모 상담 때는 시간이 없으시단다. 그래서 어쩔 수 없이 전화 상담을 진행했다. 급식시간 내내 밥 한술 뜨지 않는 상황, 먹으라고 해도 먹지 않는 상황, 젓가락질의 서툶 때문인지, 면을 싫어하는 것인지, 유치원에서는 어떠했는지, 아이 본인은 집에서 김하고만 밥을 먹는다고 하는데 사실인지…… 등을 물어봤다. 식이장애는 없고 매운 음식을 잘 못 먹는다는 것, 밥에 뭐가 묻으면 잘 안 먹는다는 것 빼고는 음식 먹는데 이상이 없다, 유치원에서도 잘 먹었다, 집에서 자기가 좋아하는 음식은 잘 먹는다, 학교급식 메뉴를 보니 우리 아이가 다 싫어하는 메뉴라 그럴 수도 있다는 이야기를 해 주신다. 너무 다르다. 그래서 밥을 거의 먹지 않고 급식시간에 스트레스를 받는 것 같은데, 다른 아이들은 건강상의 이유가 아니면 밥은 다 먹고, 반찬은 남겨도 되는데 모두 골고루 한 번씩 맛은 보게 급식 지도를 하고 있다고 말하며 어떻게 해줬으면 좋겠냐고 물었다.

"아이가 스트레스는 안 받았으면 좋겠어요. 힘들어하는 음식은 억지로 먹지 않게 해주셨으면 좋겠어요. 그렇다고 급식 검사를 다른 아이들과 다르게 하진 않았으면 좋겠어요. 다른 아이들처럼 검사받고, 다른 아이들처럼 지도해주세요. 아이가 먹기 힘들다 하면 먹지 말라고 해주세요. 그런데 꼭 다른 아이들이랑 같이 지도해주세요."

'응? 아이 스트레스는 받지 않게 하면서 다른 아이들과 같이 지도를 해달라니. 같은 방식으로 지도를 하기 때문에 아이가 스트레스를 받고 나도 스트레스를 받는데, 밥에 뭐가 조금이라도 뭐가 섞이면 안 먹는데 학교 급식은 흰쌀밥만

나오는 날이 없는데, 어떡하라는 말이지?'

📖 결단을 내려야 한다. 아니 마음을 다스려야 한다

학부모와의 상담으로 뭔가 명쾌해질 줄 알았는데, 더 힘들어졌다. 내 아이를 특별하게 봐 주고 내 아이의 마음을 헤아려줬으면 좋겠지만, 다른 아이들과 똑같은 선에서 똑같이 출발해서 똑같은 결과를 가져가길 바라는 학부모. 그 학부모의 마음이 이해되지 않는 것은 아니지만, 힘들다. 솔직하게 많이 힘들다. 어느 날 그 아이가 내 눈에 들어오고 아니 내 눈에 '거슬리기' 시작하면서부터 나는 무수한 갈등의 순간에 놓였었고, 그때마다 많은 결단을 내렸다. 그러는 사이 나도 모르게 스트레스가 쌓였나 보다. 그 아이의 손을 놓고 싶어졌다. 하지만 놓을 수 없는 손이다. 크게 한숨을 쉬고 고민한다. 이미 답은 정해져 있다. 이 아이를 내가 생각하는 길로 들어오게 하기 위해 내가 받는 스트레스를 내가 어떻게 감당해 내야 하는지, 아니 감당해야 한다고 스스로를 다잡기만 하면 된다. 그렇다. 나의 마음만 다잡으면 된다. 그 아이를 미워하지 않으려 애쓰며 그 아이를 내가 생각하는 길로 걸어가도록 끌고 오면 된다.

이후 아이를 더 특별하게 바라본다. 아니 등교하는 순간부터 더 예의주시하며 본다. 가방 정리 방법을 다시 알려주고, 함께 연습하고, 스스로 할 때도 시간을 알려준다. 수업 중에는 아이가 도움을 청하러 오지 않아도 간다. 때로는 아이 옆에서 설명을 한다. 전체 설명 후 그 아이에게 다시 묻는다. 활동을 제대로 이해했는지. 지금 활동 후 얼마의 시간이 지났고, 얼마의 시간이 남았는지를 지속적으로 알려준다. 급식소에서도 내 자리 근처에 앉히고 숟가락질과 젓가락질을 다시 가르치고 밥 한술에 반찬 하나를 먹는 것부터 지도한다. 먹기 힘들어도 먹어야 하는 이유부터 먹는 방법, 오늘 밥 먹는데 걸린 시간까지 체크하며 말해준다. 효과는 있다. 아이는 조금 빨라졌고, 수업 중 집중도도 조금 높아졌으며 무엇보다 시간 내에 활동을 다 하기 위해 노력하고, 반찬 때문에 여전히 급식시간을 꽉 채워 먹지만 밥은 다 먹는다. 밥만 먹는다. 반찬은 안 먹지만.

'그런데 힘들다. 나도 힘든데 아이는 어떨까?'

📖 어? 저런 애였나? 내 시선이 바뀌니 아이가 바뀐 것처럼 보인다

큰 키, 과장된 몸짓, 큰 목소리. 부산한 움직임. 그 아이가 등교를 하면 바로 알 수 있다. 멀리서부터 그 아이가 오는 소리가 들린다. '다다다다' 뛰어오며 큰 목소리로 아이들과 인사를 하며 들어온다. 늘 웃으며 큰 목소리로 과장된 동작을 하며 인사하며 들어온다. 나한테도 늘 큰 소리로 웃으며 인사한다.

"어? 선생님이다! 안녕하세요?"

늘 그렇듯 가방은 책상 위에 올려두고 물통을 꺼내 물통 바구니로 걸어가며 친구랑 웃으며 이야기한다. 매일 보는 사이인데 어찌 저리 할 말이 많을까? 그런데 가만히 보니 옆에 친구도 이 아이 덕분에 아침부터 즐겁다. 책가방은 여전히 입을 다문 채 책상 위에 있고 사물함을 여러 번 오가며 오늘 시간표를 챙기며 웃고 떠드는 건 변함이 없는데 오늘 아이가 달라 보인다. 그 아이의 요란스러운 등장으로 조용하던 교실이 시끌벅적해진 게 나쁘지 않다. 아니 오히려 밝게 느껴진다. 그 아이의 웃음소리에 덩달아 아이들이 웃는다.

봄 활동에서 기억에 남는 장면을 그리는 활동에서도 여전히 무엇을 해야 하는지 몰라 한참을 빈 종이로 있다. 물론 그사이 다른 아이들과 이야기를 나누고 다른 아이에게 그림 도구를 빌려주며 장난도 친다. 조용히 다가가 지금 해야 할 일을 알려주고 그 아이의 생각을 묻는다.

"근데요, 저는요, 이렇게 하고 싶은데요, 그게 잘 안 떠올라요. 잘 그리고 싶은데요, 머릿속에 생각이 안 나서 그냥 있어요. 근데요, 사람 그려도 돼요? 공주처럼 그려도 돼요? 꽃이랑 나비 그려도 돼요? 알록달록하게 색을 여러 개 써도 돼요? 핑크색 써도 돼요?"

이 아이는 그 집에서 하나뿐인 외동딸이다. 무엇을 하든 이쁨만 받았을 것이다. 뭐든 잘한다는 이야기만 들었을 것이다. 키가 크다 보니 동작도 커 보인다. 큰 동작은 활달함으로 보였을 것이다. 편식하며 적게 먹어도 큰 체격 탓에 걱정이 안 되었을 것이다. 활동에 빠르게 몰입하지 못하는 것은 신중해서 그렇다고 여겨졌을 것이다. 이 아이는 7년간 그렇게 살았을 것이다. 그렇게 살면서 이 아이는 아무런 불편을 느끼지도 못했을 것이다. 이 아이의 주변 어른들도 불편함을 느끼지 못했을 것이다.

학교라는 곳에 들어와 단체생활을 하다가 담임교사의 눈에 불편하게 보였고, 그 불편함은 그 아이의 문제로 인식되었다. 문제로 인식되는 순간 그 아이는 문제아가 되어 학부모 상담 거리가 되었고, 교사의 스트레스 원인이 되었다.

'그런데 이것이 이 아이의 전부일까? 내가 바라본 불편함이 이 아이의 모습일까? 나의 시선을 달리해서 보면 이 아이는 어떤 모습일까? 그래도 이 아이의 행동이 불편해 보일까?'

갑자기 든 생각 때문에 며칠 잠을 못 이루었다. 그리고 그 아이를 예민하게 다시 바라본다. 큰 키, 과장된 몸짓, 큰 목소리. 부산한 움직임. 복도에서 늘 뛰는 그 아이. 수업 시간에도 그 행동들은 크게 변하지 않았다. 또래보다 큰 키로 부산하게 움직였다. 큰 손동작과 큰소리로 활동을 했다. 처음보다 나아졌지만 모든 활동을 제시간에 마무리하지 못했다. 완성된 작품은 미완성 작품보다 완성도가 떨어졌다. 급식 시간도 마찬가지다. 친구들과 웃으며 즐겁게 식사를 하는 것 같아 보이지만 밥은 늘 마지막으로 먹고, 여전히 손도 대지 않는 반찬이 많아 나와 실랑이를 벌인다.

그런데 다른 모습도 보인다. 또래보다 큰 키로 부산하게 움직여서인지 동작이 우스꽝스럽다. 친구들도 그런 생각인 모양이다. 이 아이의 행동을 보며 웃는다. 그런데 그 웃음이 비웃음이 아니다. 우리가 코미디언을 보며 즐거워하듯 웃는다. 아이도 마치 자기가 코미디언이 된 것처럼 행동하고, 친구들이 웃으면 더 과장되게 행동하며 더 웃게 만든다.

큰 목소리로 친구들과 이야기를 한다. 이야기하는 것을 좋아하다 보니 수업 시간에도 늘 미주알고주알 짝과 이야기를 한다. 그리고 보니 이 아이는 특별하게 사이가 나쁜 친구도 없고, 누군가와 싸우는 일이 없다. 늘 입에 미소가 있다. 아이 주변엔 항상 웃음이 있다. 밝은 에너지가 있다.

아이는 크게 바뀌지 않았다. 하지만 더 이상 이 아이의 행동이 나의 눈에 거슬리지 않는다. 이 아이를 지도해야 하는 일이 더는 나에게 스트레스로 다가오지 않는다. 내 시선이 바뀌니 아이가 바뀐 것처럼 보인다.

나는 그동안 눈앞에 나타난 것만 봤다. 잘 보려면 마음으로 봐야 하는데, 눈으로만 봤다. 정말 눈뜬장님이었다. 나는 이 아이를 통해 교사로서 나를 다시 돌아봤다. 그리고 다른 아이들을 다시 돌아봤다. 눈뜬장님으로 바라본 아이들을 어떻게 마음으로 봐야 하는지, 시선을 어떻게 바꿔야 하는지를 그 아이가 나에게 알려줬다. 2018년 이 아이를 만난 것은 나에게 행운이었고, 감사한 배움의 기회였다.

들국화 이야기

김지선

📖 들국화를 만나다

나는 들국화가 참 좋다. 가늘고 여려 보이지만 강한 바람에도 자신을 지키며 화려하진 않아도 은은한 자신만의 향기로 제 자리를 지키는 순박한 들국화가 참 예쁘다. 시골에서 자라 어릴 적부터 보아 온 들국화는 왠지 엄마 같고 친구 같은 꽃이다.

따져 보니 벌써 제법 시간이 흘렀다. 사범대학을 졸업하고 발령을 받아 교사의 생활을 처음 시작했던 곳은 산과 들로 둘러싸인 시골 학교였다. 지금은 폐교가 되었지만 그곳 아이들과의 추억은 항상 가슴속에 살아있다. 지금처럼 자동차나 휴대 전화기도, 컴퓨터도 사용하지 않았던 시절이다. 시험지는 두꺼운 등사판에 철필로 힘을 주어 써야 했고 종이도 아주 얇은 종이였기에 인쇄 상태가 좋지 않았다. 지금 생각해보니 아이들이 시험지를 받아들었을 때 얼마나 힘들었을까 싶다. 매일 빨간색 시외버스가 시골길을 달리면 포장이 되지 않은 길에 돌멩이가 많아 버스 천장에 머리가 닿을 만큼 버스 의자에서 엉덩이가 몇 번이고 들썩들썩 솟구치고 먼지가 앞이 제대로 보이지 않을 정도로 뿌옇게 일어났다. 그 먼지를 뒤집어쓰고서도 길가의 작은 풀꽃들이 방긋방긋 웃어주던 시골길이 나는 좋았다. 가을이면 길가에 먼지를 뒤집어쓴 들국화도 반겨주었다. 버스를 기다리는 사람이 있으면 어디서든 몇 번이고 정차했고 저 멀리 논길을 달려오는 할머니를 기다려주던 인심 좋은 버스로 출퇴근했던 시절이다. 가까운 지역에 발령받은 친구들에 비해 거리는 멀었지만 정겨운 시골 사람들을 만나는 출퇴근길이 초보 교사인 나에게는 설레는 길이기만 했다.

발령 첫해 1학년 담임을 하게 되었는데 우리 반 아이들도 1학년, 나도 교사로 첫출발한 1학년, 서로 친구처럼 어울려 놀았다. 점심시간 아이들과 고무줄놀이도 하고, 아이들과 자취방에서 수제비 끓여 먹던 기억들이 새롭다.

가을이면 학교가 있는 동네는 산에 들에 들국화가 지천으로 흐드러지게 피었다. 우리 반에는 작은 산을 하나 넘어 학교에 다니는 아이들도 있었다. 새벽같이 밥을 먹고 도시락을 싸서 동네 친구들과 함께 나서야 했고 비라도 오는 날엔 학교 오가기가 여간 힘든 일이 아니었을 텐데 아이들이 참 씩씩했던 것 같다.

어느 토요일 아침에는 작은 산을 넘어 등교하는 아이들이 두 팔로 가득 품에 안아야 할 만큼 한 아름 들국화를 꺾어와 선생님이 좋아하는 꽃이라며 내게 내밀었다. 순간 찡한 감동은 무어라 말할 수 없었다. 아이들의 신발과 바짓단, 발목은 새벽이슬에 젖어 물기가 축축했다. 아이들이 등굣길도 힘들었을 텐데 엎드려 한 송이 한 송이 들국화를 꺾었을 생각을 하니 벅찬 감동이 밀려왔다. 그 해부터 우리 반 학급문집을 만들었는데 문집 이름은 '들국화'로 정했다. 문집이래야 지금처럼 컴퓨터로 깔끔하게 편집한 것도 아닌 고사리 손으로 아이들이 삐뚤삐뚤 쓴 글에 그림 솜씨 있는 아이가 그림을 그려 넣어 복사본을 엮은 초라한 문집이었지만 아이들과 나는 얼마나 뿌듯했던지…… 그 이후에도 내가 담임을 할 때마다 학급문집 이름은 '들국화'이다. 지금도 간혹 그 시절 우리 반 아이들과 만든 빛바랜 '들국화' 문집을 꺼내 보곤 하는데 표지의 들국화 꽃잎 하나하나마다 중학교 1학년 앳된 아이들의 얼굴이 떠오른다. 그때 아이들이 내게 준 감동은 잊지 못할 것이다. 지금도 '들국화'란 단어를 들으면 첫 담임을 했던 그 시절과 아이들 얼굴이 떠올라 가슴이 설렌다. 초보 교사였던 내게 아이들이 전해 준 따뜻한 마음과 정성을 생각하면 시간이 지난 지금도 미소가 피어오른다. 교사로 처음 만난 아이들은 나에게 길가에 먼지를 뒤집어쓰고서도 방긋방긋 웃어주던 들국화 같은 존재였다.

교사로서 첫발을 내디딘 때는 무엇과도 바꿀 수 없는 소중한 기억들로 가득 차 있지만, 한편으로 나는 아이들과는 교사와 제

자라기보다 함께 놀아주는 언니, 누나와 동생 같은 관계였다. 교사 초년 시절 나의 수업은 어땠을까? 지금 생각하면 참 부끄럽기만 하다. 사범대학을 다니며 전공과목을 공부하고 교생 실습도 했지만 막상 학교에서 수업을 할 때 어떻게 해야 할지 막막했다. 누구에게 물어봐야 할지도 몰랐고 수업에 관한 고민을 동료 교사들과 이야기하는 것도 들어보지 못했다. 그저 수업은 본인이 알아서 할 일이구나 생각하고 나의 학창시절 선생님들을 떠올리며 그 선생님들과 별다르지 않게 내가 많이 알고 있다는 것을 자랑이라도 하듯 지식을 전달하는 교사로 살았던 것 같다.

📖 구름학교가 나에게 묻다

학생들 앞에서 자신의 지식을 많이 전달할수록 유능한 교사이고 아이들도 나를 훌륭한 교사로 우러러볼 것이라는 생각으로 나의 교사 시절이 흘러갔다. 내가 학창시절을 보냈던 시기와 크게 달라진 게 없었다. 아이들과의 교감이나 관계에는 소홀하고 칠판 가득한 필기와 침을 튀기는 열강이 능력 있는 교사의 수업으로 인식되던 교실 분위기에서는, 아이들이 궁금한 것이 있어도 창피하고 겁이 나 한 마디 질문도 하지 못했을 것이다.

교직 중반 시기를 이렇게 보낼 즈음, 학교에서 만나는 아이들은 시대의 흐름과 함께 더 이상 예전과 같지 않았다. 교사의 말이 이전처럼 먹히지 않음을 절감했고 답답하고 무기력해져 갔다.

그렇게 교사로서 '그럭저럭'의 나날들을 보내던 중 '대박 사건'이 일어났다. 어느 날은 교실에서 보람을 느꼈지만 또 어느 날은 실패와 좌절의 씁쓸함을 맛보며 개운하지 않던 차에, 어디에서도 들어보지 못한 질문과 고민으로 머리를 어지럽게 만들었던 구름학교와의 만남은 나의 교직 생활에 신선한 충격이었다. 교직 생활을 통틀어 가장 멋지고 현명한 선택을 꼽으라면 '구름학교'와의 만남을 이야기할 정도로 말이다.

'거꾸로교실'에 관심이 생겨 혼자서 나름 흉내 내기를 하고 있었던 중에 우연히 구름학교를 알게 되었고 자석에 이끌리듯 끌려 누구의 권유도, 아는 사람의 소개도 없었지만 구름학교에 발을 내디딘 건 나 스스로를 아주 칭찬해주고 싶은 최고의 선택이었다.

구름학교가 내게 던진 첫 번째 메시지는 '낯설게 보기'를 통해 몸을 항상 예민하게 만들어야 한다는 것이다. 구름학교에서 많이 듣고, 가장 가슴에 남은 단어를 꼽으라면 '낯섦'이다. 처음엔 익숙한 것들을 '낯설게 보라'는 말이 낯설었다. 익숙한 것들에 길들여진 나는 관찰하고 생각하는 것에 소홀해져 있었기 때문이다. 같은 모습, 같은 생각에 갇혀 있던 환경에서 낯선 자신을 발견하기란 거의 불가능한 일이다. 한 발 떨어져 전체를 보며 주변 사물과 사람들, 특히 나 자신을 새롭게, '낯설게 보기'를 통해 발견한 나의 민낯과 대면하는 순간들은 힘들기도 했다. 경험하지 않은 낯선 것들을 두려워하는 나로서는 낯설게 보려는 생각을 하지도 않았고 용기가 생기지도 않았기에 더 그랬을지 모른다. 그러나 그만큼 더 강력하게 다가온 구름학교의 첫 번째 메시지이기도 하다.

두 번째 메시지는 남을 좇아만 가는 따라쟁이가 되지 말고, '자기'로 서서 자신의 삶을 살기 위해 '내 생각'을 갖는 것이다. 첫 번째 메시지와도 연결점이 있는데, 익숙함에 갇히게 되면 예민하게 반응하지 못하므로 궁금증이나 호기심이 발동되지 않아 질문 또한 하지 않게 된다. 혹여 질문이 생기더라도 그 질문이 '익숙한 상태'를 깨버릴 것에 대한 두려움과 창피함 때문에 표현을 못 하고 속으로 삭이고 말았을 아이들에게 나 또한 '왜 질문하지 않니'라는 말을 많이 했던 것 같다. 생각해보면 아이들이 자기 생각이 없으니 질문할 수 없었을 것이다. 우리 아이들의 모습이 내 모습이기도 하다는 생각이 든다.

아이들도 교사도 우리 모두 진정 '살아가는 힘'은 '내 생각'을 갖는 것, 사유의 힘으로 꿋꿋하게 세상을 '자기'로 살아갈 수 있음을 일깨워 주었다. 구름학교는 나에게 진정 살아가는 힘을 키워주는 곳이다.

　살아오는 동안 내가 원하는 것, 나의 욕구가 무엇인지 묻고 솔직하게 나를 대면했던가 돌아보게 했다. 분명 내가 원한 욕구가 있음에도 때론 아닌 척, 내가 원하는 것이 아님에도 그런 척하며 행동했던 나에게 '나의 욕구를 말하라' '사회적 욕구를 나의 욕구인 양 포장하지 마라'는 구름학교의 세 번째 메시지는 큰 울림을 주었다.

　'나'를 직면하고, 있는 그대로의 '나'를 인정하며 두려움을 피하지 말자. 머리로는 알고 있어도 행동으로 옮기는 용기가 부족해 나 자신이 먼저 브레이크를 걸어 걸음을 떼어놓기 어려웠던 나에게 '나의 욕구를 말하라'는 메시지는 지금도 나에게 큰 용기를 주는 말이다.

　구름학교에서와 같은 진한 경험을 어디에서도 해 본 적이 없다. 구름학교 학생으로서 1년의 시간은 내가 원하는 것이 무엇인가를 스스로 솔직하게 묻고 행동으로 실천하려는 의지를 강하게 다져준 시간이었다. 껍데기로 포장하고 속은 빈 채로 모자란 부분이 참으로 많았다는 걸 알게 해 준 시간들이기도 하다. 나 자신의 부족한 부분이 드러나 부끄럽기도 했지만 자신만의 흔들리지 않는 '철학'이 있다면 주변과 다른 생각에도 기꺼이 '이물질'로 살아가는 힘과 용기를 가질 수 있으리란 생각을 한다.

또한 나 스스로에 갇히지 않고 나를 뛰어넘어야겠다는 결심이 더욱 명확해져서, 남들과 다른 것에서 느끼는 두려움과 혼란이 다가와도 이제는 이전보다 훨씬 더 용기 내어 '나'를 외칠 수 있겠다는 생각이 든다. 구름학교가 나에게 전해준 이 두근거림을 잊지 못해 1년 과정을 마치고도 여전히 구름학교에 발을 담그고 있다. 올해는 구름학교 담임으로서, 1년 전에 들었던 가르침을 다시 곱씹으며 나를 돌아보려 노력한다.

📖 나의 교실은…….

구름학교와 만난 이후, 나의 교실에서 이전과는 다른 변화가 생기고 있다. 나는 자랑하듯 지식을 전달하는 사람이 아니라 교실에서 아이들과 '함께하는' 사람이 되고 싶어졌다. 이전의 교실에서 나는 아이들에게 완벽하기를 기대하며 또한 아이들의 능력을 믿지 못했던 것은 아니었나 싶다. 그러나 이제 아이들을 있는 그대로 인정하고 조급해하지 말고 기다려주자는 생각을 하니 아이들을 바라보는 나의 눈이 달라지는 것 같다. 내가 교사로서 아이들과 함께하는 시간을 통해 아이들이 세상을 살아가면서 자신을 당당하게 내세우고 자신을 외칠 수 있는 힘을 기르도록 도움을 주어야겠다고 늘 다짐한다. 그래서인지 스스로도 이전보다는 조금씩 마음의 여유가 생기고 있음을 느낀다.

지금, 나의 교실에서, 나는 교사로서의 첫발을 내딛던 그때처럼 설렌다. 아이들의 반응과 기대가 나를 설레게 하고, 아이들이 나를 믿고, 생각해주고, 너무 일이 많다며 걱정도 해주는 요즘이다. 새삼 놀라는 건 우리 아이들은 뭐든 받아들일 준비가 항상 되어있다는 것! 아이들에게 새로운 활동을 제안하면 우리 아이들은 내가 상상하는 이상으로 자신의 능력을 발휘한다는 것이다. 아이들 스스로 할 수 있는 것들을 지나치게 친절하게 다 해주려 하는 것이 아이들의 생각을 방해할 수 있다는 걸 알았다. 미리 판단하지 말고 아이들의 생각을 펼칠 수 있는 장을 열어주자는 생각으로 자유롭게 이야기하고 표현하며 아이들을 통해 오히려 내가 성장해가고 있는 교실이다. 아직도 부족한 나를 아이들이 믿어주고 걱정해주는 걸 볼 때면 마음이 '찡'하기도 하다.

지금의 내가 꿈꾸는 교실은 아이들이 불안하고 긴장하지 않는 편안한 교실, 자유롭게 자신을 표현할 수 있는 교실, 아이들과 생각을 나누며 아이들과 '함께 놀며 배우고 성장하는' 교실이다. 교사는 완전한 존재도 아닐뿐더러 아이들보다 많이 아는 사람이라고도 할 수 없다. 아이들을 있는 그대로 바라보고, 인정해주는 따뜻한 교실을 꿈꾼다. 이런 따뜻하고 소통이 원만한 교실이라면 진정한 '배움'이 일어나지 않을까? 성적만을 좇아가는 교실이기보다는 인간적인 관계를 먼저 나눌 수 있는 교실을 꾸려가고 싶다. 저마다 다른 재능과 소질을 타고난 아이들이 각자 자신의 길을 찾아갈 수 있도록 돕는 사람이고 싶다. 자신들의 꿈을 꾸는 아이들로 커 갔으면 좋겠다. 그러기 위해 내가 해야 할 일은 아이들을 믿어주기, 기다려 주기, 공감하며 듣기, 감동하기가 아닐까. 학교와 교실에서 진정 내가 존재할 수 있는 이유가 아이들이라는 생각을 다시 하게 된다.

📖 다시 만나는 들국화

얼마 전 슈퍼에 장을 보러 갔다가 어디선가 "선생님" 하는 소리에 돌아보니 반갑게 웃으며 달려오는 사람이 있었다. 교대 졸업 후 학교 발령받았다고 인사 왔던 뒤로 몇 년 만에 만나는, 지금 초등학교에서 아이들을 가르치는 제자 A였다. 이제 중학생 아이의 학부모가 되었다며 "저도 늙었죠? 선생님과 같이 늙어가네요."한다.

'내 맘은 그대로인데 시간이 좀 지났구나!' 하는 생각을 했다. 오랜만에 만난 A에게서 그동안 만나지 못한, 이제는 길을 가다 만나도 나는 알아보지도 못할 나의 첫 발령지 중학교 1학년 아이들의 소식을 한꺼번에 전해 들었다. 중학교 국어 교사가 된

얌전했던 B, 늦둥이 육아에 바쁜, TV에 방영되었던 드라마를 쓰는 작가가 된 C, 회사원이 된 별명이 까까머리였던 D, 그림 솜씨가 뛰어났던 E는 미술 교사가 되었고, 아이들 앞에 서면 앳된 얼굴이 빨개져 수줍게 웃던 모습이 지금도 눈에 선한 우리 반 반장 F, 그리고 너무 야무진 아이였던 G는 친구들보다 좀 늦게 결혼해 "너무 행복하다."라고 하며 잘 살고 있다는 소식까지……. 우리 반 아이들 소식과 '들국화' 이야기로 시간 가는 줄 몰랐다.

이 중 몇몇과 연락하고 있지만 한꺼번에 아이들의 소식을 들으니 정말 반가웠다. 엊그제 아이들이 만나 내 이야기를 했다며 그 자리에서 A가 서울에 살고 있는 C에게 전화를 하더니 바꿔 준다. 아이들과 10월에 만날 일이 있다며 그때 함께 만나고 싶단다. 기쁘게 웃으며 그러자고 했다.

마침 들국화가 한창 피어날 시기이다. 요맘때쯤 들국화 한 아름 꺾어다 놓으면 은은한 향이 집안에 스민다. 들국화 향은 추억을 닮아 그 시절을 돌아보게 한다. 아이들이 발자국이 지나간 그 산과 들길엔 지금도 들국화가 흐드러지게 피어있겠지. 그리고 지금은 어른이 된 아이들, 그리고 지금, 앞으로 만나는 우리 아이들의 기억 속에도 들국화 향이 오래 배어 있었으면, 배게 되었으면 좋겠다.

함께 배우는 즐거움이 가득한 마법의 교실

문지영

📖 사회는 재미없어요!

학교를 옮기면서 초등 3학년 사회를 가르치는 기회를 얻게 되었다. 수석 교사로 일반 교사들의 수업코칭도 많이 하고 있어서 수업시수는 1주에 10시간으로, 사회과 수업 8시간, 도덕과 수업 2시간을 하게 되었다. 그중에서 사회 수업은 1개 단원을 맡아서 1학기 동안 1주에 1시간씩 가르치게 되었다. 대주제가 '이동과 의사소통'이었는데 처음 사회를 배우게 되는 초등 3학년 아이들에게 어렵지 않고 더 쉽게, 우리 생활과 연결되게, 실제 생활 문제와 유사한 프로젝트 수업을 하는 것이 좋겠다고 생각했다.

그런데 사회 첫 시간. 학생들과 인사를 나눈 후, 서로 협력하며 즐겁고 행복한 교실을 만들어 보자고 수업 방향에 대해 이야기를 나누었다. 그리고 우리가 함께 공부할 단원을 확인하기 위해 교과서를 펴보자고 하는 순간, 어디선가 벌써 사회가 재미없다고 투덜거리는 소리가 들려왔다. 그 순간, 가슴이 쿵! 하고 내려앉았다. 사회 수업을 처음 하는 학생들인데 벌써 재미없다는 말을 하다니! 무슨 일이라도 있었던 것일까? 걱정되는 마음으로 이유를 물어보니, 정말 안타깝게도 담임 선생님과 사회 수업을 벌써 한 시간 했는데 교과서만 보는 게 너무 재미없었다고 했다. 그래서 사회가 싫다는 것이었다. 어떻게 이런 일이!

그러나 뜻밖의 이 상황은 오히려 내게 전화위복의 힘이 되는 계기를 마련해주었다. 처음 사회 교과를 접하는 학생들이 한 시간 수업하고는 사회가 재미없다고 한 말은 교사로서 책임을 느끼게 했고 그런 만큼 강한 도전의 의욕을 느끼게 했다. 준비하고 있던 프로젝트 수업 계획의 방향을 어떻게 하면 학생들이 사회과에 대한 흥미와 관심이 높아져서 즐겁게 배울 수 있도록 할까에 더 깊이 고민하게 되었다. 그 결과 학생들이 좋아하고 기다리는 사회과 프로젝트 수업을 할 수 있게 되었다.

📖 스토리가 있는 프로젝트 구성과 해결 과제에 관심을 보이다!

'이동과 의사소통' 단원은 교과서에는 14차시로 구성되어 있지만 프로젝트로 구성하면서 처음에는 17차시로 구성하였는데 프로젝트 수업 중간에 학생들이 제안한 아이디어로 2차시가 늘어나서 총 19차시로 운영되었다. 프로젝트 구성 방향을 스토리와 놀이가 있는 프로젝트로 정하고 혼자 이리저리 고민하다 보다 좋은 아이디어를 얻기 위해 여러 수석 선생님들과 의견을 나누며 겨우 최종 스토리를 구성하였다. 가상의 스토리를 기반으로 실생활과 연계한 프로젝트를 설계하고 탐구를 위한 질문을 만들었다. 먼저 학생들에게 가족 이야기를 만들어서 들려주었다.

> "할아버지는 팔순을 맞아 팔순 잔치를 하게 되었는데 할아버지의 소원이 모든 가족이 다 함께 모여서 잔치를 하는 것이었습니다. 할아버지에게는 부인인 할머니도 살아계셨는데 일곱 자녀를 두셨습니다. 첫째는 아들인데 미국에 살고 있고, 둘째는 딸로 제주도에, 셋째는 아들인데 서울에, 넷째는 딸인데 강원도에, 다섯째는 아들로 전라남도에 살고, 여섯째는 딸인데 부산에, 막내는 아들로 김해 장유에 살고 있으며 막내아들의 딸, 즉 할아버지의 손녀가 초등학교 3학년이에요."

아이들은 예상보다 더 폭발적인 반응을 보였다. 막내아들의 딸, 즉 할아버지의 손녀는 어느 학교에 다니는지, 혹시 우리 학교에 다니는지 등등의 질문을 하며 프로젝트에 대한 지대한 관심을 쏟아내었다. 그리고 **'어떻게 하면 할아버지의 팔순 잔치에 온 가족이 모두 모여 행복한 시간을 보낼 수 있을까?'**라는 해결

과제를 제시하였다. 이것이 우리가 함께 해결해야 할 탐구 질문이다. 그리고 아이들과 프로젝트가 어떤 것인지 아는 것을 이야기해보는 브레인스토밍 시간을 가졌는데 문제를 해결하는 것, 주제가 있는 것, 산출물이 있는 것, 협력하는 것, 의사소통하는 것 등 다양한 의견을 이야기했다. 나는 이 모든 것이 프로젝트라고 하며 우리가 함께 이것을 해보자고 했고 아이들은 무언가 대단한 것을 한다고 생각되었는지 스스로 뿌듯해하였다.

📖 처음으로 사회과 부도를 펼쳐 스스로 지역을 찾아보다!

3차시에는 프로젝트 과제를 다시 확인한 후, 할아버지의 일곱 자녀들이 살고 있는 곳을 보다 구체적으로 알려주었다. 미국 워싱턴, 서울, 제주도 서귀포, 부산, 전라남도 진도, 강원도 춘천, 김해 장유 이렇게 일곱 지역이다. 그리고 3월에 받은 사회과 부도를 처음으로 펼쳐서 할아버지와 일곱 자녀들이 살고 있는 곳을 확인해보았다. 이 과정에서 아이들은 지도에서 직접 지역을 찾아서 표시하는 것이 처음이었기에 당연히 서툴렀고 많은 시간이 걸리기도 했지만 찾기 어려워하는 친구들에게 서로 가르쳐주며 스스로 찾아보는 즐거움을 느꼈다. 그런 모습을 보고 있으니 가슴이 뿌듯했다. 내가 하는 일은 안내하고 아이들의 모습을 관찰하며 어려워하는 부분에서 스스로 해결할 수 있게 방향을 안내하거나 실마리를 주는 정도의 도우미 역할이다. 미국 지도, 우리나라 지도, 지역별 지도를 차례로 보면서 여기저기서 "여기 있다!"라는 환희의 외침들이 들려왔다. 아이들은 스스로 지도를 읽으면서 지역을 찾아낼 수 있게 된 것이다. 일곱 지역을 다 살펴보고 난 후, 누군가가 질문했다. "선생님, 할아버지는 어디 살아요?" 아! 기다렸던 질문이다. 나는 할아버지가 사시는 곳은 경남 밀양이라고 알려주었다. 개인적으로 나의 시어른이 살고 계시는 곳이기도 하고 지리적으로도 가까워서 그렇게 정하였다. 아이들은 내 말에 얼른 지도에서 밀양을 찾아 표시한다. 어느 학생은 '첫째 아들', '둘째 아들' 이런 식으로 기록을 하는 것도 보였다.

이제 할아버지와 일곱 자녀가 사는 곳을 확인하였기에, 우리는 지도를 보면서 한 가지 중요한 과제를 해결하기로 했다. 그것은 바로 할아버지 팔순 잔치를 어디에서 할 것인가 하는 것이었다. 처음에 아이들은 첫째 아들이 살고 있는 미국에서 하자고 했다. 모두들 미국으로 여행을 가고 싶어 했다. 그런데 미국에서 하게 되면 우리나라 지리를 배울 수가 없었기에 나는 살짝 문제를 제기했다. "그런데 미국에서 하게 되면 문제점은 없을까? 예를 들어, 팔순의 할아버지께서 미국까지 비행기 여행을 해도 괜찮으실까? 할아버지와 다른 여섯 자녀의 가족들 모두 미국까지 왕복으로 비행기를 타고 다녀오려면 경비가 많이 들 텐데 괜찮을까?" 나의 이 질문에 아이들은 갑자기 심각한 얼굴이 되었다. "그럼 할아버지가 살고 계시는 밀양에서 하면 되죠."라고 대답했다. 그랬더니 할아버지 댁에서 하면 준비하기 힘들다는 이야기가 나왔고 결국 할아버지의 건강도, 경비 걱정도 덜 수 있는 곳이 어딜까 고민하던 끝에 아이들은 막내아들이 살고 있는 김해 장유에서 하기로 결정하였다. 그 외에도 같이 고민해야 할 것이 무엇인지 생각해보고 가족들이 모여서 어떤 음식을 먹을지, 무엇을 할지 등에 대해 의논하자고 하였다. 이런 것들은 모두 프로젝트에서 함께 탐구하고 해결할 과제들이다.

📖 모둠별, 모둠내 역할을 정하고 프로젝트 계획을 세우다!

8개 교실 모두 학생 수가 28~29명 정도여서 4인 1모둠의 7개 모둠으로 구성되어 있었다. 할아버지의 자녀를 7명으로 설정한 것도 바로 그 이유 때문이다. 이제 모둠별 할아버지 자녀 가족을 정할 차례이다. 학생들에게 제비뽑기를 통해 할아버지의 일곱 자녀 가족을 선정하였다. 그리고 모둠마다 할아버지의 자녀 선정과 나머지 가족 구성원도 역할을 정하였다. 할아버지 일곱 자녀들끼리 모여서 나이도 정하였는데 첫째 아들은 60세, 막내아들은 40세를 정해주었고 그 사이에 둘째부터 여섯째까지는 아이들이 나이를 정하게 하였다. 이 활동을 하면서 아이들은 나이를 통해 더하기 빼기를 익히며 실질적인 공부의 기회를 가졌다.

이어서 모둠별로 포트폴리오로 활용할 모둠 스케치북과 표지를 구성할 계획서를 나누어주고 역할을 기록한 후 프로젝트 약속도 의논하여 기록하였다. 프로젝트 약속은 모둠이 가족 역할을 정하여 한 학기 동안 같이 공부해야 하므로 어떻게 하면 서로 다투지 않고 서로 협력하며 즐겁게 프로젝트를 잘 해낼 수 있을지 생각해보고 같이 지켜야 할 약속을 만들도록 하였다. 그리고 스케치북에 프로젝트 주제명을 간단하게 작성하였다.

학생들이 작성한 프로젝트 계획서는 작성한 것으로 끝나지 않고, 지식나눔 활동을 통해 모둠별로 서로 바꿔서 피드백할 시간을 가졌다. 이때 사용한 방법은 '둘 가고 둘 남기'이다. 모둠원 중 두 명은 설명자, 나머지 두 명은 질문자로 역할을 정하고, 설명자는 자리에 앉아 있고 질문자는 옆 모둠으로 이동하여 그 모둠의 설명자로부터 그 모둠의 프로젝트 약속과 역할에 대해 설명을 듣고 간단한 질문을 하며 피드백을 주었다. 이 수업을 일주일 내내 공개하였는데 이 수업을 참관하신 선생님들은 학생들이 어떻게 이처럼 자유롭게 말하며 서로 협력하고 자기 주도적으로 몰입하여 학습활동을 할 수 있는지 놀랍다는 말씀을 하셨다. 이미 아이들은 스스로 하는 학습에 자신을 맡기고 몰입하는 즐거움을 느끼기 시작한 것이었다.

📖 아이들이 새로운 의문을 제기하고 사회 시간은 수학 시간이 되다!

프로젝트 수업이 어느덧 중반으로 접어들었던 어느 시간이었다. 이 시간에는 프로젝트 초기 단계에서 했던 자신들의 활동을 돌아보고 더 꼼꼼하게 따져보는 활동이다. 프로젝트 본 활동으로 들어가서 처음으로 한 것이 모둠별로 가족들이 팔순 잔치를 할 김해 장유까지 여행하는 이동 계획서를 작성했는데 이때 우리 집 → 택시(버스) → 기차역(공항) → 기차(비행기) → 택시(버스) 등의 과정을 플로우맵으로 나타내면서 이미 소요 시간도 대략 기록하였었다.

그런데 이번에는 총 소요 시간을 계산하여 잔치에 늦지 않게 도착하려면 집에서 몇 시에 출발해야 하는지를 거꾸로 계산하게 하는 것이었다. 사실 이것은 내가 계획한 것이 아니었고 아이들이 수업을 진행하면서 이런 의문을 가진 것이었다. 잔치는 몇 시에 하는 거지? 잔치에 늦지 않으려면 도대체 집에서 몇 시에 출발해야 하는 걸까? 아이들의 이런 질문을 듣고 깜짝 놀랐다. 아직 그렇게 세세한 것을 미처 생각하지 못했기에, 이것을 함께 해결하면 어떨까 하고 제안했고 아이들도 흔쾌히 알아보자고 했다. 시간을 거꾸로 거슬러 올라가서 출발 시각을 생각해야 하는 것은 새로운 경험이었다. 그런데 의외로 어려운 복병이 숨어 있었다. 그것은 바로, 이동 수단 간 연결하는 데 걸리는 시간과 기다리는 시간 등 생각하지 못했던 시간을 확보해야 한다는 것이었다. 아이들은 갑자기 "으악!" 하며 소리를 질렀다. 그러나 그것은 짜증 섞인 소리가 아니었다. 생각하지 못한 것을 발견한 환호와 같은 외침이었다. 물론 힘들어하는 아이들도 있었지만 수학 시간에 배운 시간 단위 계산을 여기 이렇게 사회 시간에 써먹을 줄은 몰랐다며 신기해하고 재미있어하며 신이 나서 말도 안 되는 시간 계산에 시간 가는 줄을 몰랐다. 이동 과정이 복잡한 모둠은 시간 계산이 복잡하여 애를 먹었지만 옆 모둠 친구들까지 와서 같이 시간 계산을 해주어 겨우 해결할 수 있었다. 모둠마다 가족들은 저녁 5시에 도착하려면 적어도 몇 시에 출발해야 한다는 결론을 발표하면서 시간을 꼼꼼하게 확인해야 함을 느꼈다고 했다. 그러면서 실제로 가정에서도 여행을 하거나, 외출할 때 몇 시에 도착해야 하니 몇 시에 출발해야 하는지에 대해 엄마와 아빠가 말씀하셨던 것을 떠올리면서 실생활과 교실에서 배우는 것을 연결하는 즐거움을 느끼는 시간이 되었고 이것이 배움이구나 하는 것을 깨달으며 즐거워하였다. 무엇보다 그 어려운 시간 계산을 해낸 것에 커다란 성취감을 느끼기도 했다.

📖 스스로 배우는 거꾸로교실의 마법을 공개하다!

6월 23일 목요일 6교시, 3학년 7반 교실. 수석 선생님과 함께하는 사회 시간이다. 이제 곧 배움의 즐거움이 가득한 거꾸로교실의 마법이 시작될 것이다. 이 수업을 직접 보기 위해 경남 전역에서 30여 명의 선생님들이 교실 뒤쪽을 가득 메우셨고, 교실 밖 창가에는 본교 선생님들이 수업을 참관하러 오셨다.

"멀리서부터 수업 참관을 위해 와주셔서 감사합니다. 오늘 수업은 특별히 준비한 수업이 아니라, 3월부터 매주 1시간씩 진행하고 있는 프로젝트 수업의 진도에 따른 수업입니다. 일상의 수업 그대로이니 아이들이 어떻게 얼마나 배우는지 관찰해주시기를 부탁드립니다. 그럼 지금부터 수업 시작하겠습니다."

일상의 수업. 거꾸로교실로 풀어가는 프로젝트 수업. 아이들을 보니 기대감에 부푼 표정들이다.

"여러분, 우리 지난 시간에 만들었던 것이 무엇인가요?"

"이동 수단 카드요."

"네, 그래요. 옛날과 근대의 이동 수단 카드를 만들었죠?

이 카드로 오늘 무엇을 할지 다 같이 영상을 볼까요?"

TV 화면으로 영상이 나왔다. 선생님의 목소리로 학생들이 만든 카드를 보여주고 놀이하는 방법을 설명하였다. 학생들은 매우 진지하게 영상을 시청하였다. 영상 시청 후 질문을 받았다. 그리고 모둠 스케치북을 나누어주고 곧 학생들의 활동이 시작되었다. 학생들은 이동 수단의 '이름 알아맞히기 놀이'와 이동 수단의 '특징 설명하기' 놀이를 차례대로 하였다. 자신들이 직접 만든 카드를 가지고 놀이를 해서인지 정말 즐거워했다. 그런데 특징 설명하기 놀이를 할 때, 학생들은 교과서를 펼쳐서 이동 수단의 특징을 다시 꼼꼼하게 읽은 후 놀이를 하였다. 자연스럽게 스스로 교과서를 펼쳐 공부하는 모습을 보며 아하! 하는 감탄이 나왔다. 학생들은 놀이에 흠뻑 빠졌고 교실은 이동 수단의 이름과 특징으로 가득했다.

수업을 시작한 지 20여 분쯤 되었을 때, 이동 수단 카드로 분류 놀이가 시작되었다. 교과서에 나온 것처럼 옛날과 근대로 분류해도 좋고, 모둠 친구들끼리 의논해서 또 다른 방법으로 분류해도 좋다고 하였다. 단, 모둠 스케치북을 양쪽으로 펼쳐서 카드를 분류하여 붙인 후 공통점을 찾아서 기록하라고 하였다. 학생들은 각자 여러 가지 분류 기준을 제시하면서 활발하게 토론하였다. 분류 놀이를 통한 탐구 활동은 학생들의 창의적이고 다양한 생각을 볼 수 있었다. 하늘, 바람, 땅으로 구분하되 옛날과 근대로 배치하여 붙이는 모둠도 있어서 학생들의 생각들이 참으로 놀랍기만 했다.

5분을 남겨두고 '둘 남고 둘 가기'로 다른 모둠 친구들에게 설명하기를 하였는데 역할을 바꾸어 한 번 더 하였다. 학생들은 자신의 모둠이 했던 것과 비교하며 들었고 질문도 했다.

"오늘 여러분들이 배운 것이 무엇인지 정말 궁금해요.
스케치북 새 쪽을 펼쳐서 적어주세요."

학생들은 순식간에 둥근 창문 토의 구조를 그린 후 이름을 적고 배운 내용과 칭찬할 점을 적었다. 전체적으로 자유롭게 친구들과 함께 즐겁게 놀이하면서도 빈틈없이 수업에 몰입하여 배우는 교실이다.

수업 후 참관하신 선생님들은 수업나눔협의를 통해 오늘 수업에서 학생들이 어떻게 배우는지 관찰한 내용을 나누었다. 첫째, 2015. 개정 교육과정의 핵심역량을 기르는 거꾸로교실 수업으로 자신감 있게 말하는 분위기 속에 아이들은 자신이 만든 것으로 놀이하고 토의하며 문제 해결력을 기를 수 있었고 이동 수단 카드를 스스로 의논하여 다양하게 기준을 세워 분류하며 지식정보처리역량과 창의적 사고역량을 기를 수 있었다. 심미적 감성역량은 인성으로, 모둠 안에서 기다리고 서로 존중하고 조금씩 양보하고 배려하였고, 의사소통역량과 공동체역량도 모둠 활동을 하면서 자연스럽게 기를 수 있었다. 둘째, 학생들이 직접 만든 이동 수단 카드로 놀이하면서 교과서를 보며 공부도 하고 스스로 분류하고 공통점도 찾는 탐구를 통해 진짜 배움을 만들었다. 특히, 한 학생이 "내가 만들었으니까 내가 잘 알지."라고 말하여 교사가 지시하는 것보다 학생 스스로 만들며 학습에 주도적으로 참여하니 배움이 더 잘 일어난다는 것을 직접 확인할 수 있었다. 셋째, 학생들이 사회를 어려워하는데 프로젝트로 진행하면서 그중에 지식 중심 내용은 놀이로 구성하여 재미있게 배울 수 있음을 알았다. 넷째, 디딤 영상으로 배울 내용을 간략하게 설명하고 활동 시간을 많이 주어 배움이 더 활발하게 일어나게 하는 거꾸로교실의 마법이 놀라웠다.

그리고 수업을 참관한 담임 선생님과 모든 선생님들이 "아이들이 이렇게 스스로 잘 배울지 몰랐다. 기대 이상이다."라고 말하였다. 배우는 방식에 따라 배우는 내용과 질이 많이 달라짐을 직접 확인할 수 있었기에 이날 수업 공개는 참관하신 선생님들에게 거꾸로교실의 방향과 방법에 대해 많은 호응을 얻었고 많은 선생님들이 거꾸로교실을 조금씩 실천하게 되셨다.

📖 거꾸로교실을 넘어 배움의 본질을 추구하다!

처음 거꾸로교실을 시작한 것은 7년 전, 프로젝트 수업을 시작하면서 교실을 더 많이 바꾸고 싶어 여러 가지 방법을 시도할 때였다. 프로젝트 수업과 만난 거꾸로교실은 날개를 펼쳤고 해가 갈수록 나와 교실은 바뀌었고 아이들도 달라졌으며 많은 성장을 하였다. 사실 프로젝트 수업과 거꾸로교실을 하다 보면 시행착오도 당연히 겪게 된다. 그도 그럴 것이, 수업의 주인이 학생들이기에 때로는 속도가 느릴 때도 있고, 때로는 더 많은 것을 요구하기도 하고 때로는 조금은 쉬었다 가야 함을 호소할 때도 있기 때문이다. 이럴 때 학생들의 변화와 요청을 잘 수용하고 인정해주며 천천히 가더라도 함께 끝까지 가야 함을 잘 안내하고 기다려주면 학생들은 다시 학습에 몰입하고 스스로 앞으로 나아갈 힘을 얻을 수 있게 된다. 나는 학생들이 그런 힘을 갖고 있음을 믿는다. 그리고 끊임없이 고민에 고민을 거듭하며 학생들과 같이 수업을 협의하여 진행하고 있다. 학생들에게 방향을 제시하고 다양한 것을 제안하며, 어떤 방법으로 하고 싶은지 선택하도록 기회를 주는 것이다.

다양한 경험으로 미래 핵심역량을 기르는 자기 주도적인 수업, 즐겁게 참여하며 함께 배우는 수업은 나의 교실을 배움의 본질을 추구하는 교실로 만들었다. 그러나 나는 교사로서 여전히 부족한 부분이 많음을 느낀다. 그래서 수시로 나의 수업을 나눔으로써 스스로 성찰하고 피드백을 얻고자 노력하고 있다. 우리 교실에는 여러 가지 학습방법들을 시도하는 교실도 많지만 보다 중요한 것은 교사가 중심이 되는 교실이 아니라, 학생이 중심이 되고 학생이 주인이 되어 스스로 생각하고 스스로 공부하는 교실이 되어야 한다는 것이다. 이것은 방법도 중요하지만 그만큼 교사의 가치철학이 중요하다는 것을 의미한다. 학생들과 선생님들이 반해버린 마법 같은 거꾸로교실과 프로젝트 수업에 담긴 철학이 그것이다. 이러한 철학이 있는 교실은 이제 나의 교실을 넘어 더 많은 교실로 확산되어 학생들 모두 친구들과 함께 즐겁게 배우며 성장할 수 있기를 기대한다. 이를 위해 선생님들과 함께 "행복 나눔 초등교사 성장교실"을 만들어 전문적 학습공동체로서 격주 토요일에 모여 7시간의 수업 나눔을 지속적으로 하고 있다. 덕분에 함께 배우는 즐거움이 가득한 마법의 교실을 만들어가는 동료교사들이 늘어나고 있어 더없이 즐겁고 감사하다. 혼자 빨리 가기보다 비록 조금 더디더라도 손을 잡고 함께 걸어가는 행복을 잊지 않으려 한다. 꾸준히 함께 성장하기 위해 노력할 선생님들을 기다리며 오늘 만나게 될 아이들과 함께할 배움의 시간을 기대한다.

질문으로 성장하다

성영민

📖 교사로서의 나를 만나다

이 글은 교직 15년 차에 들어서는 나의 반성문이자 나의 다짐이다. 고등학교에 첫 발령을 받은 후 계속 근무를 하다 중학교로 가고자 결심하였을 때 막연한 불안감이 찾아왔다. 교실에서 학생들의 눈높이를 어떻게 맞추며 서로 공유할 수 있는 것이 무엇이 있을까? 나는 수업시간에 아이들의 집중력을 높이고 이탈을 방지하기 위해 교사와 학생이 공유할 수 있는 목표가 있어야 한다고 생각한다. 고등학교에 근무할 때는 지필 고사의 출제자가 선생님이므로 수업시간에 열심히 들어야 하고 수능 준비를 위해 선생님이 족집게 과외 선생님의 역할을 충분히 하겠다는 암시를 주어 수업시간에 집중하도록 만들었다. 이는 교실에서 학생과 교사가 일심동체(?)가 되어 수업을 해갈 수 있는 좋은 도구였다. 그런데 중학교에서 학생들과 어떤 목표를 공유해야 하는지 의문이 들었고 이때부터가 나의 수업을 되돌아보는 계기가 되었다.

부끄러운 고백이지만 고등학교에 첫 발령을 받아 계속 근무하면서 과학을 가르친 나의 수업목표는 오직 학생들이 수능 시험을 잘 치러서 원하는 성적을 얻어 좋은 대학에 가는 것이었다. 학생들이 수능 시험에서 좋은 성적을 얻기 위해 과학 교사인 나부터 대학수학능력시험을 보기 위한 만만의 준비를 해야 했고 매년 수능에 임하는 기분이었다. 교과서 정독, 다독을 기본으로 시중에 나오는 출판사의 문제집을 다 풀어보고 당시 수능 출제 빈도가 높았던 EBS 문제집을 분석하여 수업을 준비해 갔다. 최근 2~3년간의 기출문제를 분석하여 올해 이런 형태의 문제가 나올 수도 있다고 학생들에게 예언 아닌 예언을 하기도 하고 간혹 유사 형태의 문제가 나오거나 만점 학생이 나오기도 하면 '선생님 덕분이야.' 하며 어깨를 으쓱할 수 있었다. 긴 시간을 함께 공부하고 열심히 공부시켜 대학에 보냈다고 생각하였는데 우수한 성적을 얻어 상위권 대학에 간 학생들이 모교에 다시 찾아오거나 연락을 해서 일반화학이 너무 어렵다고 고민을 토로하였다. 당시에는 두꺼운 대학 교재에 대한 부담감 때문이라고 생각했는데 지금은 그 이유를 확실하게 말할 수 있다. 고등학교에서 학생들은 진정한 과학을 배우지 못했던 것이다. 학교 수업이 수능에 나올만한 과학 내용과 수능 문제를 풀기 위한 전략을 가르친 것이지, 과학을 왜 공부해야 하는지, 과학적 사고를 어떻게 하는지에 대한 역량 중심의 수업이 아니었던 것이다.

📖 나만의 수업 철학이 생기다

학생의 관점에서 과학을 되짚어 보니 '과학은 왜 배우는 것일까?'라는 순수한 의문이 생겼다. 어느 날 시작된 내 생각은 과학을 배우면서 얻을 수 있는 것은 지식뿐인가, 과학지식 말고 학생들이 배울 수 있는 것은 뭘까, 과학 시간에 반드시 실험을 해야 할까, 학생들이 스스로 공부하는 법을 터득하도록 도울 수 있는 방법은 없을까 등의 의문으로 이어졌고 이는 과학 교과의 본질부터 교수학습 방법, 자기 주도 학습으로 연결되었다. "뜻이 있는 곳에 길이 있다."라고 했는가. 답을 찾기 위해 인터넷을 검색하고 책을 읽으면서 '배움 중심'이라는 단어가 눈에 들어왔다. 당시 교육청에서 배움 중심 수업이 붐이어서 원격 및 현장 연수들이 개설되었고 수업 나눔을 하였는데 '아, 이거야.' 하는 생각에 공문으로 오는 연수들과 수업 나눔을 신청하였다. 나이스에 기록된 연수 시간을 보니, 2015년 152시간, 2016년 45시간(당시 휴직 중), 2017년 336시간이었다. 그 많은 연수 시간들을 자발적 참여가 아닌 학교 업무로서 이수를 해야 한다고 하였으면 나에게 큰 스트레스였을 텐데 스스로 궁금하여 알고 싶은 조급함에 그 연수 시간들은 나만 아는 즐거움이었다. 수강한 대부분의 연수와 수업 나눔 시간에 얻은 배움들이 있었고 그것을 기록해두었으며 강사 선생님들이 권해주시는 책들을 읽어보았다. 처음에는 수업 기법들을 중심으로 연수를 들었다. 배움의 공동체, Visual thinking 수업, 하브루타 수업, 토론 중심 수업, PBL, 협동학습, 감성 융합 수업, 게이미피케이션, 창의적 교수법 등의 수업 방법을 연수에서 들을 수 있었으며 연수 시간이 쌓일수록 수업을 준비하시는 선생님만의 수업에 대한 철학이 보이기 시작하였다. 처음에는 나의 전공인 과학 수업 위주로 많이 들었는데 나중에는 갈수록 교과를 가리지 않고 수업 철학을 배울 수 있는 선생님들의 수업 나눔을 적극적으로 찾아다니면서 수업 디자인을 살펴보았다. 연수를 들었다고 해서 바로 수업 현장에 적용하기는 쉽지 않았다. 내 옷이 아닌 다른 사람의 옷을 입은 것 같아 바로 적용하기에는 어색함이 있었고 연수를 들을수록 수업을 어떻게 구성해야 하는지 깊은 고민이 생겼다. 그때 나는 깨달았다. 수업 개선에 관한 연수들을 현장에 바로 적용할 수 없었던 것은 나만의 수업 철학을 확립하지 못해서였던 것이다. 막연하게 학생들에게 도움이 되는 수업을 해야지, 그래서 강의 수업은 지양하고 활동 위주의 수업을 해야겠다고 생각하고 있었던 것이다. 그동안 나의 교실이 듣고 외우고 시험을 치르고 잊어버리는 수업이었다면 지금부터라도 질문하고 생각하며 실험하여 토론·토의할 수 있는 수업으로 바꿔보자는 생각이 들었다. 그래서 첫 수업시간에 수업에 대한 나의 고민을 학생들에게 진지하게 펼쳐놓고 내 생각을 전달하였다. 이전의 수업시간에 교실에서 선생님과 학생의 모습이 어떠했는지, 어떤 수업이 자신에게 의미가 있을지 등의 나아가고자 하는 방향성에 대해 오리엔테이션 시간을 가졌다.

- 과학 시간에 자신의 생각이 있어야 한다.
- 수업 시간에 배운 것은 말이나 글로 표현할 수 있어야 한다.
- 과학적으로 사고하고 탐구하는 습관을 기르며 아는 것을 실천할 수 있어야 한다.
- 수업 시간에 탐구하였거나 배운 것을 평가에 반영하여야 한다.
- 수행평가는 수업 시간 안에 반드시 이루어져야 하며 일회성이 아닌 과정 중심이어야 한다.

　나의 교실에 대한 방향성이 정해지고 나니, 그 뒤로는 두려울 게 없었다. 수업을 개선하고자 할 때 학생들의 수업 태도에 대한 걱정과 불안이 생겼는데 교사의 수업 철학과 학생들을 대하는 태도가 일관되고 지속성이 있으면 결국 수업 울타리 안으로 학생들이 다 들어왔다. 그래서 수업을 디자인할 때 더는 학생들의 태도는 신경이 쓰이지 않았으며 오로지 오늘 수업에서 학생들이 과학 하는 즐거움을 어떻게 하면 알게 해줄 수 있는가 그 부분만 보이기 시작하였다. 과학 하는 즐거움을 알고자 하려면 과학을 왜 공부하여야 하는가에 대해 생각해보아야 했다. 부끄러운 반성이지만 사범대학교를 졸업하면서 교사인 나조차도 과학 공부를 왜 하는가, 학생들에게 과학을 왜 가르쳐야 하는가에 대한 뿌리 깊은 질문을 던져본 적이 없었다. 이는 '교사가 왜 되고자 하였는가'라는 질문과 함께 나의 반성을 끌어내었다. 칼 세이건은 "과학은 단순히 지식의 집합이 아니다. 과학은 생각하는 방법이다."라고 하였고 최근에 읽은 『저도 과학은 어렵습니다』(이정모 지음)라는 책에서 이정모 서울시립과학관장은 "과학은 삶의 태도다. 나의 삶을 발견하는 능력을 기르자."라고 하였다. 학생들에게 과학 하는 즐거움을 알게 하자고 생각하는 순간 과학은 어려운 이야기가 아니라, 내 삶의 일부이고 생각하는 내 모습 그 자체가 되었다. 지금은 누구보다 과학을 공부해야 하는 이유에 대해 당당하게 말할 수 있다. 그래서 나의 교실의 모습을 '질문하고 생각하며 함께 나누는 수업'으로 만들어 갔다.

📖 질문하고 생각하며 함께 나누는 수업

과학 교사로서의 수업의 방향성을 정하고 나니 학생들이 교과서(텍스트)와 어떻게 만나게 할 것인가 하는 고민이 생겼다. 그동안 교과서를 열심히 들고 수업에 들어갔지만 정작 수업 시간에 교과서를 보는 시간은 적었다. 내가 미리 만들어 온 학습지를 중심으로 수업을 진행하였고 정작 학생들은 교과서를 볼 수 있는 기회가 없었다. 이런 고민을 하고 있을 때 우연히 하브루타를 전문적으로 공부하신 『하브루타 부모수업』의 저자 김혜경 선생님을 만나게 되었다. 이전 연수에서 하부르타를 접하였지만 그때까지만 해도 하브루타에 대해 깊이 있는 이해가 없었다. 하브루타가 유대인의 학습 방법이라고 많은 사람들이 알고 있지만 나는 종교를 떠나 하브루타가 가지고 있는 장점에 매료되었다. 신기하게도 책을 읽고 질문을 만들어 대화할수록 집중하게 되고 내면의 성찰까지 접할 수 있었다. 그때 학생들도 이런 경험을 해보면 좋겠다는 생각이 들어 깊이 있는 수업을 위해 하브루타를 열심히 배워 나갔다. 하브루타에 대해 공부할수록 이는 단순한 수업 기법이 아니라 우리가 아는 지식을 지혜로 연결할 수 있으며 질문의 소중함을 느낄 수 있는 과정이라는 생각이 들었다. 그래서 지금도 수업시간에 학생들이 던지는 질문 하나하나에 집중하여 경청하게 되고 반짝거리는 아이들의 눈빛까지 보게 된다.

하브루타는 짝을 지어 질문하고 대화하고 토론하고 논쟁하는 것을 말한다. 여기서 나의 관심을 끄는 단어는 짝과 질문이었다. 과학 수업에서 학습자가 가지는 질문이야말로 학습자를 집중시킬 수 있는 최적의 도구인데 관심이 없으면 질문을 생각하기가 쉽지 않다. 따라서 반강제적(?)으로 질문을 만든다는 것은 나에게 놀라운 발견과도 같았다. 또한 질문 자체가 생각을 해야만 만들 수 있고 질문을 만든다는 것은 생각을 하고 있다는 것이고 학생이 어떤 생각을 하고 있는지가 고스란히 질문에 묻어 나온다. 수업 시간에 질문을 만들면 시키지도 않았는데 교과서를 스스로 여러 번 읽게 되고 교과서 내용에 관심을 보이고 교사인 나에게 질문을 하며 학생들이 다가온다. 심지어 수업 중에 해결되지 않은 질문을 쉬는 시간까지 할애하며 해답을 찾고자 나에게 대화를 걸어온다. 이때 아이들이 수업 시간에 살아있었음을 느끼게 된다. 또 질문을 만들면 연관된 질문이 계속 생기고 스스로 답을 생각하여 찾기도 하고 학생 스스로 마음과 귀를 열고 스스로를 통제하는 모습이 보인다. 『질문의 7가지 힘』(도로시리즈 지음)이란 책에서도 질문의 힘에 대해서 이렇게 이야기하는데 수업을 하면 학생들의 공통된 모습을 발견하게 된다. 처음에 질문을 만들자고 하면 대부분의 학생들이 부담스러워하는데 질문을 만드는 데 익숙해지면 학생들이 소란스럽다가도 수업에 금방 집중을 하고 짝 토론을 하고 있는 것이 참 신기하였다. 그런데 초반에는 질문을 만들자고 하면 대부분의 학생들이 힘들어한다. 왠지 정답을 있을 것 같고 해보지 않은 것이라 어려움을 호소한다. 이때 학생들에게 다음과 같은 팁을 제공한다. 이것도 힘들다면 짝의 질문을 참고해보라고 한다. 질문 자체가 생각인데 다른 친구들의 질문을 본다는 것은 생각을 들여다보는 것이고 거기에 결국 내 생각을 덧붙일 수 있기 때문이다.

- 알고 싶은 것, 모르는 것, 이미 알고 있는 것도 질문으로 만든다.
- 주요 개념을 질문으로 만든다.
- How, What, Why, If 중심으로 만든다.
- 교과서 문장을 질문으로 만든다.
- 교과서에 나와 있는 질문을 활용한다.

질문을 만들고 나면 짝과 함께 질문하고 답하기를 하는데 이를 짝 토론이라고 한다. 수업 시간에 혼자 뭔가를 해결해야 한다고 하면 대부분의 학생들이 부담스러워하는데 현재 교실에 앉아 있는 상태에서 자리 이동 없이 짝과 함께하는 것이니 자연스럽지 아니한가. 짝과 함께 그들만의 언어로 대화하니 서로 부담이 없으면서 알고 있는 지식에 새로운 지식을 더할 수 있는 좋은 장치가 아닌가 싶다. 이때 걱정스러운 것이 두 학생 모두 성적이 낮다면 앞, 뒤, 대각선에 앉아 있는 친구들을 활용해도 된다고 학생들에게 미리 일러둔다. 짝 토론의 힘을 아이들의 소감으로 정리해보았다.

- 모르는 것, 이해가 안 되는 부분을 친구의 설명으로 이해하게 되었다.
- 말을 해야 하고 어려운데 이해가 된다. 뭔가 해낸 기분이 든다. 그런데 잠을 잘 수가 없다.
- 다시 생각하게 되고 기억에 오래 남는다.
- 말하는 수준이 높아진 것 같고 말로 할 수 없으면 모르는 거다.
- 친하지 않은 친구와 이야기를 하게 되었고 선생님에게 말할 기회가 생겼다.

질문과 짝을 활용한 나의 수업은 이러하다. 수업 도입부에 짝을 지어 교대로 한 줄씩 교과서를 읽고 질문을 만든 후 짝 토론한다. 학생들의 질문에서 수업 시간에 배워야 할 성취 기준과 연관시키고 성취 기준과 관련된 핵심과제를 조별 활동으로 해결하도록 한다. 수업 중에 질문을 만들고 있는지, 짝 토론을 하고 있는지, 조별 활동이 원활하게 이루어지고 있는지, 도움을 바라는 눈빛은 없는지 면밀하게 살펴보아야 한다. 수업 마무리 부분에서 점프 과제를 제시하여 핵심 과제가 원활하게 해결되었는지 확인하고 수업 내용을 상기시키고자 수업 성찰 일기를 쓰도록한다. 처음에는 감상 위주의 문구들이 보였는데 지금은 수업과 관련된 내용을 제법 잘 표현하고 있다. 수업 성찰 일기에 새롭게 알게 된 사실, 수업 내용에 대한 깨달음, 배운 내용을 주변의 현상과 관련지어 서술한 학생들을 보면 감동이 찾아온다. 사실 수업 성찰 일기는 수업 내용의 정리보다는 과학적으로 표현하는 능력을 키우고 과학 하는 재미를 일깨우기 위함이 더 크다. 지금은 3~4줄의 짧은 수업 성찰 일기지만 이러한 경험들이 지속되면 주변에서 일어나는 현상들을 과학적으로 해석하여 에세이를 쓸 수 있는 날도 머지않았다고 본다. '질문하고 생각하며 함께 나누는 수업'을 초반에는 학생들이 다소 힘들어한다. 그러나 교실에서 보내는 시간이 길어질수록 나의 안내 없이 수업에 집중하고 질문을 만들고 짝 토론하는 학습 패턴에 익숙해져 가는 모습이 보인다. 올해 처음 경험을 해본 2학년 학생이 5월쯤에 이런 말을 했다. "과학 시간은 나에게 많은 질문을 해야 비로소 완성된다."

📖 함께 성장하는 교사와 학생

　수업을 개선하고자 결심을 하고 실천한 지난 시간들을 되짚어 보니, 한 가지 명확해지는 사실이 있다. 수업 중의 교사의 역할이다. 교사는 학생이 가지고 있는 역량을 살펴보고 학생이 성장할 수 있는 경험의 기회를 제공하여 피드백을 할 수 있는 안내자가 되어야 한다고 생각한다. 고대 그리스 때부터 요즘 애들에 대한 분석은 있다. 학생들이 예전과 다르다는 것은 그만큼 사회가 점점 변화되고 있다는 것을 반영하는 것이 아닌가. 중학교 1학년 과학 교과서에 '생물의 다양성'이란 단원이 있다. 이 단원에서는 "지구의 생물은 어떻게 다양해졌을까?"라는 질문을 생각해보게 하는데, 생물은 환경의 영향을 받고 먹이, 햇빛, 온도, 물 등의 환경 조건에 따라 서로 다른 모습으로 적응하여 환경에 알맞은 변이를 지닌 생물이 살아남아 자손을 남기는 과정이 반복되면서 다양한 생물이 나타나게 되었다. 교실이라는 환경도 마찬가지라는 생각이 든다. 각 교과의 특성을 가진 환경 조건에 따라 다양한 역량을 배워 사회에 적응하고 자신만의 개성을 찾아 환경에 알맞은 변이를 거듭한다면 다양성이 나타나고 그것이 존중받는 사회가 만들어질 것이라고 생각한다. 결국 이러한 변화를 이끌어 낼 수 있는 힘은 교사의 몫이며 교사가 성장해야 하는 이유이기도 하다. 교사의 성장은 자연스럽게 학생의 성장으로 연결될 수 있으니 이 또한 좋지 아니한가.

　나의 변화를 이끌어 내고 지속적으로 이루어질 수 있는 것은 나의 자발성과 수업 친구 선생님들 덕분이라고 생각한다. 수업을 개선하고 싶어도 정보나 도움을 받을 수 있는 곳이 없었더라면 할 수 없었을 것이다. 그래서 나는 수업에 변화를 주고 싶은 선생님들이 계신다면 응원의 박수를 보내고 싶다. 이는 단순한 수업의 변화가 아닌 교사로서의 성장을 이룰 수 있기 때문이다. 우디 앨런이 이런 말을 했다. '재능이 있다는 건 운이야. 하지만 인생에서 중요한 것은 용기야.' 수업에 변화를 주고자 하는 선생님들의 용기에 응원의 박수를 보낸다.

20년 차 역사 교사의 '나'를 찾는 여행기

예영주

📖 나는 누구?

콩나물시루처럼 내 안에 들어찬 많고 많은 모습들 중에 나의 정체성을 이루고 있는 내 모습은 무엇일까? 앞서거니 뒤서거니 서로 다른 '나'들이 얼굴을 내민다.

나는 91학번이다. "전교조 2세대"라고 불리던 학번이다. "경대친구(명지대 91학번 강경대)"라고 불리던 학번이다. '내가 속한 이 공동체와 사회를 위해서 나도 뭔가 해야 하지 않을까?'라는 고민을 자연스럽게 하게 되었던 세대이다. 20대 청춘의 시절에 품었던 내 마음이 삶을 살아가는 나의 초심이 되었다.

또? 나는 역사교사다. 대학 시절 우리 과의 깃발에는 "민중이 주인 되는 역사교육"이라고 선명하게 적혀 있었다. 국민학교부터 (안타깝게도 나는 국민학교 세대이기도 하다.) 고등학교까지 무려 12년 동안 한 번도 생각해본 적이 없는 질문, '민중이 주인 되는 역사교육이라고? 그게 뭘까?'라는 궁금증을 내내 가슴에 품은 채 나는 정말 꿈에도 그리던 '역사 선생님'이 되었다. 그리고 '역사의 주인은 누구일까? 이 질문을 어떻게 학생들과 나눌 수 있을까?'라는 고민에 20년째(하지만 이제야 제대로!) 머리 아파하고 있는 중이다. 오 마이 갓!

📖 나는 왜 교사가 되었지?

어릴 적부터 꿈꾸었던 세 글자! 선. 생. 님.

'작은 시골 학교에서 풍금(아는 사람은 알 것이다. 맑고 카랑카랑한 아이들 노랫소리엔 풍금 소리가 제맛이다!)을 치며 아이들과 노래를 만들고 함께 부르며 산다면 얼마나 행복할까!' 하는 상상을 하며 착하고 예쁜 선생님이 되어 있는 내 모습을 그려보곤 했었다.

5학년 때엔 '나도 선생님처럼 아이들을 집으로 초대해서 도넛도 만들어 주고 같이 놀아 줘야지' 했었다. 6학년 때엔 '나도 선생님처럼 매일 아침 노래도 가르쳐주고, 친구들 이름에 무슨 의미가 담겨 있는지도 가르쳐주고 그래야지. 아! 그리고 절대 아이들을 때리진 않을 거야! 단체 기합은 너무 싫어' 했었다. 그리고 중학교 때엔 '난 공부를 잘하든 못 하든, 잘살든 못살든, 모든 아이들을 다 사랑해 줄 거야! 차별하지 않는 선생님이 될 거야!' 이런 생각을 하며 상상 속의 내 모습을 조각하듯 다듬어갔다.

이렇게 교사의 꿈을 키워갔고, 드디어 20살! 내가 원하던 역사교육과에 입학하게 되었다. 그리고 상상했던 모습처럼 착하고 예쁘진 않았지만 선생님이 되었다!

그렇게 꿈꾸던 교사가 되어 교단에 섰지만, 이런! 실제 교사의 삶은 내가 그리던 그런 예쁜 모습이 아니었다. 하루하루 왜 하는지 당최 알 수 없는 업무에 시달리고, 두툼한 공문과 이걸 언제 다 배우나 싶게 두꺼운 국사 교과서와 씨름하면서 애초에 내가 꿈꾸던 교사의 모습과는 점점 멀어져 갔다. 그리고 무엇보다 슬펐던 건 교사로서 행복하지 않다는 것이었다. '왜일까? 왜 행복하지 않은 걸까?' 시간이 가면 갈수록 학교가 힘들고 교사의 삶이 버거워지던 15년 차 어느 날, '대안학교를 가면 내가 그리던 선생님이 될 수 있을까?' 하며 난생처음 자기소개서를 쓰게 되었다. 대안학교는 떨어졌지만 그때 읽었던 『교사의 도전』이라는 책을 통해 교실이 교사 개인의 사적인 공간이 아니라 서로의 성장을 위한 공적인 공간이라는 사실을 깨닫게 되었고, 2014년 2학기에 경남 거꾸로교실 미니캠프에 참가하면서 내가 교사로서 행복하지 않았던 가장 큰 이유를 깨닫게 되었다. 그게 뭐냐고? 그건 바로 수업이 행복하지 않았기 때문이라는 것! 수업 속에서 내가 성장한다고 느끼지 못했기 때문이라는 것!

그래, 나도 어디 한번 교사로서 행복해져 보자고!

📖 새로운 도전의 시작, 구름학교와의 만남

'교사로서의 행복한 삶'을 위한 새로운 도전의 시작은 구름학교와의 만남이었다. 2015년 거꾸로교실 수업으로 1년을 심장 뛰는 도전 속에서 살아보고, 2016년 경남에서 처음 시작된 '구름학교'에서 감사하게도 하늘 반 담임을 하면서, 그리고 2017년에 다시 구름학교 학생으로 일 년을 함께하면서, 타인의 시선에서 자유로워지고 오직 자기 자신의 욕구에 충실하며, 나 자신이 새로운 기준을 만들어가는 개척자가 되어야 함을 알게 되었다.

나 자신의 욕구를 들여다보고 표현하는 과정에서 2015년 10월 "얼렁뚱땅 월요일 5교시 밴드"라는 교사 밴드를 만들게 되었고, 교실 속 교사와 아이들의 삶을 노래하는 10여 개의 자작곡을 만들어 매년 공연도 하게 되었다. 노래를 만들며 살고 싶다는 어릴 적 꿈이 봉인 해제되며 내 인생에 접속해 온 것이다! 이렇게 구름학교에서는 지금까지 겪어보지 못한 순도 100%! 낯선 경험들과의 찐한 만남이 계속되었다.

구름학교 교육과정 중에 '보물지도 그리기'라는 과정이 있다. 일 년 동안의 교실 속 여정을 보물을 찾아가는 과정으로 표현하며 교사로서 내가 아이들에게 발견하게 해 주고 싶은 가치와 보물, 여러 난관들을 직접 큰 종이에 표현해 보는 활동이다. 처음 보물 지도를 그릴 때는 잘 이해하지 못한 상태에서 내 욕구를 제대로 찾아내지 못했다. 다음 해 두 번째, 세 번째 보물 지도를 그리면서 점점 진짜 나의 가치와 욕구를 담아낼 수 있게 되었다.

그렇게 드러난 내 보물의 첫 열쇠는 "인간의 선택과 행동이 역사를 만들어 왔다!"이다. 인간의 어떤 선택과 행동이 그 시대를 만들어왔는지, 그 시대의 과제는 무엇이었고 그 시대가 요구하는 인간의 행동은 무엇이었는지, 지금의 나를 이루어 온 나의 선택과 행동에 대해서, '나'와 '너'의 선택과 행동이 만들어갈 '우리'의 미래에 대해서 학생들과 상상해 보고 싶었다. 두 번째 열쇠는 "인간은 어떤 존재이며, 나는 어떤 인간으로 살 것인가?"이다. 마음먹고 낯설게 바라본 교과서는 내게 이렇게 말을 걸었다. "왜 꼭 순서대로 가르쳐? 시간을 거슬러 배워 보는 거야." 역사 속 인물들에게 말을 걸며 그들의 욕구를 알아차리고, 역사 속 그들이 남긴 예술작품들을 통해 한 시대의 경계를 뛰어넘은 그들의 시선을 따라가며 역사를 더 깊이 이해하는 경험을 학생들과 함께 해 보고 싶었다. 상상하고 표현해 보니 꼭 이런 수업을 하고 싶어졌다. 꼭 시도해 볼 거야! 소중히 맘속에 담아 두었다.

📖 수업? 내가 진짜로 하고 싶은 게 뭘까?

나를 알아차리는 건 쉽지 않았다. 역사교사로서 내가 진짜 하고 싶은 수업은 뭘까? 2015년에 수업을 바꾸어보려 애쓰면서 처음엔 아이들이 역사를 좀 더 즐겁게 배우게 하고, 교사인 내 말을 줄이고 아이들이 스스로 자기를 표현하게 하고 싶었다. 퀴즈나 게임을 활용해 보기도 하고, 좀 더 깊이 있는 사고를 위해 토론도 해 보고, 단원마다 다르게 해 보았다. 그러나 부처님 손바닥처럼 내가 벗어날 수 없는 울타리가 있다는 것을 알게 되었다. 교과서가 정해 준 교육과정의 테두리를 벗어나지 못하고 그 안에서 수업을 고민하다 보니 나의 진짜 욕구를 찾기보다 주어진 교육과정 속에서 내가 하고 싶은 걸 찾고 있었다는 생각이 들었다.

2016년 국외학교 탐방 연수에서 독일의 학교를 방문하며 듣게 된 엄청난 사실! 독일의 교사들은 교육과정 재구성을 통해 자기 수업 교과서는 자기가 만들며, 평가도 교사마다 자기 수업에 맞게 학급마다 서로 다른 평가를 한다는 거다. 물론 절대평가 체제이기 때문에 가능한 일일 테지만, 같은 교과라도 교사마다 수업 내용과 방법이 당연히! 다른 거고, 교사가 다르면 당연히! 평가도 다른 거지~ 하는 지극히 간단명료한 이야기 전개에 무엇에 홀린 양 "그, 그래, 그렇지……." 하는 반응이 절로 나오며 그리 신기할 수가 없었다. 1년의 모든 수업을 교사가 온전히 재구성할 수는 없을까? 우리나라 교육 현실에선 불가능하다고? 그럼 계속 부처님 손바닥 안에서만 살자고?

📖 평가? 내가 진짜로 묻고 싶은 게 뭘까?

'벼락치기' 이것만큼 학교의 시험에 대해서 더 잘 표현하는 말이 있을까? 미리 공부하면 안 된다. 왜? 잊어버리니까! 번개처럼 외우고 종소리와 함께 잊어버리기. 시험지 풀이를 할 때면 늘 듣던 얘기. "그냥 답만 불러주세요." 평가가 배움의 연속된 과정이라니! 점수만 매기면 제 역할을 다하고 아이들의 기억 속에서 교과 지식은 장렬히 전사할 뿐. 시험이 끝나면 늘 홀대받는 평가가 끝난 시험 범위 내용들. 이런 평가는 교사와 학생 모두를 점점 더 불행하게 만들 뿐이다. 평가를 통해 내가 정말 묻고 싶은 것은 시험 끝나면 날아가는 교과의 지식은 아니었다. 그럼 내가 묻고 싶은 것은 뭐지?

2015년부터 수업을 바꾸기 시작하면서 느낀 문제의식은 역시 평가와의 연계성이었다. 수업이 바뀌어도 평가가 바뀌지 않는다면 배움의 과정 자체를 바꿀 수 없다는 것을 깨달았다. '배움 중심 수업, 과정형 수행평가, 서술형 평가가 강조되고는 있지만 수업과 평가를 온전히 일치시키지 않는다면, 평가의 과정이 배움과 성장의 피드백 과정이 되지 않는다면, 학생들에게는 여전히 '수업 따로, 평가 따로'일 수밖에 없다. 그럼 수업 시간의 활동 내용을 서술형 평가로 잘 연결하면, 그러면 되는 걸까? 그렇게 해도 여전히 풀리지 않는 질문이 남았다.

내가 학생들에게 진짜로 묻고 싶은 것은 무엇일까? '진짜 묻고 싶은 질문'이 먼저 나와야 교육과정을 재구성하며 그것을 찾아가는 수업을 설계할 수 있는 것이 아닐까?

📖 창원자유학교에서의 새로운 도전, 시간을 거슬러 배우며 시대의 과제를 찾는다!

구름학교를 만나면서, 수업을 바꿔나가면서 알게 된 나의 욕구와 가치, 나의 질문, 이것을 더 온전히 펼쳐보고 싶었다. 2017년 2월, 우연히 만나게 된 서울 오디세이 학교의 졸업식. 20여 명의 학생들이 졸업하는데 3시간이 넘게 걸린, 구름학교만큼 신기한 졸업식이었다. 한 명 한 명의 학생들이 오디세이에서의 자신의 성장 이야기를 차분하지만 당당하게 발표했다. 우리 아이들도 1년이라는 배움과 성장의 자유 시간을 가질 수 있다면 얼

마나 좋을까! 그런 바람과 욕구는 신기하게도 경남의 자유학년
제 학교인 '창원자유학교' 설립 준비 TF 팀으로 연결되었다.

자유학교의 1년, 17살 아이들에게 그 1년의 시간이 자기 인생
의 새로운 전환점이 될 수 있도록, 자신의 욕구를 찾고 그것을
실현할 수 있는 자기 에너지를 가질 수 있도록 하고 싶었다. 자
유학교의 수업을 프로젝트 기반 학습(PBL)으로 모든 교과가 협
력해서 진행한다면 학생들은 스스로가 지식을 구성해 나가는
배움의 주인이 될 것이라는 희망, 학생들이 학교생활 속에서 민
주주의를 경험하고 건강한 공동체를 이루고 살 수 있도록 일 년
살이를 꾸려나가고 싶다는 소망, 이런 소중한 희망과 소망들로
창원자유학교는 2018년 3월 19일 개교하였고, 나는 창원자유학
교의 교사가 되었다. 구름학교에서 '보물지도 그리기'를 하면서
상상하던 수업, '시간을 거슬러 배우며 시대의 과제를 찾는 수업'
을 드디어 할 수 있는 기회가 왔다! 현대사부터 시작해서 과거
로의 여행을 하며 원인을 찾고, 그것을 통해 그 시대의 과제를
찾아내어 해결해보는 수업으로 일 년의 흐름을 잡았다.

아직 PBL을 제대로 적용하지는 못하고 있지만 수업을 계획하면
서 PBL의 핵심요소와 교과의 핵심 질문을 계속 고민하며 교육과
정을 그야말로 완전히! 재구성하고 있다. 1학기를 보내고 2학기를
준비하며 느낀 것은 교사에게 교육과정 재구성의 권한이 온전히

주어질 때 그야말로 '경계 없는' 교육과정 재구성이 된다는 것이다!

📖 핵심질문을 통한 교육과정 재구성과 오픈북 시험

1학기 한국사 수업은 현대사와 일제강점기를 다루었다. 현대사의 핵심 질문은 '역사를 왜 배우는가?'였다. '민주주의, 분단, 통일' 3개의 키워드를 가지고 현대사를 상징하는 인물, 사건, 예술작품을 각자 조사하고 발표하고 피드백하면서 핵심 질문의 답을 찾아가는 과정이었다. 일제강점기의 핵심 질문은 '해방 직후 우리 민족의 시대적 과제는 무엇이었을까?'였다. 친일작품 전시회도 열고, 그림책 『꽃할머니』를 슬로리딩하며 학생들은 일대일 토론으로 계속 질문하고 생각을 나누었다.

현대사와 일제강점기의 핵심 질문은 그대로 시험 문제였다. 핵심 질문에 대한 생각을 자기가 조사하고 발표한 사례들과 연결 지어 논술하는 것이 시험 문제였다. 학생들에게는 수업 첫 시간에 바로 시험문제를 알려주었고, 수업시간에 나누어준 자료와 자기가 열심히 조사하고 기록한 활동지는 그대로 오픈북 시험의 자료가 된다고 했다. 보고 쓸 자료가 많아도 답안지의 글자 수가 제한되어 있고 시간 내에 정리를 해야 하니 오픈북 시험도 결코 만만하지 않았다. 얼굴이 빨개지도록 70분간 2문항을 작성하고 나오는 한 학생, 이렇게 실컷 내 생각을 쓰고 나온 시험은 처음이었다며 재미있었다고 얘기하는 게 아닌가! '와, 내가 이 말을 들으려고 역사 선생이 되었구나! 나 역시 이런 피드백은 처음이야!'라고 속으로 외쳤다.

2학기 한국사 수업의 시작은 개항기의 역사를 통해 근대의 성격에 대해서 다루고 있다. 개항기가 끝나면 삼국부터 고려까지 변화의 시대를 살았던 여러 개혁가들을 조사해보면서 원적교로의 복교를 앞두고 있는 학생들이 자기 인생의 전환기를 어떻게 살아갈 것인지에 대한 역사 에세이 쓰기를 해 볼 생각이다. 개항기 수업을 엄청나게 힘들게 준비하면서 또 한 가지를 깨달았다. 교육과정 재구성이 힘든 이유는 교사로서 나의 욕구와 가치가 무엇인지를 정확히 알아차리지 못하기 때문이라는 것을! 신기하게도 이 글을 쓰고 있는 오늘이 만 20년을 꽉 채우는 날이다. 그러나 나는 여전히 나의 진짜 욕구를 살피고 있고, 여전히 새로운 도전과 또 다른 나를 꿈꾼다.

긍정 교사 PBL 도전기

최선경

📖 PBL과의 만남

2016년 3월부터 현재 근무하고 있는 학교에 발령을 받게 되었다. 우리 학교는 2015년부터 PBL 실천학교로 PBL을 현장에 적용하고 그 효과를 입증하는 책무를 맡은 학교이다. 나 또한 PBL을 하지 않으면 안 되는 환경에서 근무하게 된 것이다.

프로젝트 기반 학습(Project Based Learning)이란 '복합적이며 실제적인 문제와 세심하게 설계된 (학습) 결과물 및 과제를 중심으로 구성된 장기간의 탐구 과정을 통해 지식과 기능을 학습하는 체계적인 교수법'을 말한다.

사실 이런 프로젝트에 관한 설명을 듣고도 PBL에 관한 기본 연수를 듣고 나서도 저게 도대체 뭔 소리인지 감을 잡지 못했다. PBL이 뭔지 아무 배경지식 없이 학교에서 받은 연수를 통해 아 이런 절차로 진행하면 되는구나 정도의 감만 잡고 2016년 6월경 첫 프로젝트 수업을 진행하였다. 처음 PBL을 내 수업에 적용할 때는 막막한 생각이 들었다. 그러나 일단 한 번 시도해 보고 나니 어떤 방향으로 프로젝트 수업을 이끌어 갈지 점점 감이 잡히고 새로운 수업방식에 도전을 하게 되었다.

📖 첫 PBL 수업

내가 디자인했던 첫 프로젝트 수업은 대구 소개하기 프로젝트였다. 내가 대구 소개하기 프로젝트를 시작하게 된 것은 학생들이 관심을 가지고 참여할 만한 소재를 끊임없이 생각하다 보니 마침 당시 내 개인적인 상황과 맞아떨어지는 부분이 있었다. 내가 제시한 문제 상황은 다음과 같다.

> 사대부중 영어교사 최선경 선생님은 2016 TED SUMMIT에
> TIE(TED Innovative Educators) 자격으로 초대받았습니다.
> 선생님은 이번 모임을 계기로 우리가 살고 있는 도시 대구와
> 사대부중을 전 세계에 알리고자 합니다. 사대부중 1학년
> 학생들을 대상으로 다음과 같이 사대부중 홍보팀을
> 선발하고자 합니다. 여러분들의 적극적인 참여를 바랍니다.
> 궁금한 점은 선생님께 질문하거나 메일을 보내주세요.

실제로 테드[1] 측에서 나에게 보낸 초대장을 읽기 자료로 제시

---

1)   **TED란:** TED(Technology, Entertainment, Design)는 미국의 비영리 재단에서 운영하는 강연회이다. 정기적으로 기술, 오락, 디자인 등과 관련된 강연회를 개최한다. '알릴 가치가 있는 아이디어(Ideas worth spreading)'가 모토이다. 테드 공식 사이트: http://www.ted.com/

했다. 학생들은 처음에는 테드가 무엇인지 몰랐지만 나의 설명을 듣고 나서는 테드가 어떤 것인지 이해를 하고 우리 대구를 세계 여러 나라 사람들에게 알린다고 하니 뭔가 사명감 같은 것을 가지고 참여했다.

내가 처음으로 시도했던 PBL, 테드에 우리 지역 소개하기 프로젝트는 다음과 같이 진행되었다.

📖 PBL 진행 과정

보통 4인 1조로 한 모둠이 구성이 된다. 우리 학교는 남녀 비율을 2:2로 맞추는데 이런 모둠활동 구조가 협력을 이끄는데 가장 이상적이라는 협동학습의 이론을 따르고 있는 셈이다. 문제 상황을 제시하고 나면 학생들은 자신의 언어로 문제에 대한 아이디어를 제시하고 이 문제를 해결하기 위해 무엇을 해야 하는지에 대한 의견을 나눈다. 주어진 과제를 해결하기 위한 역할분담이 이루어지고 나면 자료 조사를 하고 결과물을 만들 준비를 한다. 영어과이다 보니 영어로 표현하는 데서 학생들이 항상 가장 큰 어려움을 겪게 되는데 모둠 친구의 도움을 받거나 사전, 번역기 등의 도움을 받아서 모둠에서 모든 학생들이 자신이 맡은 분량을 소화하여 모둠 결과물에 기여할 수 있도록 과제를 제시한다. 문제 파악, 문제를 해결하기 위한 아이디어가 어느 정도 모이고 나면 결과물을 만들게 된다. 결과물은 프레젠테이션 자료 만들기, UCC 만들기, 포스터 만들기, 책 만들기, 글쓰기 등 다양한 형태로 이루어진다. 결과물이 만들어지고 나면 프로젝트가 끝이 나는 것이 아니고 그 이후 사실상 더욱 중요한 과정이 이어진다. 바로 동료 평가와 성찰 일지 작성하기 단계이다. 동료평가 단계에서는 각 모둠에서 나온 결과물들을 공유하면서 다른 조의 결과물에 피드백을 주는 과정이다. 이 과정은 꼭 평가 점수를 주기 위한 단계는 아니며 학생들이 다른 사람의 작품에 의견을 주는 연습, 비판적 사고력을 키우고 자신의 의견을 표현하는 연습을 하는 단계라고 보면 된다. 학생들의 경우 일정 기준을 제시하지 않으면 어떤 기준으로 평가를 해야 할지 힘들어하기 때문에 각 프로젝트에 맞는 동료 평가 기준을 제시하고 각자의 의견을 덧붙이도록 한다. 테드에 대구 소개하기 프로젝트의 경우 활동 결과물을 대구 홍보 영상 만들기로 정하였으므로 평가 기준은, 홍보 영상의 내용은 주제를 잘 표현하는가? 홍보 영상의 내용 전달력이 뛰어난가? 홍보 영상의 내용은 독창적인가? 성실하게 준비하였는가? 등이 될 수 있다.

동료 평가 단계 이후에는 성찰 일지를 쓰는 단계가 있는데 개인적으로는 이 단계가 가장 의미가 있는 단계라고 생각한다. 똑같은 경험을 하고도, 똑같은 현상을 보고도 어떻게 해석하느냐는 개인마다 다를 수밖에 없다. 똑같은 프로젝트를 했지만 프로젝트 과정에서 어떤 경험을 했는지는 다 다르고 설사 똑같은 경험을 했다 하더라고 어떤 느낌과 생각을 가지게 되었는지는 다 다를 것이다. 성찰 일지에 주어지는 질문들은 주로, 본 과제를 통해 무엇을 배우고 느꼈습니까(학습 내용 및 과정)? 본 과제 해결을 통해 배운 점을 나의 삶이나 학교에서 적용한다면? 본 과제 해결안에 대한 대안이나 더 나은 방향이 있다면 무엇입니까? 본 과제 해결을 위해 나는 모둠을 위해 무엇을 열심히 하였습니까? 과제 해결을 위한 모둠 활동 과정에서 느낀 점을 자유롭게 적어 봅시다. 등이다. 프로젝트 주제에 따라 내가 프로젝트 과정을 통해 학생들에게 길러주고 싶은 역량에 따라 성찰 일지 질문은 달라질 수 있다.

테드에 대구를 소개하는 프로젝트도 위와 같은 절차로 이루어졌다. 프로젝트 시작 전에 우려했던 것과는 달리 첫 프로젝트 진행 과정과 결과물은 처음 시도치고는 그리 나쁘지 않았다. 지금 돌이켜 생각해보면 처음 시도하였지만 프로젝트가 나름 성공적이었던 이유는 나와 학생들에게 실질적으로 와닿을 수 있는 소재를 선택했고(대구 소개하기, 선생님이 테드 콘퍼런스에 참여) 주제에 맞는 결과물을 잘 선정해서였던 것 같다.

📖 공개할 결과물

프로젝트 수업 이론 중 가장 나의 관심을 끈 것은 실제성과 공개할 결과물의 개념이다. 프로젝트의 주제가 얼마큼 학생들에게 와닿는 주제인지 그럴법한 상황인지와 프로젝트 결과물이 공개된다고 가정했을 때 학생들의 수업에 대한 몰입도가 높아진다는 것이다.

PBL을 연구하고 실천하는 노력은 30년 이상 지속되고 있다. PBL 관련 여러 가지 이론들 중에서 BIE에서 내세우는 가장 이상적인 PBL을 GSPBL이라고 부른다. GSPBL에서 강조하고 있는 것 중에 하나가 '공개할 결과물'이라는 개념이다. 학습 결과물은 반드시 공개하는 것을 원칙으로 한다. 교실 밖 실제 청중이나 독자를 염두에 두기 때문에 학습 결과물이 공공성을 띠게 되며 결과물은 프레젠테이션, 출판물, 온라인 게시물, 연극 전시회 등 다양한 형태를 지닌다. 사람들은 자신이 영향을 줄 수 있다고 여기는 일을 할 때, 다양한 역량이 필요한 일을 할 때, 시작부터 완성까지 통제할 수 있는 일을 할 때 일에 더 헌신적으로 몰입하게 된다.' 실제로 내가 프로젝트 수업 디자인 시 공개할 결과물을 염두에 두고 진행해 보니 확실히 학생들이 주어진 과제에 더 몰입하는 것을 경험할 수 있었다. 대구 소개하기 프로젝트의 경우도 대구 소개 UCC를 만들어 교실에서 우리끼리 시청하거나 프레젠테이션을 하고 끝이 났다면 과연 학생들이 그만큼 열심히 해줬을까 하는 생각이 든다. 사실 내가 생각했던 이상으로 열심히 한 조가 많았다. 그냥 인터넷에서 자료 조사를 하고 온라인상의 사진이나 영상을 그대로 활용해도 될 텐데 모둠원들과 약속 시각을 정하여 직접 동성로나 근대 골목으로 가서 사진과 동영상을 찍어 편집하고 동영상에 자막을 넣고 내레이션을 넣는 등 어른도 하기 귀찮을 수 있는 작업들을 학생들은 멋지게 해냈다.

📖 실제성

학생들이 이렇게 몰입할 수 있었던 원동력 중 하나가 공개할 결과물이며 한 가지 더 뽑는다면 프로젝트 상황이 실제적이어서였던 것 같다. 학생들이 완성하는 과업과 사용하는 도구를 '실생활'과 똑같이 만듦으로써 프로젝트를 실제적으로 만들 수 있다. 프로젝트는 세상에 실제적인 영향을 줄 수 있다. 연구에 따르면, 실제적인 영향을 주는 프로젝트들이 특히 학생들의 동기를 강하게 유발한다고 한다. 프로젝트는 개인적인 실제성을 가질 수 있다. 즉 학생의 개인적인 관심사와 흥미, 인생 문제를 다룰 때 학생들이 주어진 과업에 더욱 몰입할 수 있다. 대구 소개하기 프로젝트의 경우 우리 학생들이 살고 있는 대구라는 소재를 가지고 옴으로써 학생들이 쉽게 접근하면서도 대구를 전 세계인을 대상으로 알릴 기회라는 또 하나의 상황을 제시하여 학생들이 하는 과업에 나름 큰 의미를 부여했던 것이 학생들의 동기를 유발하는 성공 요인이 된 것 같다.

📖 성찰의 힘

물론 모든 학생들이 100% 바른 자세로 친구들과 협업하여 결과물을 완성한 것은 아니다. 어떤 조는 4명 중 한두 명이 모둠 활동을 이끌어 가기도 했고, 기한 내에 완성이 안 된 조도 있었으며, 결과물을 냈다 해도 그저 사진만 붙여넣는 정도로 성의 없이 작성한 조도 있었다. 모둠별로 영상을 완성한 후 이를 원어민 선생님 시간에 간단한 설명과 함께 시청하면서 다른 조의 작품에 피드백을 주는 과정이 있었다. 훌륭한 결과물을 내는 것도 중요하지만 발표 과정을 통해 우리 조에서 부족한 부분이 무엇인지 찾아내는 눈. 다른 조의 발표를 듣고 어떤 점이 좋았고 아쉬웠는지를 기준에 맞게 판단할 수 있는 눈을 기르는 것이 프로젝트 수업의 핵심이 아닐까 한다. 결과물을 완성하지 못한 조는 많이 아쉬웠을 것이다. 결과물을 허접스럽게 만든 조도 다른 친구들 앞에서 발표하는 것이 아주 부끄러웠을 것이다. 그런 과정을 통해 다음부터는 좀 더 열심히 해야겠구나 하는 것을 깨달았을 것이다. 실제로 프로젝트의 제일 마지막 단계에서는 성찰 일지를 작성하게 하는데 학생들의 성찰 일지를 받아보면 내가 해주고 싶은 이야기들을 학생들 스스로가 하고 있는 경우가 많다. '정말 힘들었지만 보람이 있었다. 대구 소개하기 프로젝트를 위해 자료를 조사하면서 대구에 대해 더 잘 알게 되었다. 대구 소개하기 동영상에 들어갈 자막을 만들면서 영어 문장 구성 능력이 향상된 것 같다.'

📖 수정 보완 그리고 공유

발표가 끝난 후 수정 보완할 시간을 추가로 주었고 그렇게 완성된 작품을 유튜브와 테드 TIE 페이스 그룹 방에 공유하였다. 외국인들이 대구 소개 영상을 보고 훌륭하다는 댓글을 달기도 했다. 학생들에게 외국인이 달아준 코멘트를 보여주자 정말 신기해하면서도 뿌듯해하였다. 만일 영상을 만들어서 우리끼리만 공유하고 말았다면 느끼지 못했을 뿌듯함을 유튜브를 통해 학교 밖 더 많은 사람들과 공유함으로써 느낄 수 있었던 것이다.

결과물을 기한 안에 받고 그냥 점수만 매기고 끝나는 것이 아니라 다른 사람들과 공유하고 다른 이들의 피드백을 바탕으로 수정 보완할 기회를 주고 스스로의 성찰을 통해 결과물을 수정하거나 내가 한 경험들에 의미를 부여하고 성찰하는 과정이 결과물을 훌륭하게 만드는 과정만큼 의미가 있었던 것 같다.

📖 내가 PBL을 하는 이유

GSPBL에서 프로젝트 설계에 반드시 포함해야 한다고 제시하는 것들이 핵심 지식과 이해(이해가 있는 배움), 핵심 성공 역량(비판적 사고력/문제해결력, 협업 능력, 자기관리 능력), 어려운 문제 또는 질문, 지속적인 탐구, 실제성, 학생의 의사와 선택권, 성찰, 비평과 개선, 공개할 결과물이다. 이런 개념들을 단순히 책으로만 접하고 말았다면 이해가 되지 않고 내 것이 되지 않았을 것이다. 그러나 2016년 6월 처음으로 PBL을 시도해본 이후 매해 2회 이상씩 프로젝트 수업을 실천하면서 위의 9가지를 늘 염두에 두고 수업을 디자인하려고 한다. 이제는 GSPBL에서 왜 그런 개념들을 프로젝트 수업 설계 시 강조를 하는지 잘 이해가 된다. 내가 직접 실천을 해보고 느꼈기 때문이다. 굳이 9가지 개념을 모두 녹아내리려고 하지 않더라도 실제성과 공개할 결과물만 잘 염두에 두고 프로젝트를 설계해도 학생들이 몰입하고 그 과정에서 성장이 일어나는 것을 관찰했다.

사실 내가 학생들에게 길러주고 싶은 역량은 세상을 살아가는 데 필요한 힘을 길러주는 것이다. 내가 학생들에게 길러주고 싶은 역량이 PBL에서 기르고자 하는 역량과 일치하며 그런 역량을 길러주기 위해 어떻게 수업해야 할지에 대해 명확하게 제시하고 있기 때문에 내가 프로젝트 수업에 빠지게 되고 수업 디자인이나 수업을 이끌어가는 것이 힘들지만 계속하게 되는 것 같다. 앞으로도 학생들에게 살아가는 힘을 길러주기 위한 나의 노력은 계속될 것이다.

"선생님의 교실에는 어떤 이야기가 있나요?"

[선생님의 소중한 교실 이야기로 에필로그를 맺으려 합니다. 아래의 란에 선생님의 교실 이야기를 적어 보세요. 그리고 이를 함께 나누고 싶은 분들은 2019년 12월 31일까지 이메일로 보내주시면, 구름학교 단행본 '교실' 두 번째 이야기의 주인공이 될 수 있습니다. 자세한 사항은 기재하신 연락처로 연락드리겠습니다.]

• 문의 및 원고 접수:
eugene09@naver.com(원고에 학교명과 이름, 연락처 반드시 기재)